KB271787

覇君 패군

설봉 新무협 판타지 소설

FANTASTIC ORIENTAL HEROES

패군 18

설봉 新무협 판타지 소설

초판 1쇄 찍은 날 § 2010년 12월 9일
초판 1쇄 펴낸 날 § 2010년 12월 16일

지은이 § 설봉
펴낸이 § 서경석

편집팀장 § 서지현
편집 § 어정원

펴낸곳 § 도서출판 청어람
등록번호 § 제1081-1-89호
등록일자 § 1999. 5. 31
어람번호 § 제2 2017호

주소 § 경기도 부천시 원미구 심곡2동 163-2 서경B/D 3F (우) 420-822
전화 § 032-656-4452 팩스 § 032-656-4453
http://www.chungeoram.com
E-mail § chungeoram@chungeoram.com

ⓒ 설봉, 2009

ISBN 978-89-251-2379-0 04810
ISBN 978-89-251-1840-6 (세트)

FANTASTIC ORIENTAL HEROES
설봉 新무협 판타지 소설
覇君
패군
18
보호산(保護傘)
도서출판 청어람

第百二十章
비환리합(悲歡離合)

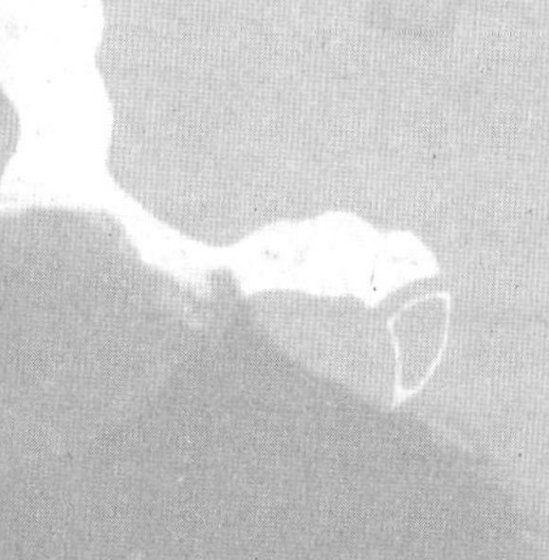

걸왕!

그들은 감히 왕을 자칭한다.

걸왕이란 걸개들의 왕이라는 뜻이니 용두방주와 정면으로 대치되는 호칭이기도 하다.

그들은 그런 호칭을 아무런 거리낌 없이 사용한다.

"걸왕…… 방주의 명을 받고 왔다?"

"그렇습니다."

걸왕들은 포권지례로 모든 예를 다했다는 듯 허리를 꼿꼿이 폈다.

파팟! 파파팟!

계야부와 걸왕들의 눈빛이 허공에서 마주쳤다.

불똥이 튀긴다. 강렬한 불꽃이 일어난다.

결왕들은 기본적으로 단차가 마음에 들지 않는다. 무적불패의 신화를 깬 단차가 곱게 보일 리 없다.

그래도 그들은 방주의 명을 쫓는다.

"방주님의 지시는……."

계야부는 손을 들어 말을 제지했다.

"우선…… 결왕이 어떤 사람들인지, 직위일 것 같으면 어떤 직위인지 설명해 줘야겠어."

"방주님의 지시는……."

결왕도 지지 않고 자신의 말부터 하려고 했다.

파팟! 파파팟!

또다시 허공에서 불똥이 튀었다.

순간, 결왕들은 어깨를 움찔거리며 반보쯤 물러섰다.

자신들도 깨닫지 못하는 사이에 저지른 행동이다. 의지로는 꿋꿋하게 서 있고 싶었는데, 몸이 스르륵 움직여 반보나 물러섰다. 아무런 이유도 없이 일어난 일이다.

"설명하기 싫으면 돌아가라. 용두방주는 너희의 방주이지 내 방주가 아니다."

계야부는 일부러 냉랭하게 말했다.

무림과 인연을 맺고 싶지 않다. 무인들과 관계를 지속하고 싶지 않다. 더 이상 죽이고 싶지도 않고, 싸움도 하기 싫고…… 말조차도 섞고 싶지 않다.

츠츠츠춧! 츠츠춧!

말을 할 때마다 냉기가 풀풀 피어난다. 한마디, 한마디가 송곳처럼 뇌리를 찌른다.

'물러서라!'

알지 못할 엄포가 걸왕들의 머릿속을 후벼 팠다.

걸왕들은 다시 한 번 어깨를 움찔거렸다.

하나 이번에는 물러서지 않았다. 마음은 물러서야 한다고 말하지만, 입술을 꽉 깨물고 억지로 버텼다.

"걸왕은…… 개방을 지키는 수호신입니다."

결국 걸왕의 입에서 자신들을 설명하는 말이 흘러나왔다.

계야부는 부지깽이로 모닥불을 쑤셔서 꺼져 가는 불길을 살렸다.

그는 철저히 무심했다. 너희가 말하는 것과 나는 상관이 없다는 무심함이 진하게 배어났다.

"개방에는 두 가지 구전무공(口傳武功)이 있습니다. 타구봉법과 투견비새(鬪犬比賽)라는 무공인데…… 개를 때려잡는 데서 착안한 봉법이 타구봉법이라면 개의 움직임을 본떠서 만들어낸 것이 투견비새, 타구봉법과는 상극이죠."

걸왕은 사뭇 진지하게 이야기했다. 한데,

"훗!"

계야부는 피식 웃고 말았다.

웃을 생각은 없었는데 투견비새라는 말을 듣는 순간 실소가 새어나왔다.

이야기 도중에 웃다니! 상당한 실례다. 하지만 박장대소가

터지지 않은 것을 다행으로 알아야 한다. 투견비새라니! 무슨 놈의 무공 명칭이 투견들의 대회인가!

투견들이 우열을 가린다?

"후후후!"

계야부는 이미 터져 버린 웃음을 참지 못했다.

걸왕들은 웃지 않았다. 분노하지도 않았다. 당연한 반응이라는 듯이 담담하게 지켜보았다.

"미안."

웃음을 다 쏟아낸 계야부가 손을 들며 말했다.

"괜찮습니다. 투견비새를 수련한 저희 역시 무공 명칭을 들었을 때는 웃을 수밖에 없었으니까요. 하지만 투견비새…… 그 말이 맞습니다. 우리는 투견이 되어 싸웠죠. 삼백 명이 지하 암동에 갇혀서 싸우고 싸운 끝에 우리 여덟 명만 살아남았습니다. 후후후! 암동에서 나오니 우리를 걸왕이라고 부르더군요."

'실선무공!'

계야부의 눈빛이 반짝거렸다.

걸왕이 말한 삼백 명은 무공의 고수들일 게다.

어떤 무공을 수련했는지는 몰라도 당장 무림에 나와도 고수 소리를 들을 정도는 되었으리라.

그들이 암동에서 상대를 죽이는 실전 수련을 했다.

이들이 말하는 투견비새란 무공 명칭이기도 하면서 무공을 수련하는 방법이기도 하다.

지는 투견은 죽는다. 다른 투견을 물어뜯은 개만이 살 수 있다. 강한 개가 되어라!

이는 살수들이 종종 사용하는 육성책이다.

살인 감각도 익히고, 무예도 정련하는 효과를 거둔다.

실제로 살림 살수들 같은 경우에는 감각을 떨어뜨리지 않기 위해 해마다 많은 노예들을 죽여왔다.

명문대파 개방에도 이런 수련법이 있었나?

세상이 알면 깜짝 놀랄 일이다.

개방은 명문이라는 이름을 떼어내야 한다. 살인이나 강간, 방화를 한 것보다 더한 진흙탕으로 곤두박질칠 게다.

이들이 담담히 말하고 있는 사연, 참으로 무서운 내용이었다.

"용두방주가 하기 힘든 일, 그런 일을 저희가 합니다. 어둠 속을 뛰어다닌다고 해서 위안 삼아 왕이라는 명칭을 붙여준 거죠."

"용두방주가 하기 힘든 일을 한다?"

"쉽게 말하죠. 살인, 방화, 약탈! 됐습니까?"

"후후! 그건 강도나 하는 짓 아닌가?"

"그래시 이둠 속을……."

계야부는 손을 들어 말을 제지시켰다.

"용두방주가 하기 힘든 일을 한다. 살인, 방화…… 날 암살하라는 명을 받았나?"

아니다. 그건 아니라는 걸 안다.

츠츠츠촛!

계야부의 명경(明鏡)처럼 맑은 마음에 걸왕들의 마음이 비쳤다.

이들은 살기를 띠고 있지 않다.

마음속 어느 한구석에서도 살인을 할 때의 분기(憤氣)가 엿보이지 않는다.

적어도 암살을 하기 위해 온 자들은 아니다.

"거두절미하고…… 저흰 이 순간부터 목숨이 끊어지는 순간까지 단차님을 따르겠습니다. 이것이 방주님의 명. 득이 되었으면 되었지 실이 되지는 않을 겁니다."

걸왕은 용두방주가 건네준 용두를 꺼냈다.

깊은 침묵이 흘렀다.

말을 하는 사람이나 듣는 사람이나 상당히 껄끄러운 순간이다.

별로 마음에 들지 않는 사람을 목숨이 끊어질 때까지 모시겠다고 말하는 심정은 폭폭하기만 하다.

듣는 사람도 반갑지만은 않다.

걸왕 같은 고수들이 불쑥 나타나서 따르겠다고 한다. 용두방주의 명이라면서.

이걸 어떻게 해석해야 하나?

계야부는 모닥불 위에 마른 나무를 올려놓으며 말했다.

"자세한 이야기가 필요하겠군."

걸왕은 차분한 어조로 그간의 정황을 이야기했다.

자신들이 누구이며, 용두방주가 어떻게 해서 자신들에게 이런 명령을 하달했는지 소상히 설명했다.

최근 소식도 전달했다.

무총 무혼이 칠살문을 암중 기습했다.

그 싸움으로 여강강이 목숨을 잃었고, 무혼은 네 명 모두 격살당했다.

이로써 무총은 전면에 나설 수밖에 없게 되었다.

칠살문과 손을 잡는 사람들 모두, 그들을 도와주는 사람들 모두가 무총과 적이 될 것이다.

이 속에는 사약란도 포함되어 있다.

"아마도 무총 무혼들은 자신들이 죽을 걸 알고 간 듯합니다. 사약란과 칠살문, 그리고 단차님과 거리를 벌려놓으려는 게 목적이겠죠. 아! 물론 북지단도 포함됩니다. 이제 단차님을 도울 사람은 천하에 없습니다."

걸왕은 말을 이어 나갔다.

"안선은 완전히 빠졌고, 무총은 적이 되어 노려보고…… 천하인도 마찬가지입니다. 천하인 중 그 누구도 단차님을 곱게 볼 사람은 없습니다. 개방도 마찬가지지요. 저희가 돕겠다는 것과는 상관없이 개방의 전 조직은 여전히 단차님을 노릴 겁니다."

세상이 온통 적이다.

한데 그를 이렇게 만든 사람이 있다.

무총이다.

안선은 일방적으로 당하다가 숨은 것뿐이니 그들을 뭐라고 할 수는 없다.

무총은 다르다. 그들은 상당히 지능적으로 고립무원(孤立無援) 상태를 만들어 나갔다.

제일 처음 무총은 그에게 일휘단주라는 영예를 주었다.

금룡대도 주었고, 비화원도 맡겼다. 그들을 소신껏 활용할 수 있도록 권한까지 내주었다.

얼핏 보면 북지단이 둘로 나뉜 것 같다.

그렇다. 그는 북지단주와 버금가는 권한을 가졌다.

그는 그런 힘으로 금룡대를 혹독하게 몰아쳤다. 살림 살수들을 끌어들였고, 칠살문을 유인하여 포섭했다.

그가 이런 일을 할 때까지 무총은 일절 상관하지 않았다.

그가 칼을 뽑았다.

그동안 양성한 사람들을 북무림 전역으로 보내서 안선도를 일망타진하기 시작했다.

무총이 과연 이런 일이 벌어질 것을 몰랐을까? 안선도들 거의 대부분이 정도인이나 명문가의 사람, 또는 명망 높은 인물로 위장하고 있다는 사실을 몰랐을까?

살행이 절정에 이를 무렵, 사약란이 끼어들었다.

그녀는 개방으로 하여금 칠살문을 숨기게 만들었다. 그들을 무림에서 완전히 은폐시켜 달라고 부탁했다.

그 결과가 혈원 싸움이라는 형태로 나타났다.

만약 사약란이 끼어들지 않았다면 어떻게 되었을까?

지금까지 벌어진 일 중에서 혈원 싸움만 빼면 된다.

무총 무혼들은 여전히 칠살문을 급습했을 것이다.

개방이 그들의 종적을 지워주지 않은 상태이니 싸움의 결과는 대번에 소문이 났을 터이다.

칠살문은 무총 문도를 죽인 원흉으로 전락한다.

일휘단주가 역적이 되는 순간이다.

전형적인 상옥추제(上屋抽梯)이다. 사람을 지붕 위로 올라가게 해놓고 사다리를 치워 버렸다.

다만 이번 경우에는 북지단을 반으로 가르는 큰 수를 펼쳤다. 북무림을 발칵 뒤집는 모험수도 두었다.

상옥추제치고는 규모가 굉장히 크다.

한 사람을 무림에서 영원히 말살시켜 버릴 생각인가? 아무리 그래도 이건 너무하다. 사람이 얼마나 밉고, 얼마나 죽이고 싶었으면 이렇게까지 할까 싶다.

개방은 더 이상 칠살문을 돕지 못한다.

과거에 칠살문을 도왔던 사실도 숨겨야 할 판이다. 사약란을 손아귀에 넣으려다가 자칫 큰코다치게 생겼다.

"단차님은 사면초가(四面楚歌)십니다."

여기서 걸왕은 자신들이 온 이유를 말했다.

"저희는 단차님을 비밀리에 지원하겠습니다. 개방의 모든 정보를 자유자재로 볼 수 있을 겁니다. 원하는 건 모두 알 수 있을 테지요. 사방에 눈을 두고 있다고 생각하시면 됩니다."

계야부는 묵묵히 불길만 노려봤다.

"단차님은 어찌 되었든 무총과 겨루게 될 터……. 최대한 잘 싸우시라고 힘을 보태 드리는 겁니다. 솔직히 말하면 그래야 무총에게 물먹은 복수를 조금이라도 할 수 있으니까요."

계야부는 모닥불에서 눈을 떼지 않았다.

결왕이 무엇인가 길게 이야기하고 있지만 솔직히 말해서 전혀 귀에 들어오지 않았다.

'여강강…… 갔구나.'

그의 눈에 갸름한 얼굴, 잘 다듬은 콧수염, 활을 쏠 때의 차가운 눈매가 그려졌다.

무총이 그들을 칠 것이라고는 전혀 생각하지 못했다.

안선의 반격은 예상했고, 그들과는 치열한 접전을 치르게 될 것이라고 생각했지만…… 무총이 느닷없이 뒤통수를 후려칠 줄은 정말 몰랐다.

무총은 예상 밖이었다. 그래서 대비책도 없었다.

시각랑…… 형제들…… 그들도 마찬가지였을 것이다.

무총의 습격은 생각도 하지 못한다. 느닷없이 불쑥 튀어나와 검을 쳐댈 줄은…… 이런! 미친!

화가 치솟는다.

사약란과 관계를 끊어라?

곱게 말로 할 수는 없었던 것일까? 그냥 말로 했어도 충분히 알아들을 수 있었는데, 굳이 칠살문을 칠 필요까지 있었나?

안선에게 당했다면 억울하지나 않다. 그들과의 싸움은 전쟁이고, 전쟁에서 죽는 것이야 용사의 길이라고 할 수 있다. 그러니 전혀 억울하다는 느낌이 들지 않는다.

무총의 기습은 너무 억울하다. 억울해서 울분이 치솟는다.

'여강강…… 편히 가라, 편히…….'

눈을 감고 여강강의 명복을 빌었다.

무림이 어떻고, 안선이 어떻고, 무총이 어떻고……

지금은 오직 여강강의 명복을 빌어줘야 할 때다. 그 외에 어떠한 일도 관심없다.

걸왕들은 들쥐를 잡아 구워 먹었다.

그들은 거지임에도 동냥을 하지 않는다. 동냥은 개방도의 일이기 때문이다. 돈을 벌지도 않는다. 돈을 버는 것은 거지가 할 일이 아니기 때문이다.

세상이 주는 음식을 먹고 산다.

동물들을 잡아먹고, 산과일을 따 먹으면서 평생을 보낸다.

그런 식으로 살다 보면 이 세상은 온통 먹을거리투성이라는 것을 알게 된다.

쥐, 거미, 송충이…… 모두 먹을 것이다.

그들은 자연 속에서 태어나 자연과 더불어 살아가다 자연 속에 묻힌다.

우적! 우적!

"퉤엣!"

걸왕이 들쥐 뼈다귀를 뱉어내다가 흘깃 단차를 쳐다봤다.

그는 여전히 묵묵부답이다. 모닥불에 눈이 붙어버린 사람처럼 뚫어지게 불길만 노려본다.

"어떤 대목이 마음에 들지 않은 것 같은데…… 어떤 부분이 심기에 거슬렸지?"

"글쎄……."

그들은 고개를 갸웃거렸다.

사면초가가 되었으니 심란할 것이라거나, 온 세상이 적으로 돌변했으니 앞날이 걱정될 것이라는 말들은 입에도 담지 않았다.

그들은 단차를 연구했다.

그는 사면초가 같은 것은 콧방귀로 날려 버릴 만큼 대담한 자다. 천하제일방파인 개방과 정면으로 승부를 벌였던 자가 아니던가. 그런 자가 이제 와서 세상을 겁낸다는 건 말이 안 된다.

걸왕이 한 말 중에 어떤 말이 심기를 거슬렸다는 것도 확실하다.

그들은 동냥을 하지 않지만 거지의 본색은 잊지 않고 있다.

동냥을 잘 줄 사람과 주지 않을 사람을 구분해 내는 것은 기본 중의 기본이다.

관형찰색(觀形察色)은 점술가나 의원만 하는 게 아니다. 거지도 의원만큼 망진(望診)을 한다.

단차의 표정은 뭐랄까? 심란하다? 아마도 그런 쪽의 감정을 떠올리는 것 같은데…….

걸왕이 한 말들 모두가 심란한 말들뿐이었다.

그중에 어떤 부분이 신경 쓰이는지 딱 집어 말할 수 없다.

쥐 고기로 배를 채운 걸왕들은 논두렁에 등을 기대고 편히 드러누웠다. 그리고 곧 코를 골기 시작했다.

계야부는 날이 밝기도 전에 길을 나섰다.

바삭! 바삭!

걸왕들이 서리 밟는 소리에 눈을 떴다.

그들은 벌써 이십여 장쯤 멀어져 버린 계야부를 보고 황급히 일어나 달려왔다.

"말도 없이 가시는 겁니까?"

"싸우다 죽을 가능성이 높겠지?"

"안선만 상대해도 그럴 가능성이 높은데 무총과 중원 전체를 상대한다면…… 솔직히 그렇습니다."

"그걸 알면서도 개방의 정보를 비밀리에 주겠다는 건 어떻게든 무총에 타격을 입히고 싶은 거겠군."

"아마도 상당한 타격을 입힐 수 있지 않을까 생각됩니다."

"기대지가 있나?"

"무총의 기반이 흔들릴 정도면 만족하겠죠."

"기반이 흔들린다…… 무너지기를 바란다는 뜻이군. 그건 안선의 입장인데?"

"하하하! 너무 과하신 생각 아닙니까? 현재 단차님께서는 천하무적처럼 생각하실지 몰라도 무총에는 고수가 많습니다. 그들이 나서면 단차님은…… 하하! 정말로 단차님이 무총의 기반을 흔들 수 있다고 생각하는 건 아니겠죠?"

"방금 전에 한 말하고 모순되는 말인데? 무총의 기반이 흔들리길 바란다고 하지 않았나?"

"솔직히 말씀드리면…… 현 무림은 무총과 싸울 생각도 하지 못하고 있습니다. 그건 안선도 마찬가지. 암중에 숨어서 손가락질하는 게 고작이죠. 단차님이 횃불만 당겨주시기를 바라는 겁니다. 타격까지 가하면 더욱 좋고요."

계야부는 걸음을 멈추고 걸왕들을 쳐다봤다.

모두들 눈빛이 가을 호수처럼 차분하게 가라앉아 있다.

생과 사를 담담하게 생각한다. 지금 이 자리에서 목숨을 잃는다고 해도 눈썹 한 올 깜빡하지 않을 자들이다.

무엇보다 이들은 사실을 말하고 있다.

개방의 속셈이 환히 드러나는 말을 하면서도 시종일관 담담함을 유지한다.

무총이 타격을 받으면 개방은 어떤 이득을 얻는다. 그것만은 틀림없다. 그렇기에 용두방주가 개방의 수호신이라는 걸왕 여덟 명을 떠안긴 것이다.

개방의 절반을 내놓고 얻는 이득이라면 도대체 얼마나 큰 것일까? 무림을 통째로 집어삼키기라도 한단 말인가?

이것은 도박이다.

용두방주는 도박을 걸었다.

이 도박에서 추구하는 것이 무엇인지는 몰라도 패를 잘못 돌리는 날에는 걸왕 여덟 명을 잃는 것으로 끝나지 않는다.

"앞으로……."

계야부는 말을 끊고 여덟 명의 걸왕을 쳐다봤다.

"십 장 안으로 다가서지 마라. 다가서면 적으로 간주하고 죽인다. 단순한 경고가 아니니 허투루 듣지 마라."

'죽인닷!'

계야부는 말을 하면서 의살을 쏘았다.

자신의 마음이 진심이라는 것을 알리는 데는 이보다 좋은 방법이 없다.

걸왕들은 움찔했다. 그러면서 이해할 수 없다는 표정을 지었다.

손해 보는 게 전혀 없는데 거절을 해?

그들의 눈은 이런 의문으로 가득했다.

'무총이 내게 무슨 짓을 해도…… 난 무총과 싸울 수 없다. 무총에는 아내가 있다! 사약란…… 아내가 있다. 낭군 된 자가 아내와 싸우란 말이냐! 아내를 무너뜨리란 말이냐!'

더군다나 그녀와는 약조도 했다.

그녀는 반드시 인선의 중추 인물들을 피악해서 알려올 것이다.

그녀를 믿고 기다려야 한다.

그러는 동안에도 무림은 공격해 올 것이다.

안선, 개방…… 무림공적을 제거하기 위해 병기를 든 무인들이 시도 때도 없이 나타날 것이다.

그들과 싸우느냐 피하느냐 하는 선택은 자신의 몫이다.

설혹 그들 중에 무총 무인이 섞여 있다고 해도 상관할 문제는 아니다. 그들 역시 무림공적을 제거하기 위해 검을 들었는데, 누구를 원망하랴.

여강강의 죽음은 잊지 않는다.

하나 당분간은 지켜볼 생각이다. 여강강을 죽인 자가 또 어떤 짓을 하는지 지켜볼 생각이다. 정말로 걸왕들이 말한 대로 무총주가 직접 손을 쓴 것인지도 확인해야 한다.

그동안은 그 누구와도 싸우지 않는다.

계야부는 가슴속에 맺힌 사연을 말할 수 없었다. 그래서 강력하게 경고만 했다.

사약란에 관한 말, 입 밖으로 흘릴 말이 아니다.

계야부도 아니고 단차의 몸일 때는 더욱 말할 수 없다. 뜨거운 그리움이 절절히 사무쳐도 가슴 깊숙이 감춰놓아야 한다.

걸왕이 미간을 찌푸리며 말했다.

"칠살문을 찾고 싶지 않습니까? 이제는 육살문인데. 오살문, 사살문이 되어도 괜찮습니까?"

'죽인닷!'

계야부는 의살을 쏘아냈다.

이들과 어울리면 반드시 무총과 싸우게 되어 있다.

이들은 개방의 정보를 제공해 준다지만 안선이나 개방에 대한 정보는 일부러 감출 것이다. 오직 무총에 대한 정보만 한껏 물어다 줄 것이다.

이들은 도움을 주려는 게 아니다. 싸움 잘하고 말 잘 듣는 꼭두각시가 필요할 뿐이다.

'죽인닷!'

'다가오면 죽인닷!'

한 걸음에 한 번씩 심상을 쏘아냈다.

걸왕들은 난감했다.

그들은 단차가 자신들의 제안을 거절하리라고는 꿈에도 생각하지 못했다.

다급한 사람은 단차 자신이다.

요청을 해도 그가 먼저 요청해 왔어야 한다. 자신들이 손을 내밀었는데 거절한다는 것은 정말 있을 수 없다.

방금 그런 일이 벌어졌다.

뿐만 아니라 아예 십 장 안으로 들어서지 말라고 경고까지 했다.

도대체 놈은 머릿속에 무슨 생각을 담고 있는 것일까?

"당분간…… 놈이 원하는 정보만 가져다줘야겠어. 우선은 원하는 것을 진부 다 주고…… 믿음이 생겼을 때, 조금씩 방향을 전환하는 거야. 서둘지 말자고."

"놈이 원하는 건 금룡대, 칠살문, 살림. 이들의 정보겠지?"

"안선에 대한 정보도."

"알아보자고!"

그들은 결정을 내림과 동시에 신형을 쏘아냈다.

2

사약란은 무총으로 돌아왔다.

서지단 군사라는 책무를 띠고 무총 본단을 나선 지 약 오 년 만의 귀환이다.

떠날 때도 그랬지만 돌아올 때도 열렬한 마중은 없었다.

조용하고 한적했다.

수문무인이 포권지례를 하며 말했다.

"어서 오십시오."

"네."

"오신다는 연락을 받았습니다. 전에 기거하시던 소향각(笑香閣)을 소제해 놨습니다."

"네."

사약란은 무총 안으로 들어섰다.

그녀의 마중은 이것으로 끝났다.

접객무인이 달려나오지도 않았다. 귀빈을 영접하는 지객원(知客院)도 사람을 보내지 않았다.

그녀는 아무런 예우도 받지 못했다.

볼일을 보러 아침에 잠시 나갔다가 돌아온 것처럼 일상이 그대로 이어졌다.

저벅! 저벅!

청석(靑石)을 밟으며 소향각으로 향했다.

무총 본단에는 무려 오천 명에 이르는 사람들이 기거한다.

그들 중 팔 할이 무인이며, 또 그들 중 삼 할이 절정고수다.

무총의 막강한 힘은 정문을 들어서는 순간부터 느끼게 된다.

몇 개인지도 모를 전각들이 여기저기 늘어서 있고, 수많은 사람들이 분주히 오간다.

총단이 아니라 어느 성(城)에 들어선 것이 아닌가 싶다.

사람들은 사약란에게 눈길도 주지 않았다. 무총 옷을 입지 않은 사람에게는 친절하게 길 안내를 해주는 것이 몸에 배인 사람들인데, 그녀만은 본척만척했다.

모종의 특별 지시를 받은 것 같다.

그녀를 키웠으며, 온갖 지혜와 힘을 담아준 소향각이 보인다.

그녀의 삶 중 대부분을 보낸 곳이다.

서지단 군사가 되어 무총을 떠나기 전까지, 거의 대부분의 나날을 이곳에서 보냈다.

소향각의 구조라면 손바닥 보듯이 안다.

그 어느 곳에도 그녀의 손때가 묻지 않은 곳이 없다. 먼지가 수북이 쌓인 돌계단 밑이나 마룻바닥 밑도 샅샅이 파악하고 있다. 숨바꼭질하기 딱 좋다.

"어서 오십시오."

낯선 이가 허리를 깊이 숙이며 반긴다.

"미향(美香)이는?"

"아! 지금은 무전각(武戰閣)에 배치되어 있어요. 저희가 미향이만큼 잘 모실 테니 걱정 마세요."

그녀는 소향각을 휘둘러 봤다.

회랑 한쪽에 툭 튀어나온 돌부리가 있다.

예전에는 그곳을 들추고 안에다 사탕이나 반지, 비밀 서신 같은 것을 숨겼다.

그녀만의 보물 창고다.

아직도 돌부리는 튀어나와 있다. 살짝 들어 올리면 한 움큼 정도 푹 파인 공간이 나올 게다.

모든 것이 그대로다.

한데 왜일까? 왜 낯선 곳에 와 있다는 느낌이 들까? 정감이란 게 전혀 느껴지지 않고 팍팍한 느낌이 드는 것은 무엇 때문일까?

아는 얼굴을 만나지 못해서일까?

웃음꽃이 사라졌기에 그런가? 옛날에는 곳곳마다 깔깔거리는 웃음소리가 끊이지 않았는데, 지금은 황량한 바람만 분다. 그래서 낯설게 느껴지는 겐가?

그녀는 전각 안으로 들어서지 않고 내처 발길을 옮겼다.

"아씨, 어디로……."

"목욕물을 준비해 놨는데."

시녀 십여 명이 당황해서 우르르 달려나왔다.

그녀는 대답도 하지 않았다. 하기 싫었다.

'낯설어.'

할아버지의 연공실은 가산(假山) 중턱에 있다.

태화각(太和閣)을 지으면서 뒤쪽에 인공적으로 야트막한 야산까지 만들었다.

계곡이 있고, 바위가 있고, 나무가 있다.

사람 손으로 흙을 쌓아 올려 만든 산이지만…… 세월이 흐르면서 물이 생겼다.

하늘이 내려준 선물이다.

물길이 어떻게 해서 생겼는지는 모른다. 작은 옹달샘이 만들어졌고, 거기서부터 물길이 시작된다는 것은 알지만 옹달샘 자체가 형성된 까닭은 모른다.

가산에는 이끼가 자라고 생물들이 서식한다.

천연 산이 되어버린 것이다.

할아버지는 그 중턱에 석실을 만들어놓고 연공실로 썼다.

그녀는 가산에 발을 들여놓았다.

길을 가로막는 사람은 없다.

사실 가산은 보보마다 죽음이 펼쳐져 있다.

태화각이 공격당했을 때 급히 몸을 피할 수 있는 안전한 피신처가 필요하다.

가산은 그런 목적을 가지고 만들어졌다.

지금은 흔하게 굴러다니는 바위들이 석진(石陣)의 형태로 따라서 놓인 것들이다.

아름드리 거목이 된 나무들도 사연을 간직하고 있다.

가산에 있는 나무는 함부로 베지 못한다. 자칫 톱을 잘못 들이댔다가는 뱃속에 들어 있는 암기가 튀어나오기 때문이다.

번개가 내리꽂혀 쓰러지는 나무라도 생기는 날에는 콩 볶는 소리가 울린다.

여기저기서 암기들이 튀어나오기 때문이다.

숲에 발을 잘못 디뎌도 암기세례를 받고, 계곡물로 목을 축이다가도 암기 폭풍에 휘말린다.

거기에 또 새로운 암기를 설치한다.

암기는 쇠로 만든 병기, 세월이 흐르면서 부식되게 되어 있다. 하면 제 위력을 발휘하지 못한다.

그래서 새로운 진형을 짜고, 암기를 설치한다.

옛 암기들과 새로운 암기들이 뒤죽박죽으로 엉키게 된다.

당금에 이르러서는 죽을 생각이 없는 한, 가산에 발을 들여놓는 자가 없게 되었다.

무총주를 습습할 사람도 없을뿐더러, 새로운 암기를 설치하려면 목숨을 걸어야 할 상황이 되었다.

가산은 평온했다.

산새가 우짖고, 바람이 불고, 나무가 흔들리고, 물이 졸졸 흐른다.

저벅! 저벅!

그녀는 거침없이 발을 들여놓았다.

안쪽으로 들어서길 얼마간, 그때에서야 비로소 뒤를 쫓던 발자국 소리가 끊겼다.

태화각을 지키던 무인들일까?

그럴 수도 있고 아닐 수도 있다.

무총은 밖에서 생각하는 것처럼 평온하지 않다. 권력을 향한 암투는 한시도 긴장감을 늦출 수 없게 만든다. 살짝 눈길만 돌리면 세상 경물이 변해 있을 정도로 발 빠르게 움직인다.

그녀가 돌아왔다는 사실은 이미 무총 전체에 퍼졌으리라.

당연히 환영하는 쪽과 그렇지 않은 쪽으로 세력이 갈릴 것이다. 양쪽 모두 그녀를 주시할 게다. 하다못해 측간에 갈 때까지도 감시의 눈길이 따라붙으리라.

하지만 그런 그들도 태화각 가산만큼은 들어서지 못한다.

이곳은 죽음의 금역이다.

무총주 이외에는 발을 들여놓을 수 있는 사람이 없다.

물론 암기세례를 견뎌낼 수 있는 사람은 많다.

그 정도쯤이야 하고 코웃음 칠 사람이 열 손가락을 열 번쯤 접었다 펼 정도로 많다.

가산에는 무총주의 연공실이 있다. 그런 까닭에 어떤 자도 빌길을 들여놓이서는 안 된다는 엄명이 떨어져 있다. 이 세상에서 오직 무총주만이 들어설 수 있는 땅이다.

무공이 강하다고 무총주의 엄명까지 거역할 수는 없다.

저벅! 저벅! 탁!

무엇인가를 건드렸다!

용수철이 탁 풀리는 듯한 소리가 울린다. 땅이 미미하게 진동을 일으킨다는 기분이 든다. 그리고 곧이어,

쒜엑! 쒜에에에에엑!

사방에서 온갖 암기가 우박처럼 쏟아져 내렸다.

그녀는 황급히 신형을 날려 암기 사이를 헤쳐 나갔다.

타악! 타아악!

피할 수 없는 것은 쳐냈다.

'웃! 너무 많아!'

그녀는 일순 당황했다.

이것은 암기가 아니다. 비가 쏟아지고 있다. 쇠로 만든 빗줄기가 강하게 내리꽂힌다.

타타타탁! 타타탁! 타타탁!

암기들이 우수수 떨어졌다.

나무에 틀어박히고, 바위에 부딪쳐 튕겨 나가고, 발밑에 깔린 낙엽들을 요란하게 두들겼다.

푸훗! 푸욱! 파앗!

"웃!"

따끔한 통증이 치밀었다.

그녀는 최선을 다해서 쳐냈지만 결국 몇 개가 스쳐 지나가는 것을 허락해야만 했다.

찰나 만에 십여 장을 주파했다.

수십 개를 쳐냈고, 수십 개는 간발의 차이로 흘려보냈다.

그녀의 전신은 가시덤불을 헤치고 나온 사람처럼 할퀸 상처

들로 가득했다.

옷을 찢고 지나가는 암기가 많았다.

어떤 암기는 살까지 찢어놓았다. 근육을 건드리지는 않았지만 살갗을 찢은 것만으로도 핏방울을 떨어뜨리기에는 충분했다.

"휴우!"

암기세례가 그친 후, 그녀는 깊은 한숨을 토해냈다.

말로만 듣던 가산사수(假山死手), 가산이 펼치는 죽음의 손을 직접 경험하고 나니 등에 소름이 돋았다.

그녀가 건드린 암기는 아주 작은 부분에 지나지 않는다.

가산에는 이보다 큰 암기군이 많다. 아주 많다. 말 그대로 사방 십여 장을 초토화시켜 버릴 수 있는 암기들로 가득 차 있다.

"휴우!"

다시 한 번 한숨을 내쉬며 할퀸 상처를 살폈다.

다행히 독은 묻어 있지 않다.

"독? 풋!"

무의식적으로 독을 떠올리다가 피식 실소를 흘렸다.

실제로 암기에 독이 묻어 있을 수도 있다. 또는 없을 수도 있다. 어떤 경우이든 그녀는 아무런 독상도 입지 않는다. 세상에 어떤 독이 그녀를 상하게 할 수 있겠는가.

그녀는 만독불침(萬毒不侵)의 몸이다.

자신과 같은 사람들이 몇몇 있다.

오목과 사색신녀, 그리고 일력광겸과 사사표풍이 독과는 극성인 몸이 되었다.

그들의 몸속에는 천충이 깃들어 있다.

동정호 비궁에서 지내는 동안 천충의 영향을 많이 받았다.

무공이 급진전했을 뿐만 아니라 만독불침의 몸까지 얻는 기연을 얻었다.

그리고 또 한 사람…… 천충의 영향을 받기도 전에 이미 만독불침을 이룬 사람이 있다.

'계야부……'

잠시 그를 떠올렸다.

그에 대한 기억은 언제쯤 잊히게 될까? 그에 대한 감정은 지워지고 있어서 예전처럼 아련하지는 않다. 하지만 그와 쌓았던 부부간의 정리라는 것이 있으니 죽으면 모를까 결코 잊을 수는 없을 것이다.

단차에 대한 미련은 조금도 없다.

그가 눈앞에 서 있어도 이제는 담담하게 말을 나누고 무공을 겨룰 수 있다.

그는 남남이니 당연하다.

하지만 계야부는…… 그는 잊으면 안 되는데…… 자신을 위해 목숨을 던진 사람인데…….

"휴우!"

그녀는 한숨을 몰아쉬며 가산 깊숙이 들어섰다.

할아버지의 연공실은 어렵지 않게 찾았다.

산길을 따라 올라가다 보면 막다른 석벽에 이르고, 그곳에 사람 두어 명이 걸어서 들어갈 수 있는 큼지막한 석굴이 있었다.

그녀는 단숨에 들어가지 않고 석굴을 예의 주시했다.

석굴에는 문이 없다.

폐관수련이라고 하면 아무도 들어올 수 없는 곳에서 혼자 연공하는 것이 상례다.

문은 어딘가에는 있어야 한다.

문은 있다. 소로에서 석굴까지 이어지는 십여 평 정도 되는 공지가 바로 문이다.

'이곳은 지옥이야!'

사약란은 돌멩이를 주워 공지에 툭 던졌다. 순간!

슈가가각!

땅 밑에서 수백 개에 이르는 강창이 불쑥 솟구쳤다.

두께가 팔뚝만 한 강창은 공지 전체에 넓게 심어져 있고, 높이는 석굴을 가린다.

찰칵! 슈슈슛!

잠시 후, 강창은 다시 땅 밑으로 가라앉았다.

수십 개의 창은 흔적도 없이 사라지고 흙먼지만이 가득하다.

절묘한 기관장치와 진식이다. 진식으로 눈을 가리고 기관으로 살상한다.

땅을 밟고 갈 수는 없다. 하면 허공?

십여 평의 공지를 단숨에 건너뛰면 석굴 안으로 들어설 수 있을까?

그녀는 다시 돌멩이를 집어들었다.

쉬익! 촤촤촤촤촤악!

이번에는 석벽 전체에서 강창이 쏟아져 나왔다.

땅에서 솟구친 것과 같은 크기, 같은 재질의 강창이다.

놀랍게도 석굴에서조차 강창이 쏟아져 나왔다. 텅 빈 공간처럼 보이는데 공간이 아니었다.

기가 막힌 것은 허공을 나는 돌멩이를 어떻게 감지했냐는 것이다.

그녀가 던진 돌멩이는 강창에 맞아 가루가 되었다.

뒤로 다시 튕겨난 것이 아니라 순간의 빠름에 부딪쳐서 모래알처럼 파삭 부서졌다.

땅을 밟지 않고 건너뛰는 것은 자살행위다.

'홍면지주(紅面蜘蛛)의…… 지주망(蜘蛛網)!'

기문진식이라면 그녀도 풍부한 지식을 가지고 있다. 당금 무림에서라면 그 누구와 토론을 벌여도 양보할 생각이 없다.

그녀는 허공에 펼쳐진 진형을 꿰뚫어 봤다.

놀랍게도 강창들은 홍면지주의 거미줄에 영향을 받는다.

거미줄이 흔들리면 강창을 쏟아내고, 잠시 후 다시 거둬들인다.

홍면지주의 거미줄은 끊어지지 않는다. 강창의 기세에 잠시 밀려나긴 해도 강창이 거둬지면 다시 원상태로 복구한다. 그리고 또 거미줄이 흔들리면 강창이 쏟아져 나온다.

이 기관은 상시 가동된다.

바람이 심하게 불거나 폭풍우가 치는 날이면 한시도 쉬지 않고 들락날락할 것이다.

아주 단순하면서도 놀랍다.

누가 설치했는지 몰라도 지주망을 기관과 연결시킨 점은 박수를 보내도 모자란다.

사약란은 조금도 망설이지 않았다.

스윽!

공지로 발을 내딛었다.

강창은 솟구치지 않았다, 땅에서도 석벽에서도……

십여 평의 공지를 건너오는 데는 일다경도 필요치 않았다.

강창이 가득 깔린 흉험한 땅이지만 그녀의 발길을 막지는 못했다. 막기는커녕 촌각도 지체시키지 못했다.

빌밑에 따뜻한 훈풍이 감돈다.

그녀는 느낌이 좋은 곳만 골라서 디뎠다. 따뜻한 기운이 발바닥을 감싸는 곳만 사뿐사뿐 내딛었다.

파진(破陣)은 그녀의 진기다.

몸속에 내재된 진기가 땅에 깃든 기운과 융합하여 조화를 부린다. 흉지(凶地)는 차게, 길지(吉地)는 따뜻한 느낌으로 다 가온다. 진기가 가까이 다가가면 온도가 변하고, 그녀가 지나 가면 다시 차디찬 땅으로 변모한다.

아마도 다른 내공은 통하지 않을 것이다.

할아버지의 내공과 할아버지의 영향을 받은 자신의 내공만 조화를 일으킬 것이다.

이 땅, 이 진식, 이 기관…… 할아버지가 손수 만든 것이다.

'이 세상에서 오직 한 사람, 할아버님만이 이런 진식을 설치 할 수 있어.'

무총주만 들어설 수 있는 가산이다.

오직 무총주의 내공을 지닌 사람만이 발길을 떼어놓을 수 있는 석굴이다.

이곳에서 폐관수련을 한다면 어떤 방해도 받을 리 없다.

'세상에서 가장 완벽한 장소야.'

한데 그 생각을 하자 또 계야부가 떠올랐다.

계야부는 추적, 암살의 달인이다. 시각랑들 중에서는 전설 로 불리기도 한다.

그에게 폐관수련하고 있는 무총주를 암살하라는 명령을 내 리면…… 성공할까, 실패할까?

그는 이곳까지는 올 것 같다.

가산이 아무리 암기 밭이라고 해도 그의 발길을 막기에는 부족해 보인다.

이 점이 이상하다.

가산은 무공이 절정에 이른 사람도 막을 수 있는 암기의 숲이다. 그 점만은 보증할 수 있다. 한데 한낱 시각랑에 불과한 그에게는 여지없이 뚫릴 것처럼 생각된다.

가산을 뚫고 석벽까지 왔다.

여기서는 어떻게 할까?

'아무리 당신이라도 무리일 거예요. 그렇죠?'

사약란은 그를 생각하며 빙긋 웃었다.

마치 그가 옆에 있는 것처럼 생각된다. 편하게 말을 나누고 있다는 느낌이 든다.

그런데…… 얼굴이 기억나지 않는다.

계야부가 어떻게 생겼더라? 옷은 어떤 옷을 즐겨 입었고…….

'아무것도 기억나지 않아!'

그녀는 머리를 세차게 흔들었다.

그래도 계야부에 대한 기억은 점점 망각되어 갔다.

그녀는 머리를 감싸 쥐고 안으로 치달려 들어갔다.

연무하는 데 지장이 없을 만큼 널찍한 공터기 나왔다.

한가운데는 불이 붙은 것처럼 붉으면서 옥처럼 맑고 투명한 바위가 놓여 있다.

"홍기암(紅氣巖)!"

그녀는 자신도 모르게 경악성을 토해냈다.

양강무공을 수련하는 사람에게는 무상지보(無上之寶)나 다름없는 온혈석(溫血石)이 바로 눈앞에 있는 홍기암이다.

앉아 있기만 해도 양기를 축적시켜 준다.

정력이 고갈된 구순 노인이라도 홍기암의 도움을 받으면 득남을 할 수 있다.

홍기암은 무인에게 뿐만이 아니라 일반 범인들에게도 보물이다.

그녀는 사뿐사뿐 걸어가 홍기암에 앉았다.

할아버지는 홍기암을 침상으로 쓴 듯하다.

눕기 편하도록 반듯하게 잘려져 있고 높이도 적당하다. 돌 위에 앉으면 발이 지면에서 약간 떨어지는데, 할아버지에게는 딱 알맞을 것 같다.

홍기암에는 비급 한 권이 놓여 있었다.

소허태기(燒虛太氣).

비급 명칭은 비교적 차분했다.

사약란은 비급을 손에 들자마자 부르르 떨었다.

뭐랄까? 막연한 흥분이 물밀듯이 치밀었다.

오래전에 잃어버렸던 보물을 되찾은 느낌이다.

'소…… 허…… 태…… 기.'

그녀는 한 자, 한 자 또박또박 가슴에 새겼다.

세상 사람들은 무총주의 무공에 대해서 온갖 추측을 한다.

양강기공이라는 점은 알지만 정확히 어떤 무공인지 모르기 때문에 온갖 추측을 하는 건 당연하다.

무총주의 무공으로 거론되는 양강기공만 수십 종류다.

동서고금을 막론하고 양강기공 중에서 최강으로 거론되는 무공은 모두 망라되었다고 봐도 과언이 아니다.

이 점은 오라버니도 마찬가지다.

오라버니조차도 할아버지의 진신무공이 무엇인지 모른다.

할아버지는 그녀 자신의 한음지체를 고치기 위해 화화구중을 복용시켰다. 한음지체와 화화구중이 완벽한 합일체가 되었을 때, 당신의 무공을 전수해 주고자 했다.

한데 여인의 몸으로 할아버지의 양강무공을 수련하면 석녀(石女)가 된다.

아기를 갖지 못한다.

그뿐만이 아니다. 사내를 흠모하고 그리워하는 마음도 사라진다.

이런 부작용이 있기 때문에 일교사의 계획을 가로채서 그녀에게 빙정을 투여시켰다.

그리고 또다시 할아버지의 손길이 빙정과 화화구중을 어울리게 만들었다.

모두 이것, 소허태기 때문이다.

이것 소허태기가 할아버지의 실체다.

'이게 진짜야. 이게 할아버지의 무공이야!'

그녀는 비급을 들고 부들부들 떨었다.

할아버지의 무공에 대해서 워낙 알려진 것이 없기 때문에 확실히 이것이 할아버지의 무공인지는 알지 못한다.

누가 정말이냐고 반문하면 말문이 막힌다.

다만 느낌이 그렇다고는 말해줄 수 있다. 그렇다. 느낌이다. 할아버지의 진신무공이 '바로 이것' 이라고 느껴질 뿐이다. 증명 같은 건 할 수 없다.

화르르륵!

손끝에서 불길이 일어난다.

이것도 느낌이다.

화화구중과 홍기암이 어울린 것일까? 그래서 뜨거운 열기가 손끝에서 피어나는 건가? 아니다. 이제 화화구중은 사라지고 없다. 빙정이 없듯이 화화구중도 없다.

할아버지가 두 영물을 혼합해 버렸다.

하면 새롭게 창출된 무형의 진기가 홍기암과 어울린 것인가?

그것도 아니다. 비급에서 느낌이 온다. 책장을 열면 이 세상을 활활 태워 버릴…… 온갖 사악한 것들을 말끔히 소진시켜 버릴 강력한 화공이 나타나리라.

그녀는 비급을 펼쳤다.

화르르륵!

손끝에서 한층 강한 열기가 피어났다.

3

쏴아아아……!

초겨울 소낙비가 퍼부었다.

빗방울이 쇠꼬챙이라도 된 듯 날카롭게 떨어진다. 목덜미에 빗방울이 닿을 때마다 차디찬 한기에 섬뜩섬뜩해진다.

계야부는 마을로 들어섰다.

처벅! 처벅!

그는 물웅덩이를 의식하지 못하고 걸었다.

무작정…… 무작정 걸었다.

"방향이 정확해! 뭐지?"

걸왕들은 눈살을 찌푸렸다.

계야부는 그들에게 십 장 안으로 들어서지 말라고 경고했다.

걸왕들은 그 경고가 허언이 아님을 안다. 그래서 멀찌감치 떨어져서 뒤쫓았다.

계야부가 필요한 정보를 알려주면 그도 어쩔 수 없이 받아들일 것이다.

이게 사람 사는 이치이지 않은가.

자신이 필요한 것을 주겠다는데 마다할 위인이 어디 있단 말인가. 대가로 뭘 원하는 것도 아니고 말이다.

한데 단차는 그들을 필요로 하지 않았다.

그는 정확하게 시각랑들이 남하하는 방향을 골라서 북상하고 있다.

　마치 양쪽 간에 긴밀한 연락을 주고받는 듯 한 치의 오차도 없이 같은 관도를 걸어간다. 한쪽은 북에서 남으로, 다른 한쪽은 남에서 북으로.

　이들이 만나는 것은 시간문제다.

　"뭔가 있는데 뭔지 모르겠어."

　"그렇지? 누군가 소식을 전해주고 있어. 그렇지 않으면 이렇게 정확할 순 없지. 뭐야? 소식을 어떻게 주고받기에 우리가 이렇게 까마득히 모르는 거야?"

　걸왕들은 주위를 세심하게 살폈다.

　벽에 그려진 낙서, 나무에 새겨진 흔적, 돌멩이나 나뭇가지가 쌓여 있는 형태…… 밀마로 사용할 만하다고 짐작되는 것은 빠짐없이 뒤져 나갔다.

　마을 하나, 마을 둘, 마을 셋…….

　단차가 지나간 길을 그들도 지나쳤지만 그들은 아무런 흔적도 찾아내지 못했다.

　단차는 다르다.

　그는 마을에서 소식을 접한다. 그래서 마을을 벗어나 갈림길에 들어서면 망설임없이 한쪽 방향을 택해 나아간다. 한데 그 방향이 묘하게도 시각랑이 남진하는 방향과 똑같다.

　개방보다 몇 수 뛰어난 밀마라는 점을 인정하지 않을 수 없다.

　아니! 인정할 수 없다! 개방보다 뛰어난 밀마가 존재할 순

없다. 존재해서도 안 된다!

"이번에도 틀림없이 밀마를 접했을 터. 찾아!"

그들은 눈에 불을 켜고 마을을 뒤졌다.

똥! 개똥!

개똥을 눈여겨볼 사람은 없다.

시각랑의 밀마는 개똥 속에 숨겨져 있다.

딱딱한 개똥에 지푸라기가 섞여 있으면 전해줄 소식이 있다는 뜻이다. 그때는 개똥을 주워 반으로 쪼개보면 전서가 나온다.

지금과 같은 경우에는 굳이 전서까지 전할 필요는 없다.

마른 개똥에 지푸라기를 꽂으면서 방향까지 일러준다.

왼쪽으로 꽂으면 좌측, 오른쪽으로 꽂으면 우측, 한가운데로 꽂으면 정면이다.

길을 가다 보면 산도 나오고 강도 나온다.

이 모든 경우가 개똥 속에 숨어 있다.

걸왕들이 눈에 불을 켜고 찾는 것은 알지만, 서로 밀마 체계가 완전히 다르니 백날을 뒤져도 찾지 못할 것이다.

'또!'

앞길에 개똥이 놓여 있다.

똥덩어리 두 개 중 한 개에 지푸라기가 섞여 있는데, 왼쪽으로 틀어져 있다.

그는 못 본 척 무심히 지나쳤다.

원래 시각랑들은 군을 벗어나는 즉시 군에서 있었던 모든 일을 잊어버리려고 노력한다.

일부는 시각랑 시절을 자랑스럽게 떠들기도 하지만 거의 대부분은 깊은 침묵 속에서 평생을 보낸다.

입 밖에 내기에는 너무 잔인했다.

수많은 사람을 죽였다. 자신이 살기 위해서는 동료도 배신해 봤다. 살려달라고 아우성치는 동료를 미끼로 내던지고 냅다 도주하는 것도 예사다.

인간이 저지를 수 있는 온갖 죄악을 저질러 봤다.

그래서 침묵한다. 입을 꾹 다문 채 허드렛일이라도 만족하며 하루를 보낸다. 사람을 죽이지 않고 밤을 맞이할 수 있다는 게 얼마나 큰 행운인지 잘 아니까.

그런 그들이 발 벗고 나섰다.

칠살문이 시각랑이다. 단차가 시각랑임을 표명했다.

그들은 무림공적이 되어 떠돈다. 벗 한 명 없이 모든 사람에게 쫓기는 신세가 되었나.

시각랑들은 그런 시각랑을 차마 볼 수 없었던 게다.

물론 그들이 잘했다고는 보지 않는다. 칠살문, 단차…… 그들은 애꿎은 사람들을 많이 죽였다. 명망 높은 사람들이, 가난한 사람에게 무상으로 지원을 베풀어주던 호협한들이 하룻밤 새 차디찬 시신이 되어 드러누웠다.

그들이 한 행동은 납득하기 힘들다.

하나 아무리 그렇더라도 개떼에게 쫓기는 짐승마냥 무인들에게 사냥당하도록 내버려 둘 수는 없다.

그들은 지금 시각랑과 단차가 무엇을 하려는지 안다.

한 번, 두 번 혹시나 하고 연락을 취해봤는데, 그들이 연락대로 움직인다.

그럼 확실해진 게다.

시각랑들은 끊임없이 칠살문과 단차에게 연락을 취했다.

그들이 서로 만나게끔 예의 주시하면서, 암중으로 서로 연락을 취하면서 밀마를 남긴다.

북에서 내려오고, 남에서 올라가고…… 시각랑들은 이들을 고평천(高平川)이라는 강으로 내몰았다.

*   *   *

쏴아아아!

폭우가 사흘째 그치지 않고 있다. 겨울비치고는 많이 쏟아지는 편이다.

"그놈의 새끼, 발길이 떨어지지 않는 모양이네. 이제 그만 떠나지 왜 이렇게 구질구질하게 울어대."

갈주기가 우중충한 하늘을 올려다보며 말했다.

그 말을 들었음인가, 하늘도 그의 말에 응답했다.

우르르릉! 쫘앙!

번개가 번쩍 몰아쳤다.

"형님 말이 마음에 들지 않는 모양이오."

담위민이 말했다.

그들은 허름한 폐가에 몸을 뉜 채 겨울비를 피했다.

“그나마 비가 와서 다행이네. 그렇지 않았으면 피비린내 맡은 들개들마냥 눈이 시뻘게서 달려들었을 텐데.”

추위걸이 말했다.

그들도 자신들이 어떤 처지에 놓였는지 안다.

지금까지 안선을 죽여왔으니 그들의 반격은 수용해야 한다. 무림공적으로 몰렸으니 모든 무인들이 검을 들 테고, 무총 무혼까지 죽였으니 하루도 편히 쉴 날이 없다.

그들은 항시 싸움을 준비했다.

단차를 찾아가는 길이지만 사실 그를 만난다고 해도 뾰족한 수가 있는 건 아니다.

그가 저지른 일이기에 다음 수가 준비돼 있지 않나 싶어서 가보는 것뿐이다.

“제길! 어째 잔뿌리만 실컷 캐다가 돌아가는 기분이네. 왜 그런 적 있지 않소. 대상을 죽이러 갔다가 솔개늘만 실컷 누늘 거 패고 돌아갈 때. 그냥 패고 돌아가면 억울하지나 않지, 여 형님까지 잃었으니…… 정말 기분 더럽잖소?”

서악정이 말했다.

“쉿!”

부사영이 앉아 있는 모습 그대로 말했다.

모두들 황급히 만도를 움켜쥐었다.

부사영이 경고를 내렸다. 그들은 아무것도 감지하지 못했지만 부사영의 경고를 십분 믿는다.

"제길! 좀 편히 쉬는가 했지."

고봉이 만도를 뽑으며 말했다.

저벅! 저벅! 저벅!

한 사내가 빗속을 걸어왔다. 쏟아지는 빗줄기를 온몸으로 맞으면서 천천히 다가섰다.

그는 큰 방갓을 썼다. 하지만 구멍이 숭숭 뚫려 있어서 빗줄기를 감당할 수는 없을 것 같았다. 실제로 그의 온몸은 물에 푹 담근 듯 젖어 있었다.

"단차?"

"단차…… 빌어먹을! 저놈은 죽지도 않는군."

시각랑들이 속삭이듯 중얼거렸다.

물론 그들이 한 말은 속삭임 수준을 넘어선다. 속삭임 형태를 취했지만 언성이 높아서 단차의 귀에 똑똑히 들렸을 게다. 일부러 들으라고 한 소리이니 듣지 않았다면 오히려 서운하다.

단차는 듣지 못한 듯 내색을 하지 않았다.

실혹 들었다고 해도 한시적으로 손발을 맞추는 입장에서 무어라고 말할 수는 없으리라.

단차는 폐가로 들어서자 마치 제집에 들어선 듯 모닥불 가로 가서 불기를 쬤다.

"요깃거리는 없나?"

“어쭈?”

“건량이라도 좀 내놓지.”

“언제 맡겨놨나…….”

서악정이 눈을 부라리며 말대꾸를 하려고 할 때, 갑자기 부사영이 벌떡 일어나 단차 앞으로 다가섰다.

모두 깜짝 놀라서 부사영을 쳐다봤다.

단차는 말로는 짓씹을 수 있어도 무공으로는 어찌할 수 없는 사내다. 한데 부사영의 표정을 보니 험악하게 일그러져 있지 않은가! 당장에라도 요절을 낼 듯한 기세이지 않은가!

와락!

부사영은 다짜고짜 단차의 멱살을 움켜잡았다.

희한한 것은 단차다. 그는 부사영에게 멱살을 잡히고도 아무런 반응을 보이지 않았다.

“너 이 새끼!”

부사영의 음성이 격동으로 떨렸다.

단차는 묵묵했다. 아무 말도 없이 부사영만 쳐다봤다.

쉬익! 퍼억!

부사영이 기어이 주먹을 휘둘렀다.

망치 같은 주먹이 단차의 턱에 꽂혔다.

단차는 피하지 않았다. 묵묵히 맞았다. 저항도, 변명도 하지 않고 목석처럼 가만히 서서 맞았다.

퍼억! 퍼억!

둔탁한 소리가 연신 울렸다.

시각랑들은 처음에는 깜짝 놀라 만류하려고 했다. 기어이 사단이 벌어지는가 싶어서 뜯어말리려고 했다.

단차가 어떤 인물인가!

그는 일곱 명의 합공을 유유히 막아낸 인물이다. 북지단주와 동수라고 평가되고 있으며, 단신으로 개방 타구진을 뭉개 버린 이 시대 최고의 기린아다.

부사영이 아무리 검산의 검귀라고 해도 단차의 적수가 될 리 없다.

물론 부사영의 심정은 이해한다.

여강강이 죽었으니 그 원한이 단차에게 쏠리는 것은 이해할 수 있다. 하지만 그것 역시 억지밖에 되지 않는다.

단차의 의견에 동조한 것은 자신들이다.

그가 협박 비슷한 회유를 했지만 결국은 자신들이 나서서 안선을 죽였다.

그들이 직접 반격한 것은 아니지만 다른 자들 손에 죽었다고 해서 원망할 것은 없다.

뜯어말려야 한다.

한데 한 대, 두 대…… 주먹이 이어지다 보니 이상한 느낌이 든다.

단차가 얌전히 맞아?

무언가 있지 않고서야 이리 얌전히 맞을 까닭이 있나!

그들은 말리지 않고 지켜봤다. 그리고…… 한 대, 두 대 부사영의 주먹이 이어짐에 따라서 어떤 느낌을 받았다.

그들은 처음에는 놀랐고, 두 번째는 분한 심정에서 지켜봤다.

퍼억! 퍼억!

방갓이 벗겨져 날아갔다.

복면 사이로 붉은 선혈이 주르륵 흘러내렸다.

그래도 부사영은 주먹질을 멈추지 않았다. 연신 두들겨 팼고, 단차는 맞았다.

"헉헉! 썩을 놈의 새끼!"

때리다가 지쳐 버린 부사영이 멱살을 놓고 물러섰다.

"형님, 이제는 내 차례요."

고봉이 주먹을 우두둑 꺾으며 나섰다.

그들은 이제 단차의 정체를 알아차렸다.

복면으로 얼굴을 가리고 있지만 행동거지에서 모든 것을 느낄 수 있다. 아니, 그런 것까지도 필요없다. 누구라는 느낌이 뇌리에 비수처럼 와서 꽂힌다.

단차는 묵묵히 쳐다보기만 했다.

때릴 사람은 때리고, 맞을 사람은 맞고…… 소리없는 구타가 연이어졌다.

"뭐 하는 거지?"

걸왕들은 고개를 갸웃거렸다.

단차가 누구에게 맞는다는 것은 생각하기 어렵다.

개방의 비밀 수호신이라는 그들도 십 장 안으로 들어서지

말라는 엄명 한마디에 멀찍이 거리를 두고 따르고 있는 실정
이다.

　그런 그를 누가 때린단 말인가.

　시각랑이다. 시각랑들이 거침없이 때리고 있다.

　단차의 행동은 더욱 이해하기 힘들다. 그는 얌전히 맞고만
있다. 마치 큰 빚을 진 사람처럼 묵묵히 얻어맞는다.

　걸왕들은 아무리 생각해도 이 상황을 이해할 수 없었다.

　"난 완전 병신이 된 느낌인데. 아무것도 모르겠어."

　"너만 그런 게 아냐, 나도 그래. 한주먹 거리도 안 되는 놈들
에게 저리 맞는 이유가 뭐냐고."

　"단차는 시각랑이라고 했지? 그것과 관계있지 않을까? 칠살
문에서는 여강강이 죽었잖아."

　"그럼 시각랑은 수하가 죽을 때마다 저렇게 얻어터지는 게
관례라는 거야?"

　"말이 안 되지?"

　"말이 된다고 생각해?"

　그들은 정말로 단차를 이해할 수 없었다.

　쏴아아아……!

　빗줄기가 더욱 굵어졌다.

　천둥 번개도 몰아치고…… 좀처럼 그칠 것 같지 않은 비가
주룩주룩 쏟아졌다.

　"따뜻하게 좀 지지십쇼."

추위걸이 뜨거운 물수건을 가지고 왔다.

계야부는 묵묵히 받아서 양쪽 볼에 댔다.

검은 복면은 피투성이가 되어 있다. 숨을 쉴 때마다 젖은 복면이 코로 말려들어 거친 숨을 토해내게 만들었다. 그래도 그는 복면을 벗지 않았다.

"갑갑해 보이는데…… 벗지 그래."

"괜찮다."

"우리에게 말하지 않은 이유가 있겠지?"

"……."

"북지단을 시켜서 생포한 것도 너?"

"……."

"이거 또 신경질 나네."

부사영은 화를 삭일 수 없는지 부르르 손을 떨었다.

그들에게 계야부의 생존은 큰 충격이었다.

그가 단차라는 인물로 변해서 나타난 것은 천지개벽을 눈으로 본 것만큼이나 놀라웠다.

그들은 혼란스러웠다.

계야부는 물 한 모금을 입에 물고 오물오물거린 다음에 내뱉었다.

붉은 핏물이 쫙 퍼졌다.

"내 곁에 있으면 죽는다, 모두."

그 한마디, 그의 진심이 알알이 배어 있었다.

시각랑은 한마디 말을 듣자마자 가슴이 울컥했다.

계야부가 의살을 사용한 것은 아니다. 이번에는 진심이 진심을 건드린 것이다.

"지금은?"

"내가 곁에 없어도 죽을 놈들이잖아. 후후!"

"말 되는군. 후후!"

부사영은 웃었다.

그때, 계야부가 쐐기를 박듯이 한마디 했다.

"그래도 난 단차다."

시각랑들이 그를 쳐다봤다.

그가 계속 자신을 단차라고 주장하는 데는 이유가 있으리라.

그 이유는 방금 전에 그가 한 말에서 찾을 수 있다.

자신 곁에 있는 사람은 모두 죽는다. 그나마 단차로 있으면 몇 명이라도 보호할 수 있다.

그 몇 명 속에 사약란이 포함된다.

그는 그녀만은 보호하고 싶은 게다. 어떤 일이 있어도 그녀만은 자신의 길을 가게끔 만들려는 게다.

그러고 보니…… 단차와 사약란은 이미 만났다.

북지단에서…… 단차의 탈을 쓰고 사약란을 만났다. 만나는 순간부터 헤어지는 순간까지 단 한 번도 애정이나 관심을 표현하지 않았다. 그런 의미가 깃든 눈짓조차 보내지 않았다.

자신들에게 그랬던 것처럼 사약란에게도 완전한 타인인 단차로 만났다.

무정한 만남이다.

그래 놓고 그녀의 안위가 걱정스러워 피투성이 검은 복면을 한순간도 벗지 못한다.

시각랑 계야부를 몰랐다면 참 정에 약한 사내라고 말할 것이다. 계집에게 미쳐서 형제들을 등한시하는 찌질한 놈이라고 손가락질했을 게다.

계야부를 알기에 그런 말은, 그런 생각은 하지 않는다.

"아직도 일휘단주님이십니까?"

부사영이 정중한 어조로 물었다.

"아직 해임되지 않았으니까."

"그럼 일휘단주로서 저희를 이끄시렵니까?"

"그게 좋을 거야. 많은 형제들이 가세하기 시작했어. 이건 결코…… 좋은 현상이 아냐."

계야부가 고개를 내저으며 말했다.

그가 말한 형제들이란 은퇴한 시각랑들을 말한다.

그들이 개입하고 있다는 사실은 여섯 형제늘도 눈치챘다. 그들의 앞길에 놓여진 밀마로 얼마나 많은 시각랑들이 개입하고 있는지 눈치챘다.

계야부는 그들마저 걱정하고 있다.

"이렇게 된 것, 한번 뒤집어 버리죠."

담위민이 코끝을 찡긋거리며 말했다.

계야부는 다시 고개를 내저었다.

"그럴 상대가 아니다. 전에 한 번 나와 겨뤄봤으니 알겠지만

난 현재의 무공만으로도 너희를 일다경 안에 죽일 수 있다. 이
점은 다들 동의할 줄 알고……."

"쳇!"

서악정이 눈살을 찌푸리며 코웃음을 쳤다.

꼭 그렇게 직설적으로 말해야 속이 시원하냐는 표정이다.

계야부가 말했다.

"현재 내가 알고 있는 사람 중에 날 죽일 수 있는 사람은 여
덟 명이다. 내가 알고 있는 사람 중에서만."

"뭐, 뭐! 뭐라고!"

"설마!"

시각랑들은 깜짝 놀라 서로를 쳐다봤다.

계야부가 계속 말했다.

"난 그들이 어느 쪽인지 모르겠어. 적이 아니라면 다행이지
만 적이라면 우리 목숨은 손아귀에 쥐어진 파리 목숨이나 다
를 바 없는 거지. 이런 상태에서 움직이고 있었던 거야, 나는."

"형님! 지금 그 말씀 진정이오!"

고봉이 놀라서 말했다.

"단주. 일휘단주. 형님이라는 소리는 나중에 듣자. 일휘단
주. 잊지 마라."

"알겠소. 단주, 지금 그 말이 사실이오?"

"사실이다. 내가 끝끝내 일휘단주가 되어야 하는 이유가 충
분하니 당분간은 이대로 참아주기 바라."

"하하! 알겠소. 그런데 맞은 데는 괜찮소? 되게 세게 때렸

는데."

"감정이 충분히 실렸더군."

"그런 말 마쇼. 석수산에서 형님께…… 아니지, 단주님께 오죽 맞았소? 그때 아마 뼈도 가끔 드러났지?"

"그때의 복수냐?"

"이것저것 섞여서 쳤수다. 한데 때려보니 거 괜찮네. 형님, 다음에도 한 번 부탁하오."

"단주."

"아! 단주. 단주님, 부탁하오."

"하하하!"

그들은 오랜만에 흔쾌하게 웃어 제쳤다.

당장 빗줄기가 걷히면 어떤 일이 벌어질지 알지 못하지만 지금 이 순간만은 편하게 즐기고 싶었다.

第百二十一章
흔봉고구(欣逢故舊)

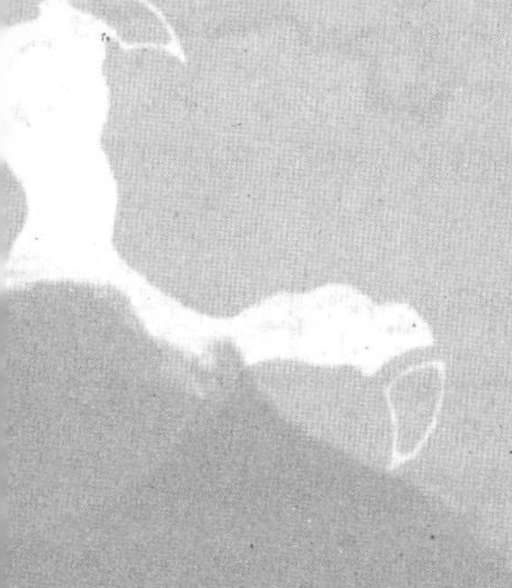

투득! 투득!

빗줄기가 많이 약해졌다. 처마 밑에서 한두 방울씩 떨어지는 게 고작이다.

시각랑들은 길 떠날 채비를 마쳤고, 그사이에 계야부는 피 묻은 복면을 말끔히 씻고 돌아왔다.

밤을 같이 지낸 후, 그들은 다시 일휘단주와 시각랑으로 돌아왔다.

시각랑들은 계야부를 이해한다. 그가 어떤 마음에서 단차를 고집하는지 안다.

"계획은 있소?"

고봉이 남남처럼 물었다. 하지만 말투까지 남일 수는 없다.

일휘단주에게 말하는 것이니 싸늘했지만 음성 속에는 대형에 대한 존중이 흠씬 묻어 나왔다.

“금룡대를 찾는다.”

“살림이 아주 강하다고 들었는데…… 기왕이면 강한 쪽이 낫지 않겠소?”

부사영이 말했다.

그는 검산의 검귀다. 그렇기에 살림 살수들의 무위를 짐작한다.

현재 계야부에게 도움이 될 만한 사람을 고르라면 아무래도 이제 막 살수의 길로 접어든 금룡대보다는 완숙할 대로 완숙한 살림이 훨씬 낫다.

그런 의미에서 말한 것이다.

“그러니 금룡대를 찾아야지. 살림은 어떻게든 버틸 거야. 금룡대는 버티지 못해.”

“금룡대주가 있잖소.”

“금룡대주는 무인이지 살수가 아냐. 곤경에 처하면 정면 대결로 돌파할 사람이야. 일종의 옥쇄(玉碎)지. 그는 명예를 아주 존중하는데, 그런 사람이 어떤 때는 아주 곤란해.”

“후후! 피하지 않고 부딪치는 사람…… 정말 곤란하죠.”

서악정이 웃으며 말했다.

시각랑은 무조건 싸우지 않는다. 피할 수 있을 것 같은 싸움은 철저히 피한다. 적진에서 싸우는 것이 얼마나 위험천만한 행동인지 잘 알고 있기 때문이다.

그런 행동은 일상생활에서도 이어진다.

그들은 절대 싸우지 않는다. 어쩔 수 없다고 생각되는 경우에는 가장 빨리, 가장 신속하게 처리한다.

그들은 싸우지 않는다. 살인을 할 뿐이다.

한데 첩각 침투를 하다 보면 종종 싸우지 못해서 안달난 놈들을 볼 수 있다.

으레 이제 갓 시각랑이 된 놈들이 그런 짓을 하는데, 힘이 넘쳐흘러서 적만 보면 죽이지 못해서 안달한다.

그런 자는 자신만 위험한 것이 아니라 동료마저 위험에 빠뜨린다.

시각랑들이 함께 움직이기 가장 싫어하는 부류이며, 또 오래 살지도 못한다.

물론 금룡대주는 그런 부류는 아니다.

그도 싸움을 피한다. 하지만 외통수에 몰리면 결국 결전을 택한다. 어떻게든 빠져나올 생각을 해야 하는데, 결전부터 생각하니 다른 수가 보이지 않는다.

그래서 곤란하다는 것이다.

"그놈들을 찾을 방도는 있소?"

부사엉이 물었다.

단차와 칠실문은 은퇴한 시각랑들이 도와줄 수 있었다.

양쪽 모두 밀마를 알고 있기 때문에 어느 한쪽이라도 밀마를 읽어내면 움직임을 유도해 내는 것이 가능했다.

이번에는 다르다. 금룡대가 밀마를 모른다. 단차가 일방적으로 그들을 찾아가야 한다.

또 은퇴한 시각랑들은 단차의 의도를 모른다.

그는 지금부터 남동진(南東進)할 터이지만, 밑으로 내려가는 이유를 모른다.

계야부가 밀마를 남겨서 도움을 요청할 수도 있다.

금룡대를 찾는 중이니 도와달라고 밀마를 남기면 지금 상황에서는 얼마든지 도와줄 사람들이다.

한데 계야부는 그러려고 하지 않는다.

더 이상 은퇴한 시각랑들을 간여시키지 않으려고 한다.

그는 바보가 아니다.

안선이 일제히 숨을 이유가 있는가?

칠살문, 살림 살수, 금룡대…… 고작 이 정도의 공격에 꼬리를 말고 숨을 정도였던가? 그랬다면 무총과 그 오랜 시간 동안 지루한 싸움을 하지 못했을 게다.

안선이 싸우지 않고 숨은 데는 반드시 이유가 있다.

무총주는 무혼을 일부러 죽였다.

사약란과 칠살문의 관계를 끊는 게 목적이라고?

무작정 시각랑을 죽이면 사약란이 할아버지를 원망할 것 같아서 일단 관계부터 끊어놓는 것이라고?

무총은 개방부터 압박할 수 있었다. 개방이 하는 짓을 못하게 하면 그만이었다.

시각랑들의 살행을 숨기지 못하게 한다.

지금까지 했던 것과는 반대로 시각랑들의 행보를 전 무림에 알리도록 압박한다.

이랬다면 어땠을까?

무총이 손댈 것도 없었다. 북무림 무인들이 알아서 시각랑을 처리했다. 그리고 무림공적을 처단한 것이니 사약란도 할아버지를 원망할 수는 없다.

굳이 무총주가 나서지 않아도 된다. 비목대주 정도만 움직여도 이런 일은 얼마든지 가능하다.

비공식적으로 움직이는 것은 어떤가?

암살단을 조직해서 움직이면? 무혼을 비공식적으로 움직이게 하면? 정말로 칠살문 시각랑들을 암살해 버리면? 그래서 깊은 산중에 소리소문없이 묻어버리면?

일을 깨끗이 마무리할 방도는 많다.

시각랑으로 하여금 무혼을 죽이게 만든 것은 사약란을 기망하려는 게 아니다.

무혼은 다른 수를 쓰고 있다. 그리고 그 수는 조만간 성난 해일이 되어서 들이닥칠 것이다.

이렇게 세상이 온통 숨겨진 것투성이다.

이런 곳으로 은퇴해서 오순도순 가정을 꾸리고 있는 시각랑들을 끌어들일 수는 없다.

곤란하면 곤란한 대로 뚫고 나간다.

아쉬우면 아쉬운 대로 참고 나간다.

"금룡대는…… 어떻게든 찾을 거야."

계야부가 검을 들고 일어섰다.

단차와 시각랑들은 고평천을 건넜다.

"여길 건너면 산악인데?"

결왕이 말했다.

단차의 이해할 수 없는 행동은 계속 이어졌다.

시각랑들에게 실컷 두들겨 맞더니 느닷없이 강을 건넌다.

고평천은 묘한 강이다.

강 동쪽은 산악들이 연이어 펼쳐지지만, 서쪽은 보(堡)와 영(營)이 줄지어 이어진다.

북방인 관계로 군영이 많기 때문이다.

고평천에 도착한 사람들은 대체로 강을 건너지 않는다.

북쪽이나 남쪽으로 가려면 배로 이동한다. 동쪽으로 가는 사람도 산악을 타지는 않는다. 배를 타고 분주까지 남하한 다음에 쌍봉보(雙峰堡) 쪽으로 돌아간다.

일직선으로 거리를 재보면 세 배나 돌아가는 길이지만 도착하는 시간을 놓고 보면 배는 더 빠르다.

고평천에서 백조성보(白鳥城堡) 사이의 산악은 나는 새도 넘지 못할 만큼 험준하다.

단차는 그곳으로 들어섰다.

"숨을 자는 아닌데."

다른 결왕이 중얼거렸다.

"숨을 자는 아니지. 목적없이 행동할 자도 아니고. 이리 가는 건 다른 목적이 있다는 건데……."

“산속에 기어드는데도 목적이 있나?”

걸왕들은 단차의 의도를 알기 위해 부심했다.

정말 희한한 인간이다. 개방이 전력을 다해 도와주겠다는데 마다하는 인간이 있다니. 그건 그렇고 자신들은 또 어떤가. 굳이 싫다는 놈에게 도와주겠다고 간청하고 있으니 이게 말이나 되는가.

“어서 배를 빌려. 자칫하면 놓치겠어.”

걸왕이 말했다.

고평천 너머 깊고 깊은 산악에는 개방도가 없다.

일 년 열두 달, 사람 그림자도 볼 수 없는 곳에 개방도를 배치해 놓을 이유가 없다.

단차가 산속 깊이 들어가 버리면, 그가 다시 모습을 드러낼 때까지 멀거니 손가락만 빨고 있어야 한다.

“이번에도 쫓아온다고 뭐라고 안 하겠지?”

“지금은 우리가 뒤쫓는 걸 몰라서? 십 장 안으로만 들어서지 말라고 했잖아.”

“제길! 우리가 이런 대접을 받을 줄은 꿈에도 몰랐는데.”

“그러게……. 우리 걸왕이 맞기는 한 거야? 무슨 왕이 남의 뒤만 졸졸 따라다녀.”

“조용히 해라. 듣는다.”

그 한마디에 걸왕들은 일제히 입을 다물었다.

단차는 십 리 밖에서도 듣고 싶은 말을 듣는다. 보고 싶은 것을 보고, 말하고 싶은 것을 말한다.

그는 인간의 감각을 이용하지 않는다.

마치 허공에 부유하는 유령 같은 존재다.

그들은 단차가 무서웠다.

무인으로서 단차는 두려운 상대다. 결왕들이 그와 팔 대 일로 싸워도 승산이 없을 것 같다는 느낌이 든다. 자신들이 수련한 절기 또한 죽음의 수법이다. 하지만 어쩐 일인지 단차에게는 무력하게 무너질 것 같다.

다른 느낌도 있다.

의살이 어떤 무공일까? 이건 호기심이다.

결왕들이라고 세상에 존재하는 모든 무공을 아는 건 아니다. 거의 대부분을 모른다고 봐야 한다. 그럼에도 다른 무공들이 어떤 식으로 펼쳐지는 것인지 궁금해해 본 적은 없다.

무총주의 무공? 두말할 필요가 없다. 지상 최상이다. 아직까지 상대가 없는 초절기다. 그래서?

결왕들은 무총주의 무공에도 궁금증을 가져본 적이 없다.

무총주라는 사람이 신공절기를 가졌구나!

거의 대다수 무인들처럼 그들도 그 정도의 선에서 호기심을 참아 넘긴다.

단차의 경우는 다르다. 어떻게 해서 머릿속을 파고드는지, 머릿속에 떠오른 생각이 어떻게 행동으로 이어지는지, 진기를 사용하지 않는데 진기를 사용한 무공보다 더 강한 파괴력이 나오는 것은 어떤 연유인지…… 모든 게 궁금하다.

기회가 주어진다면 의살을 낱낱이 파헤쳐 보고 싶다.

기존 무공과는 완전히 다른 신세계의 무공이기 때문에 더욱 더 호기심이 일어난다.

걸왕 중 한 명이 재빨리 배를 훔쳐 왔다.

"빨리 가자고!"

그가 서둘렀다. 다른 걸왕들은 이유도 묻지 않고 재빨리 탔다.

어디 이런 일이 한두 번인가.

"야! 이 도둑놈들아! 내 배 못 내놔! 도둑이야! 거 거지새끼들이 내 배를 훔쳐 간다! 도둑이야!"

멀리서 우락부락하게 생긴 장한이 고래고래 고함을 질렀다.

다른 걸왕이 지나가는 말로 툭 쏘았다.

"눈치껏 임자 없는 배 좀 고르지."

"이게 제일 튼튼해 보이더라고."

"이 배로 어디 가려고? 고작 강 하나 건너는 건데, 아무렴 어때?"

"이 자식이! 그럼 네가 훔쳐 오면 될 것 아냐!"

그들은 배 주인의 고함은 아랑곳하지 않고 티격태격 싸웠다.

그들은 조금도 급한 것이 없었다. 단차를 태운 배는 이십여 장쯤 앞서 가고 있지만 그 정도의 거리는 얼마든지 따라잡을 수 있었다. 그것보다는 오늘 저녁은 무엇을 먹을까가 걱정이었다.

시각랑들이 편한 길을 버리고 산을 타는 이유는 금방 드러
났다.

쉐엑! 쒜엑! 쒜에에엑!

시각랑들은 바람처럼 질주했다.

바위를 뛰어넘고, 계곡을 단숨에 건너뛰고, 길이 끊긴 숲을
간단하게 헤쳐 나갔다.

"이, 이런! 이런!"

결왕들은 몹시 당황했다.

그들은 신법을 펼쳤지만, 그럼에도 불구하고 시각랑들을 따
라잡지 못했다.

몸이 빠른 것과 발 디딜 곳을 빨리 찾는 것은 다른 이야기
다.

시각랑들은 이런 지형에 아주 익숙하다.

그들도 처음 와본 낯선 산임에는 틀림없겠지만 마치 오랜
세월 동안 이 산을 누빈 것처럼 행동한다.

결왕들은 빠른 신법을 가졌지만 지형에 익숙하지 않다. 한
곳에서 다른 곳으로 이동하는 모습이 매우 서툴다. 물론 바람
처럼 움직이고는 있지만 시각랑에 비하면 훨씬 둔해 보인다.

시각랑들은 산짐승처럼 펄펄 날았다.

"헉헉! 미치겠네."

"저놈들, 산이 안방이야. 제길!"

결왕들은 부리나케 뒤쫓았다.

시각랑은 산에서 태어나 산에서 자란 사람처럼 산에 익숙하다.

그들은 험산에서도 보통 사람들이 평지를 달릴 때의 속도를 낼 수 있다.

산을 질주한다.

범인들이 힘들게 오를 때, 그들은 뛰고 또 뛴다.

시각랑에게 산을 얼마나 빨리 탈 수 있느냐 하는 문제는 곧바로 삶과 죽음으로 연결되었다.

사방이 적일 때 산을 택해 도주한다.

보통 산으로 도주하는 사람들의 속성이 숨는 데 있는 반면, 시각랑은 추격을 떨치는 데 있다.

따라오지 못하고 뒤처지는 자들도 나온다. 그런 자는 버릴 수밖에 없다. 비정하게 보일지 몰라도 적이 턱 밑까지 쫓아온 상황에서는 어쩔 수 없는 선택이다.

쫓아오는 자들만 데리고 간다.

시각랑들은 이런 생각이 머릿속에 굳어져 있다.

그래서 다리가 부러져도 누구에게 손을 내밀지 않는다. 뒤따르지 못할 것 같으면 조용히 뒤로 빠져서 홀로 생존을 모색한다. 생존이 정 여의치 않으면 결사를 선택할 수밖에 없는 것이고.

쉬익! 쉬이익!

계야부는 흐르는 물처럼 암석을 타넘었다.

타악! 타앗! 파파팟!

시각랑들이 재빨리 뒤를 쫓아왔다.

시구각보를 펼치는 자도 있고, 사전투광신보를 쓰는 자도 있다.

무엇을 사용하여 쫓아오든 본인의 자유다. 이런 지형에서는 어떤 신법이 낫다거나 하는 충고도 할 필요가 없다. 그런 말을 한다고 해서 들을 사람들도 아니다. 자신의 생존은 오직 자신에게 달린 것, 남의 의견은 참조 사항에 불과하다.

"쉬었다 가지."

계야부가 걸음을 멈췄다.

쉴 때는 철저히 쉰다.

일말의 경계심조차 품지 않고 전신을 완전히 방송한다.

적이 매복해 있다면 죽은 목숨이다. 적을 따돌리지 못해서 꼬리를 붙렸어도 죽었다고 봐야 한다.

죽음이 예정된 사람은 급할 게 없다.

긴장은 나쁜 상황과 부딪친 후에 끌어올려도 늦지 않다.

그런 데 쓸 신경이 있으면 뭉친 근육 하나라도 더 풀어낸다.

"금룡대도 흩어졌나?"

부사영이 다리를 높이 올리고 길게 드러누우며 말했다.

"한 서너 개 정도?"

"너무 빠듯한 일정이었어. 흩어져도 괜찮다고 판단했겠

지만."

"가만히 서 있는 통나무를 가격하는 것과 다를 바 없었다.
너무 엄살 부리지 마."

"후후! 이제야 대형다워졌군."

"감정 같은 것 없냐?"

계야부가 물어왔다.

사약란에 대한 감정을 묻는 것이다.

그녀는 검산을 무너뜨렸다. 부사영의 사문을 뿌리조차 남기
지 않고 완전히 멸절시켰다.

이 정도라면 불구대천지수다.

"친구로서 묻는 건가, 대형으로서 묻는 건가. 아니면 단차로
서 묻는 건가?"

"벗으로 묻는다는 편이 가장 편하겠지?"

"그렇겠지."

"그럼 벗으로 묻지. 감정 같은 것, 남아 있나?"

"감정이 있다면…… 오목 그놈도 가만둘 수 없지. 사색시녀,
일력광풍, 사사표풍…… 그 싸움에 가담한 자들 모두 처리해
야 돼. 죽음에는 죽음으로."

"그렇겠지."

"잊었다. 그놈들을 내 손으로 죽일 수는 없잖아. 지금은 너
무 강해져서 죽일 수 있는지도 모르겠고."

부사영은 너무 쉽고 간단하게 말했다.

"말이 나온 김에 하나만 더 묻자."

“아픈 걸 물을 것 같은데?”

“시각랑이 된 이유가 뭐냐?”

계야부가 가볍게 물었다.

대답해도 좋고 안 해도 좋고…… 그저 아침 먹었냐고 묻듯이 지나가는 바람처럼 물었다.

“후후! 어쩐지…… 아플 걸 물을 것 같더라니.”

“아픈 물음인가?”

“검산은…… 빙정의 움직임을 추적했다.”

계야부의 눈빛이 번뜩였다.

여기도 빙정이 거론되는가? 무총과 안선이 빙정을 둘러싸고 암투를 벌이더니 검산도 한 귀퉁이에 끼어들어 있었는가.

“일교사가 북해빙궁의 진산지보인 빙정을 빼돌릴 때부터 계속 뒤를 캤지. 어떻게든 빙정을 빼앗으려고 애썼는데…… 어느 날인가부터 사라지고 없더군.”

“빙정을 가지고 뭘 하려고?”

“쾌(快)는 빠른 움직임. 하시만 극쾌는 극유(極柔)와 상통하지. 극강을 실었다가는 극쾌가 나올 수 없어. 극유를 실어야지만 극쾌가 나와. 내가 수련한 일촌사를 두어 배 이상 능가하는 빠름이라지? 믿을 수 없지만 무리(武理)상으로는 그래.”

“그런가……”

“빙정을 흡수할 수 있다면 음유지기를 형성할 수 있고, 하면…….”

“검공도 완성된다?”

"결국 미완성으로 끝나고 말았지만, 완성만 되면 검산이 가지고 있는 검공 중에서 단연 최고가 될 거야. 검산은 무총주와도 겨룰 수 있는 무공으로 봤으니까. 후후!"

검산이 그렇게 생각했다면 정말로 파괴적인 검공일 게다.

"어찌어찌해서 겨우 빙정이 네게 있다는 걸 알았고…… 그래서 날 네 곁에 보낸 거지. 빙정을 빼낼 수 있는 방법을 모색하면서 곁에 있으라고, 곁에 있다 보면 누군가 빼내려고 할 테니, 그때를 잘 활용하라고. 후후후!"

"빙정 외에 방법은 없는 건가?"

"아직까지는."

부사영은 피식 웃었다.

"무리는…… 알고 있나?"

"호오! 그건 비밀이야. 어때? 알고 있을 것 같아 보여?"

"무리를 알고 있다면 아직도 빙정을 노리겠군."

"빙정이 네게 없다는 건 알아."

"……?"

"단차를 처음 만났을 때…… 그에게서는 빙정의 냄새가 없었지. 그래서 계야부와 비슷하다고 생각하면서도 아닐 것이라고 확신한 거야. 후후! 넌 운이 좋은 거야. 그 덕분에 쉽게 속아 넘어갔으니까."

"빙정의 기운은 무엇으로 감지하지?"

"알아보는 방법이 있지."

그는 기형장검을 철컥거렸다.

“이놈은 북해에서만 생산되는 한음강철(寒陰鋼鐵)이라서 평소에도 늘 서늘해. 재미있는 건 빙정 곁에 가까이 가면 깜짝 놀랄 만큼 차가워진다는 거야. 뭐랄까? 고슴도치가 털을 곤두세우듯이 한기를 발산한다고 할까? 어쨌든 단번에 알 수 있어.”

“그랬군.”

“섭섭한가?”

“네가 검산 검귀라는 사실을 알았을 때 조금 섭섭했지. 세상에 믿을 놈 없구나 하고. 후후! 네 말대로 지금은 다 잊었다. 넌 내 벗이자 아우니까.”

“그 아우 말이야…… 어쩐지 내가 좀 손해 보는 것 같아.”

“이젠 늦었다.”

“그러게 말이야. 그때 내가 왜 순순히 말을 들었지? 꼭 뭐에 홀린 것 같단 말이야.”

“후후!”

“하하하!”

그들은 웃었다. 오랜만에 통쾌하게 웃었다.

부사영은 검산의 한을 가슴에 안고 있다. 하나 그 한이란 것이 사람을 죽여서 풀어야 할 것은 아니다.

검산을 다시 일으켜 세우는 것, 누구도 넘보지 못할 검의 왕국을 건설하는 것만이 한을 푸는 길이다.

그러기 위해서는 일촌사보다 두 배, 세 배 빠르다는 음유검을 완성해야만 한다.

무리는 알고 있다.

부족한 것, 빙정을 대체할 만한 것을 찾아야 한다.

빙정을 대신하는 영물이 나타날 수도 있다. 극음의 내공심법을 창안하는 것도 한 방편이다.

그는 계속 검산을 생각한다.

계야부에게 걸었던 검산의 희망은 끊어졌다. 하지만 그 방법이 아니더라도 뜻을 이룰 수 있는 방법은 많이 있다. 천하제일쾌검을 완성할 수 있다.

계야부는 부사영의 뜻을 읽었다. 그래서 더욱 유쾌하다. 시각랑은 단지 암습, 침투를 하는 군인에 불과할 뿐이라고들 하지만 불굴의 의지를 지녔다는 점에서 더욱 주목받아야 한다.

다른 사람이 모두 못한다고 해도 시각랑에게 시키면 한다. 아니, 명령을 내리면 반드시 해낸다.

그런 점이 좋다.

어둠이 깃들었을 때, 한 산에 두 개의 모닥불이 지펴졌다.

하나는 시각랑들이 피우는 모닥불이고, 또 하나는 걸왕들이 피운 불이다.

추위걸이 사냥을 해왔다.

큼지막한 멧돼지를 잡아서 껍질을 벗겨냈다.

"이런 건 뭐니 뭐니 해도 구워 먹는 게 제 맛이야. 안 그래요?"

"구워 먹으며 죽여주지. 둘이 먹다 하나가 뒈져도 몰라. 흐흐흐! 술까지 있으면 금상첨화인데.”

“참 별걸 다 찾으슈.”

추위걸은 돼지 내장을 싹 훑어내어 미련없이 버렸다.

민가에서라면 잘 씻어서 곱창구이라도 해먹으련만 산에서는 버리는 것이 상책이다.

모든 육식동물은 기생충을 가지고 있다. 기생충 대부분이 내장에 있기 때문에 잘못 먹어 탈이 나느니 버리는 게 낫다.

추위걸은 고기를 잘게 썰어 모닥불에 걸었다.

걸왕들도 사냥을 해왔다.

일반 개방도라면 사냥에 익숙하지 않겠지만 걸왕들은 하루도 사냥을 거른 날이 없다.

눈에 보이는 건 모두 잡아먹는다.

걸왕들은 노루를 잡아왔다.

껍질을 벗기고 피를 뽑아내는 데까지는 시각랑과 같았지만 내장을 버리지는 않았다.

걸왕들에게 내장의 기생충 정도는 벌레 축에 끼지도 못한다. 그것보다 더 열악한 것들도 먹어봤다.

“누구 술 가진 것 없어?”

“있으면 누구 코에 붙이게?”

“하기는…… 아! 술 생각 간절하다.”

그들도 술 이야기를 했다.

날이 밝으면 달리기 시작했다.

해가 떨어질 때까지 죽어라고 산을 탔다.

시각랑은 멧돼지 고기를 한 번에 다 먹지 않았다. 아주 조금만 먹고 나머지는 고루 나눠서 행낭 속에 비축했다.

여름이라면 하루도 가지 않아서 쉬어버릴 테지만 초겨울 한기는 사나흘쯤 거뜬히 버티게 해주었다.

그들은 잠시 쉬면서 요기를 했다.

걸왕들은 노루 한 마리를 모두 먹어치웠다.

그들은 며칠씩 산을 타본 경험이 없다. 산을 타더라도 여유를 가지고 천천히 움직였다. 지금처럼 촌각을 다퉈가며 치달리는 건 처음 겪어보는 낯선 경험이다.

"헉헉! 할 일도 없으면서 왜 이리 바쁘게 움직인대?"

"낸들 아나. 이렇게 죽기 살기로 움직여서 뭘 하려는 거야?"

"조용히 해라. 걸왕 체면이 있지, 그런 말을 입에 담아서 어쩌자는 거야? 창피하지도 않아?"

당장 핀잔이 돌아왔다.

개방은 무림의 모든 소식을 손바닥 위에 올려놓고 산다. 그래서 누가 어디로 이동한다는 소문이 들리면 그냥 피식 웃고 만다. 무엇 때문에 가는지 알고 있기 때문이다.

그게 개방노가 사는 방식이다.

정보란 것은 일이 벌어지기 전에 탐지해야 가치가 있다.

그것은 마치 미래에 벌어질 일을 미리 엿본 것 같은 쾌감까지 안겨준다.

이용할 것은 이용하고, 버릴 것은 버린다.

단차와 시각랑의 경우에는 사전 정보라는 게 전혀 없다.

이들이 왜 산으로 들어왔고, 어디로 가고 있으며, 어떤 목적을 가지고 있는지 전혀 모른다.

거의 대부분 이런 식으로 사는 게 정상이지만, 개방도에게는 치욕이다. 하물며 걸왕들임에야.

그들이 아무것도 모른 채 뒤만 졸졸 따라다닌다는 것은 일종의 수치였다.

산으로 들어선 지 이레째 되는 날, 드디어 사람 사는 마을이 굽어 보였다.

"맞게 왔지?"

"그런 것 같습니다."

"서악정, 추위걸."

"다녀오겠습니다."

두 사람은 단지 이름만 불렀을 뿐인데 무슨 용무인지 알고 있다는 듯 망설임없이 신형을 쏘아냈다.

걸왕들은 마을을 주의 깊게 살폈다.

산 정상에서 보는 풍경이라 속속들이 파악할 수는 없지만, 어느 곳에서나 볼 수 있는 흔한 마을이다.

서악정과 추위걸은 저 마을로 염탐을 나간 듯한데…….

"여기…… 동하(東河) 아냐?"

걸왕이 손가락으로 은빛 강줄기를 가리키며 말했다.

"동하?"

"내 생각이 맞는다면 저 강은 귀안(攅安)에서 흘러오는 것
같은데?"

"맞다. 동하다."

"가만…… 그럼 저기는 준약촌(峻藥村)?"

"준약촌?"

"왜 동하 어딘가에 있다는 준약촌 말이야. 저기가 거기 아닐
까? 봐, 냄새가 다르잖아? 이건…… 흠! 산약(山藥) 냄새 맞지?"

"맞아. 이건 약초 말리는 냄새야."

"에이, 그렇다고 설마 준약촌일까? 산골 마을치고 약초 한
두 뿌리 안 말리는 집이 어디 있어."

"야, 이 코맹맹아, 이게 한두 뿌리 말리는 냄새냐? 아예 냄새
가 배었다, 배었어."

걸왕들의 말처럼 산 정상에서 맡는 공기 냄새가 자연스럽지
못했다. 강한 약초 냄새가 배어 있어서 상쾌하기도 하고 텁텁
하기도 하고…… 썩 맑지는 않은 냄새가 풍겼다.

준약촌!

동하 어딘가에 있다는 약초 마을이다.

의원들에게는 상당히 널리 알려진 마을이다. 촌구석에 있는
의원조차도 구하기 힘든 약재를 서론할 때면 준약촌을 들먹기
린다.

한데 뜻밖에도 개방도는 이토록 유명한 마을을 잘 모른다.

개방도 중 누군가는 준약촌을 기웃거렸을 게다. 하나 발을
붙이지 못하고 떠나가야만 했다.

또 굳이 머물 필요도 없다.

준약촌은 산 사람들이 모여서 사는 마을일 뿐이다.

별다른 것이 전혀 없다. 거기에다가 깊은 산골에 위치한 관계로 찾아오기가 무척 힘들다.

무인의 입장에서 주시할 필요가 없는 마을이다.

그렇다고 해서 완전히 무방비 상태로 놓아둔 것은 아니다.

무인은 의약(醫藥)과 떼려야 뗄 수 없는 관계다.

좋은 약을 가지고 있다는 것은 그만큼 생명이 보장된다는 뜻이기도 하다. 준약촌처럼 귀한 약재가 많은 곳이라면 당연히 무인이 꼬이게 되어 있다.

개방도는 준약촌으로 들어서는 모든 나루터나 산 입구(入口)를 감시한다.

산길을 타는 모든 사람이 감시 대상이다.

배를 타는 모든 사람을 주시한다.

한낱 짐꾼에서부터 무인에 이르기까지 모든 사람을 뱀의 눈으로 쳐다본다.

준약촌처럼 살기 팍팍한 곳을 기피할 뿐이지 개방도의 눈초리는 세상 모든 곳을 낱낱이 굽어보는 것, 맞다.

지금까지 준약촌은 평온했다.

무인들이 들락거리기는 했지만 눈에 띄는 영약 같은 것은 거래되지 않았다.

사실 세간에서 퍼져 있는 준약촌 소문은 과장된 게 많다.

준약촌에 약효가 뛰어난 약초가 있는 건 사실이지만 웬만한

약초꾼이 정성을 기울이면 캘 수 있는 것들이다. '천하제일',
'영물'을 운운할 수 있는 영약은 없다.

준약촌에 있는 약초는 거의 대부분 세간에서도 구할 수 있
다.

다만 깊은 산에서 채취했기 때문에 간혹 수령 깊은 것들이
나오곤 하는 게 고작이다.

그렇기 때문에 개방은 주의를 기울이면서도 등한시한다.

단차는 이곳에 무슨 볼일이 있는 것인가?

잠시 후, 산 밑으로 내려갔던 서악정과 추위걸이 돌아왔다.

"아직 안 왔습니다."

서악정이 고개를 가로저으며 말했다.

"다행이군."

부사영이 빙긋 웃었다.

계야부가 마을을 내려다보며 말했다.

"완전 매복한다."

"지금…… 완전 매복이라고 했습니까?"

고봉이 되물었다.

"매복이 발각되면 공격당할 가능성이 십 할이다. 저들은 바
싹 긴장해 있을 터, 옷깃만 부스럭거려도 공격당힌다. 잡이채
는 매복이 아니니 완전 매복으로 한다. 매복에 걸려들어도 거
리를 두고 놀라지 않게, 천천히 나타나야 한다는 점을 명심해
라."

"완전 매복…… 이게 얼마 만에 하는 거야?"

“후후! 좋아서 죽는 모습이 눈에 보입니다.”
“좀 좋아하면 안 되냐?”
“누가 뭐랍니까? 눈에 보인다는 거지.”
시각랑들은 홀가분하다는 표정이었다.
결왕들은 시각랑이 완전히 사라진 다음에야 완전 매복이 무엇인지를 눈치챘다.
넓찍하게 땅을 파고 들어가서 완전히 숨는 것이다.
길목에 매복하지도 않는다. 매복지는 멀리서 지켜볼 수 있는 곳이면 된다.
담위민은 아예 마을로 내려가지도 않았다. 산자락에 매복지를 마련했다. 고봉은 밭을 파고 들어갔는데, 워낙 넓게 파서 두 다리를 쭉 뻗고 드러누울 수도 있었다.
완전 매복은 살상용이 아니다. 관찰용이다.
시각랑은 도대체 누구를 기다리는가.

하루, 이틀…… 지루한 시간이 흘렀다.
처음에는 간단하게 마무리 지을 일인 줄 알았는데, 단차와 부사영의 표정을 보니 그게 아니다.
“아주 길게 기다리는데?”
“몇 날 며칠도 좋다는 표정이야.”
“내참, 정말 이건…… 결왕이란 이름을 버리던가 해야지.”
결왕들은 전면에 나서지 못하고 멀거니 구경만 했다.
시각랑들은 무슨 일인가 분주히 벌이고 있다. 그것도 눈앞에서 땅까지 파가며 매복한다.

이 모든 걸 빤히 보면서도 무슨 일인지 모른다.

그들은 사흘째 풀만 뜯어 먹으며 버텼다.

사냥은 엄두도 내지 못했다.

계야부는 불을 지피는 것조차 엄금했다.

이 정도는 걸왕들도 이해한다.

매복의 기본이 무엇인가? 자신을 드러내지 않는 것이다. 불을 피울 수 없고, 냄새를 흘려서도 안 된다. 대소변조차 앉은자리에서 해결해야 한다.

땅을 넓게 팠다고는 하지만 한곳에서 사흘이 다 되도록 앉아 있어야 하는 시각랑에 비하면 걸왕들은 마음대로 움직일 수나 있으니 호강하고 있는 셈이다.

칡뿌리를 캐 먹었다. 솔잎을 뜯어서 씹었다. 다람쥐가 먹지 않고 남겨놓은 밤을 찾아서 까먹었다.

그들은 묵묵히 인내했다.

시각랑들의 고통은 자신들도 겪어봐서 안다.

그들의 일생에서 가장 치열했던 싸움을 떠올려 보면 바로 저런 싸움이었다.

숨어서 기다렸다. 그리고 어제만 해도 같이 웃고 같이 밥을 먹던 놈의 뒷머리를 타구봉으로 후려쳤다.

'따악!' 하고 승리의 감촉이 손에 전달되어도 방심하지 못했다. 바로 그 순간, 또 다른 벗이 자신을 가격할 수 있기에 두 눈에 핏발을 곤두세운 채 주위를 두리번거려야만 했다.

살아남았기에 걸왕이 되었다. 죽었다면 땅에 묻혔다. 묘비
도 없다. 봉분도 없다. 이 세상에 태어났다는 흔적이 모두 사
라진다. 태초부터 없었던 사람처럼…… 된다.

두 번 다시 떠올리기 싫은 기억이라 애써 기억 한편에 밀어
넣어두었던 옛날 일이 소록소록 피어난다.

"제길!"

누군가 투덜대며 신경질적으로 칡뿌리를 물어뜯었다.

다른 걸왕들도 마찬가지다. 시각랑이 하는 행동을 보면서
옛날 일을 떠올리지 않은 사람은 없다.

그들은 침울한 표정으로 지켜보기만 했다.

3

스슷! 스스슷!

그들은 천천히, 아주 천천히 기어왔다.

속도는 얼마든지 늦출 수 있다. 절대로 무리하지 않는다. 앞
으로 나아가는 것보다는 자신을 지키는 것이 우선이다.

그들의 의도가 읽혔다.

'자식들, 많이 컸는데?'

어둠 속에서 또 한 부류의 눈길이 그들을 더듬었다.

숨어 있는 자들은 이동하는 자들을 찾아냈다. 하지만 이동
하는 자들은 아직까지 숨어 있는 자들을 발견하지 못했다.

당연한 일이다.

움직이는 자가 은자(隱者)를 찾아낸다는 것은 거의 불가능
하다.
  '얼마나 컸는가 볼까?
  문득 장난기가 치밀었다.
  금룡대와 시각랑은 비슷하면서도 다르다.
  금룡대는 북지단 무인이다. 비록 북지단에서 최하위층을 구
성하고 있었다고는 하지만 그래도 북무림을 지배하는 군림자
의 위치에서 검을 휘둘렀다.
  시각랑은 말을 할 필요도 없다.
  그들을 알아주는 사람은 없다. 무림의 삼류무인조차도 시각
랑은 멸시한다.
  그런 무시를 당해도 할 말이 없는 것이, 무공 대 무공으로
정정당당하게 겨루면 십 중 칠팔은 격패당하니 무슨 말을 할
것인가. 그것도 비슷한 자와 붙었을 때 그런 결과가 나온다.
소위 일류고수라는 자들과 싸우면 십전 전패가 될 것이다.
  무인은 시각랑보다 한 수 위에 있다.
  하지만 살고 죽는 결전에 들어서면 시각랑도 양보할 생각이
없다.
  임습이니 매복 기습으로 죽이라는 명만 떨어지면 악마의 미
소가 입가에 걸린다.
  이것이 일반적인 무인과 시각랑의 관계다.
  한데 금룡대와 시각랑은 이 틀을 깼다.
  시각랑이 먼저 변화를 일으켰다.

그들은 무공을 수련했다. 그리고 아주 강한 무인으로 성장
했다. 무림에서 벌어지는 어떤 싸움도 너끈히 치를 수 있는 초
정예 일류고수가 되었다.

시각랑에서 출발해서 무인으로 성장한 경우다.

금룡대는 정반대의 길을 걸었다.

그들은 무인으로 출발했지만 살수의 길을 선택했다.

그들은 시각랑이었던 계야부로부터 잠입, 매복, 습격을 배
웠다. 시각랑의 움직임과 살수왕 류청지의 살수비기가 혼합된
계야부만의 비기다.

자로 잰 듯 단정 지어서 말할 수는 없지만 무인으로 출발해
서 시각랑이 되었다고 해도 과언이 아닐 게다.

어디서 출발했느냐만 다를 뿐, 현재는 같은 길을 걷고 있다.

묘한 경쟁심이 생길 수 있는 관계다.

시각랑은 계야부에게 직접 배웠다는 그들이 과연 어느 정도
의 수준인지 점검해 보고 싶었다.

끼아익! 까아아아악!

까마귀 한 마리가 날개를 퍼덕이며 야공을 날아간다.

전장에서 실전으로 가다듬은 조성(鳥聲)은 완벽함 그 자체
다. 새를 잘 아는 새 장사꾼도 착각할 만큼 뛰어나다.

푸득! 푸드득!

까마귀 소리에 놀란 잡새들이 힘차게 날아올랐다.

이로써 공격 명령이 하달되었다.

사사사삿!

다섯 군데에서 한꺼번에 움직임이 일어났다.

그들은 움직이지 않았다. 돌처럼 딱딱하게 얼어붙었다.
‘움직여!’
주문처럼 말했다.
저쪽에서 움직여야 이쪽도 움직일 수 있다.
아무리 감각을 곤두세워도 움직임을 보이는 동안에는 잠시 신경이 분산된다.
이쪽은 그때를 노려서 움직여야 한다.
죽고 죽이는 싸움이 아니다. 능력을 한계를 점검하는 싸움이다.
시각랑들은 깊고 가는 호흡을 내뱉었다.
사사사삿!
금룡대…… 그들이 움직였다.
시각랑도 순간의 움직임을 놓치지 않았다. 그들이 움직인 순간, 재빨리 한 걸음 더 나아갔다.
뚝!
금룡대의 움직임이 다시 멈췄다.
그들은 깊고 깊은 침묵 속으로 침잠해 들어갔다. 두 번 다시 움직이지 않을 듯, 아니, 땅에 붙어버려서 움직일 수 없다는 듯 꼼짝도 하지 않았다.
‘눈치챘다!’
그야말로 기가 막힌 본능이다.

그렇다. 감히 본능이라고 단언할 수 있다. 시각랑들이 펼친 움직임은 초절정고수들밖에 감지해 내지 못한다. 그만큼 뛰어나다고 자부한다. 하니 금룡대가 초절정고수가 아닌 바에야 직감으로 눈치챌 수밖에 없는 것이다.

이렇게 되면 먼저 움직이는 쪽이 당한다.

시각랑들은 긴장을 풀었다. 더욱 바싹 끌어당기는 것이 아니라 정반대로 완전히 풀었다.

긴장은 힘을 소진시킨다.

긴 싸움을 생각한다면 완전히 자연과 하나가 되는 게 중요하다. 힘의 소진을 최대한으로 줄여야 한다. 그래야 정작 힘을 써야 할 때 기력이 달려서 일어서지 못하는 경우가 발생하지 않는다.

'제길! 쉽게 끝날 줄 알았는데.'

어둠이 지나고 새벽이 밝아온다.

꼬끼오!

첫닭이 우렁차게 울어댄다.

'이런……'

상황이 난감해졌다.

금룡대나 시각랑이나 아침이 밝아오기 전에 승부를 끝내야 한다.

그들은 많은 사람들이 오가는 길목에 몸을 숨기고 있다.

지금은 온존하게 숨어 있을 수 있지만 사람이 지나다니기 시작하면 상황이 완전히 달라질 것이다.

금룡대도 시각랑도 더 이상 숨어 있을 수 없다.

어떻게든 싸움을 끝내야 한다. 그러려면 몸을 움직여야 하는데…… 먼저 움직이는 쪽이 당한다.

빨리 움직여 볼까?

설마 사전투광신보로 쏘아내는데 급습을 가해올까?

이런 '설마' 가 목숨을 빼앗는다.

금룡대는 사전투광신보를 잡아챌 만한 무공이 있다. 몸을 움직이면 즉시 반격을 취해올 것이다. 기나긴 밤을 지새우면서 숨소리 한 올 흘리지 않고 있다는 점만 봐도 알 수 있다.

그들이 어디쯤 있는지는 안다. 하지만 정확한 위치는 모른다.

살수들의 싸움에서 이 정도의 오차라면 제대로 한 방 먹이기에 충분하다.

결국은 어디 있는지 모른다는 소리와도 같다.

그것은 금룡대도 마찬가지다. 금룡대 역시 누군가가 숨어 있다는 것을 감지해 냈다.

한데 문제가 있다.

시각랑은 상대가 금룡대라는 것을 아는데, 금룡대는 누가 숨어 있는지 모른다.

다시 말해서 금룡대는 필사적이다.

누구든 옷깃 스치는 소리만 흘려도 작심하고 뻗어낸 검이 달려들 게다.

‘미치겠군.’

저벅! 저벅!

멀리서 복면을 쓰고 큰 방갓으로 얼굴을 가린 사내가 걸어왔다.

단차!

그는 길을 걸으면서 좌우측을 향해 손짓했다.

단지 손짓만 했다. 무어라고 말을 한 것도 아니고, 자세한 행동을 취하지도 않았다.

손짓만 까딱 했다.

금룡대는 단차가 어떤 복색으로 다니는지 안다. 얼굴을 가린 큰 방갓만 보고도 단차임을 짐작해 냈다. 시각랑도 계야부를 안다. 매복을 하기 전까지만 해도 그와 함께 움직였다.

하지만 그들이 일어선 것은 그를 알기 때문이 아니다.

—그만히면 됐디. 일어나라.

일촉즉발(一觸卽發)의 상태까지 치달렸던 양측 간의 긴장감은 그가 나타나는 순간 씻은 듯이 사라졌다.

시각랑과 금룡대는 엉거주춤 몸을 일으켰다.

마치 무슨 소리를 들은 것 같았다. 어디선가 환청처럼 가느다란 소리가 귀청을 두들겼다. 계야부가 입을 열지 않았다는 건 안다. 그는 정말로 손가락만 까딱거렸는데……

금룡대는 단차에게 급히 포권지례를 취했다.

"오랜만에 뵙습니다."

계야부는 고개를 끄덕이며 물었다.

"준약촌인가?"

"넷. 이곳 사약주(四藥主)가 안선입니다."

"사약주뿐인가?"

"그 외 십여 명 됩니다."

금룡대는 태연하게 말했다.

상당히 많은 사람을 하룻밤 새 죽이려고 했으면서 아무런 감정도 떠올리지 않는다.

그동안 많은 사람을 죽여왔다는 반증이다.

사람을 죽임에 있어서 죄의식이 없어졌다. 고통이나 슬픔 같은 것도 느끼지 못한다. 배고픔을 해결하기 위해 닭을 잡듯이 명령에 의해 사람을 죽일 뿐이다.

금룡대는 아주 위험한 살수가 되었다.

이 모든 게 전부 단차가 지시한 일이다.

사실…… 이번 일을 지시할 때, 이들이 살아남으리란 보장을 하지 못했다. 그래서 악마다운 심성을 유지하고 발전시키는 데 전력을 기울었나.

인간다운 심성은 필요없다. 강한 파도가 들이닥쳤을 때 무조건 뚫고 나갈 수 있는 강인한 체력과 무공과 정신만이 필요했다. 그 외에는 개나 물어갈 일이다.

금룡대는 자신들에게 맡겨진 일을 충실히 해왔다.

반면에 시각랑은 한 수 무뎠다.

그들도 예전에는 금룡대와 같은 입장이었다. 무림에 나올 때만 해도 잘 갈린 칼이었다. 석수산에게 모진 굴욕을 당해가며 다시 가다듬은 것도 야생에서 갈고닦은 본능이었다.

그렇다고 금룡대처럼 항상 이빨을 드러내 놓고 다닐 필요는 없다.

평소에는 점잖게 행동한다. 배가 고파도 배고픈 기색을 하지 않는다. 참고 참았다가 먹이가 나타나면 전력을 다해서 단일격에 물어뜯는다.

똑같은 살행을 하고 다녔지만 시각랑은 완급 조절을 할 수 있는 단계로 들어섰다.

두 부류는 같으면서도 다르다.

"이곳에 있어라. 사약주는 내가 처리하마. 다른 사람들과의 연락은 어떻게 하고 있나?"

"끊겼습니다."

"독자적인 행보인가?"

"단독 행동을 명받았습니다."

계야부는 고개를 끄덕였다.

이것 역시 자신의 계획 속에 들어 있던 일이다.

화산파에서 빠져나온 금룡대는 빡빡한 일정을 소화해 내야만 한다. 녹첩에 적힌 자를 제시간에 살해하려면 죽을힘을 다해서 동분서주해도 모자란다.

조금만 생각이 있는 사람이라면 당장 사람을 나눈다.

이들…… 아직까지는 안전하다.

보아하니 반격을 받은 것 같지는 않다. 이들이 반격을 당하지 않았다면 다른 쪽도 아직은 무사하다. 이들이 무사하다면 금룡대주 역시 아직까지는 살아 있을 가능성이 높다.

그들의 소식을 재빨리 물어다 줄 사람들이 있다. 그것도 바로 곁에서 얼씬거린다. 도와주지 못해서 안달난 사람들처럼 자신들 스스로 알려주겠단다.

그들에게 손만 내밀면 된다.

무림은 본의 아니게 악마가 되고, 제 뜻과는 상관없이 무림 공적도 되는 이상한 세계다.

그 세계에 푹 빠져들 생각만 한다면 잃어버린 사람들을 쉽게 찾을 수 있다.

계야부는 말했다.

"살행은 그만 해도 좋다. 지금부터는 우리와 함께 행동한다. 수고했다. 그리고 살아 있어서 고맙다."

금룡대와 시각랑이 준약촌에서 손을 떼고 물러섰다.

더 이상의 살생은 필요치 않다.

사약란이 안선의 중요 인물들을 알이네 주기로 했으니 그녀를 믿고 기다리면 된다.

그가 바라던 대로 되었다.

하나 금룡대와 시각랑이 물러선 후에도 계야부는 준약촌을 벗어나지 못했다.

묘한 느낌이 든다.

이곳, 어디선가 본 적이 있지 않은가?

짙은 약 냄새, 고즈넉한 분위기…….

'창녕 악가촌!'

그는 자신도 모르게 준약촌에 발을 디뎠다.

골목골목을 산책 삼아 거닐었다. 이 집 저 집에서 풍겨나는 약초 말리는 냄새를 정겹게 맡았다.

준약촌의 분위기는 창녕 악가촌을 빼다 박았다.

많은 환자들 대신에 약초를 사러 온 약종상들이 북적인다는 점만 다를 뿐, 사람 살리는 냄새가 깊이 배어 있다.

자신은 악가촌에 피를 뿌렸다.

악가촌장이 빙정을 발동시켰기 때문에 죽일 수밖에 없었다. 그도 죽을 줄 알면서 한 일이다.

그는 또다시 준약촌을 피로 물들일 뻔했다.

어떻게 된 팔자가 사람 살리는 곳만 골라서, 애써서 사람 살리는 사람들만 죽이고 다니는가.

'됐어.'

그는 발길을 돌렸다.

창녕 악가촌에 대한 감상은 이 정도면 되었다. 다행히 준약촌에 피를 뿌리지 않았으니 그것으로 된 게다.

그는 천천히 준약촌을 벗어나기 시작했다.

한데…… 발길이 떨어지지 않는다. 무엇인가 끈끈한 것이 달라붙어 있는 듯 좀처럼 돌아설 수 없다.

'지금은 한가롭게 옛 생각이나 하고 있을 때가 아닌데.'

산에는 자신을 기다리는 사람들이 많이 있다. 그들은 당장에라도 떠날 준비가 되어 있다. 또 다른 금룡대를 찾으려면 한시라도 빨리 움직여야 한다.

한가롭게 낯선 마을이나 기웃거리고 있을 여가가 없다.

저벅! 저벅!

마을을 벗어나려고 마을 초입까지 걸어갔던 그는 못내 미련이 남은 듯 다시 한 번 뒤돌아섰다.

그때다! 초입에 세워진 집에서 방문이 덜컹 열리며 한 여인이 나타났다.

머리를 만지면서 나선다.

잠자리에서 막 일어나 아침을 지으려는 아낙네의 모습이다. 어느 농가에서나 아침이면 흔히 볼 수 있는 아주 지극히 평범한 일상 풍경이다.

하나 여인을 보는 순간, 계야부는 딱 굳어졌다.

이 여자? 그랬나? 이 여자가 이곳에 있었기 때문에 발길이 떨어지지 않은 것인가? 무심하게 펼쳐진 일목이 지인(知人)의 냄새를 맡아준 것인가.

마침 그녀의 눈길도 그를 향했다.

그녀도 행동을 멈췄다. 머리를 만지작거리다가 혈도라도 짚인 사람처럼 딱 굳어버렸다.

두 사람 사이는 나지막한 토담이 놓여 있을 뿐이다.

찰나에 불과한 시간이 억겁처럼 지루하게 흘렀다. 그러나 그 정적의 시간은 금방 깨어졌다.

여인이 버럭 고함을 지르듯 말했다.

"사부? 사부!"

여인은 환하게 웃으며 맨발로 달려나왔다.

소화! 창녕 악가촌의 소화다! 그녀가 준약촌에 있다!

더욱 놀라운 점은 그녀는 방갓을 쓰고 복면까지 하고 있는 계야부를 단번에 알아봤다.

"풋!"

소화는 뭐가 그리 즐거운지 괜히 웃었다.

"정말 몰랐어요, 여기서 사부님을 뵐 줄은."

"가르친 것도 없는데 사부는……."

"구배지례를 받았죠?"

"……."

"그러니 사부님인 거예요. 아! 그때는 죄송해요. 너무 급한 일이라 말도 없이 떠났어요."

계야부는 고개만 끄덕였다.

그녀는 이교사와 함께 떠났다. 거기까지는 뒤를 밟아서 안다. 다만 이교사와 함께 떠났다면 뭔가 훨씬 깊은 일에 간여하고 있을 줄 알았는데, 한적한 준약촌에서 보게 된 것이 놀라울 뿐이다.

"어멋! 섭섭하지 않으셨나 봐?"

"섭섭했지."

"누구랑 떠난지 알고 있었군요?"

"그래."

"배신감 같은 건……."

"그런 것 없다."

"휴우!"

소화는 적이 안심이 되는 듯 가슴을 쓸어내렸다.

하위미도 그렇지만 소화도 못 본 사이에 부쩍 성숙해졌다.

그때도 하늘이 시샘할 정도로 당차고 예뻤지만 지금은 농염하기까지 하다.

전부 소녀가 아닌 여인이 되었다.

"이해해 주세요. 전 여기로 올 수밖에 없었어요."

"여기가 악가촌인가?"

"네."

소화는 순순히 대답했다.

계야부도 알았다는 듯 고개만 끄덕였다.

무슨 말을 더 하랴. 그녀는 자신을 도왔다. 그 때문에 창녕 악가촌은 안선에게 멸살당할 위기에 처했다. 안선의 율법대로 악가촌의 모든 사람들이 멸살되었어야 한다.

이교사는 그 짐이 인다까웠던 것 같디.

이 세상에서 죽지 말아야 할 사람들이 있다면 그건 사람을 살리는 의원일 게다.

악가촌 사람들은 마을을 버리고 심심산골로 숨어들었다.

이곳에 터를 잡고 산에서 약초를 캐다 파는 일로 입에 풀칠을 하며 살았다.

그러던 것이 그만 널리 소문이 나고 만 것이다.

악가촌 의원들이 정성 들여 약초를 캐고 말렸으니 소문이 나지 않았다면 그게 더 이상했을 게다.

이들은 이교사의 배려로 다시 마을을 일궈냈다. 그리고 융성한 마을이 으레 그렇듯이 다시 분열했다.

옛날처럼 안선을 추종하는 사람들이 있다.

금룡대가 죽이려던 사약주와 십여 명의 안선도가 바로 그들이다.

한 번의 멸겁을 교훈으로 삼아 의원의 길에만 매진하자는 사람이 있다.

그들은 같은 친족이면서 생각이 전혀 다르다.

소화가 급히 일어서며 말했다.

"잠깐 기다리세요. 아침상 봐드릴게요."

"아니, 됐어."

순간, 소화의 얼굴이 어두워졌다. 잠깐 미간을 찌푸렸을 뿐이지만 그녀의 어두운 마음이 여실히 드러났다.

무엇이 그녀의 마음을 무겁게 짓누르는가.

계야부가 웃으며 말했다.

"걱정 마라. 아무리 피를 몰고 다니는 사람이라지만 이곳에 피를 뿌리지는 않는다."

"정말이에요? 안선을…… 죽이러 오신 게 아니에요?"

계야부는 아니라는 뜻에서 고개를 가로저었다.

"휴우! 정말 놀랐어요. 요즘 곳곳에서 안선들이 죽어가는 바람에…… 저희에게도 밀령이 왔었거든요. 안선은 한 명 남김 없이 몸을 숨기라고. 절대로, 절대로 나타나지 말라고요."

"그래."

"전 사부님이 안선을 죽이시는 줄 알았는데……."

그녀가 계야부의 얼굴을 흘깃 쳐다봤다.

스으으으웃!

그녀의 눈길이 얼굴을 더듬었다. 두 눈을 깊이 파고들어 마음을 읽으려고 했다.

다른 사람이라면 느끼지 못했을 안공이나 계야부는 파악해 냈다. 그의 정신은 맑은 샘물과도 같은 상태라서 누가 돌을 던지면 크든 작든 간에 즉시 파악해 낸다.

물론 소화가 고의적으로 이런 행동을 한 것은 아니다. 그녀가 무공을 수련한 것도 아니다. 그녀가 보낸 눈길이 무인들이 수련하는 안공은 더더욱 아니다.

그녀의 눈길은 의원의 눈길일 뿐이다.

관언찰색으로 병자를 알아보듯이 진심 어린 마음으로 사람의 내면을 읽어내는 것이 습관처럼 굳어져 있을 뿐이다.

이것도 안공이라면 안공일까?

그녀는 무림의 어떤 안공으로도 읽지 못하는 것을 읽었다.

복면으로 가려진 얼굴을 알아본 것도 그 때문이다.

그녀는 겉에 나타난 형상을 본 것이 아니다. 복면 안에 숨겨진 진상(眞像)을 봤다.

그녀에게는 그런 눈이 있다.

자신을 대번에 알아본 것? 그녀에게는 아주 쉬웠을 게다.

계야부가 웃는 음성으로 말했다.

"안선도…… 더 이상 죽지 않을 테니 안심해도 좋을 거야."

"정말이세요?"

"안선도를 죽이는 게 상당히 싫었던 모양이군."

"사람 죽이는 게 좋을 리 없잖아요."

"한데 그런 무공을 배우려고 했나?"

"무공은 어디서나 배울 수 있어요. 제가 배우고 싶었던 것은 살심이었어요. 사람을 죽이는 마음……. 그건 의원에게도 필요한 마음이에요. 냉정하게 죽음을 지켜볼 자신이 없다면 의원을 하지 말아야 하는데, 전 그게 안 돼요."

"그만 가봐야겠다. 어디 있는지 알았으니……."

"가지 마시고 여기서 쉬세요."

그녀가 옷소매를 잡아끌었다.

"전 옛날의 소화가 아니에요. 무림이란 곳을 알아버렸거든요. 호호! 이게 다 사부님 때문이에요. 그러니 책임지세요. 북지단 단차, 사부님 맞죠?"

"……."

"사부님일 것 같았어요. 사부님이 아니면 누가 북지단을 그렇게 휘저어놓겠어요? 호호호! 아무도 그럴 사람이 없죠. 우리 사부님만이 그럴 수 있을 거예요."

소화의 눈빛이 반짝거렸다.

"다 알아요. 개방과의 일도, 안선도를 죽이라고 살수를 푼 사실도. 그리고 금룡대가 이곳에 온 것도요."

"그런가."

"금룡대…… 운이 좋았어요. 만약 어젯밤에 이곳을 쳤다면 그들은 살지 못했어요."

"무림을 알아버렸다는 말이 그 뜻이었군."

"최소한의 방어는 해야 된다고 생각해서…… 금룡대가 사부님 사람인 것은 알지만……."

"알았다. 그리고 그들은 걱정 마라. 아까 말했지만 더 이상 안선도의 죽음은 없다."

계야부는 몸을 일으켰다.

그녀는 다시 그의 옷소매를 잡아끌었다.

"제가 어떻게 이 모든 걸 알고 있는지 궁금하지 않으세요?"

"……."

"세상에는 많은 눈이 있어요. 그중에는 약종상의 눈도 있죠. 그들이 눈으로 본 것, 귀로 들은 것…… 그런 것들이 모두 여기서 모아져요. 아파서 도움을 청하는 사람이 거짓말하는 것 보셨어요? 약종상들이 거둬들이는 정보는 신빙성이 아주 높이요. 금룡대를 찾고 계시죠? 제가 도와드릴게요."

정말 그녀는 모든 것을 알고 있었다.

문득 계야부는 소름이 끼쳤다.

소화는 아무것도 아니다. 그녀는 겨우 무림의 한 자락을 움 켜쥐었을 뿐이다. 그런 그녀가 이 정도로 알고 있다면…… 무총이나 안선은 얼마나 알고 있는 것일까?

자신은 그들의 손바닥 위에 올려져 있었다.

그는 털썩 주저앉으며 말했다.

"산에……."

"알아요. 사람을 보낼게요. 호호호! 잠시만 기다리세요. 금방 밥 지어서 올릴게요. 호호호!"

그녀는 상당히 기쁜 듯 환한 웃음을 떠올렸다.

계야부는 웃지 못했다.

'나를 전부 보고 있다. 내 생각도 읽는다. 소화가 이 정도면 그들은…… 생각할 시간이 필요하겠어.'

第百二十二章
암도진창(暗渡陳倉)

이교사는 별호가 열 개였다. 여러 사람에게 여러 각도에서 조망될 만큼 절기와 특징이 많았다.

지혜도 뛰어났다.

안선 이교사를 맡을 만큼 무공이 고절했고, 식견이 풍부했다.

현재 무림에서 암약하고 있는 간자들 중 절반 이상은 그가 회유시켜 놓은 사람들이다.

논리적으로 설득하기도 하고, 약점을 움켜쥔 채 협박도 하고, 아무것도 흠잡을 것이 없으면 가족을 인질로 삼아서라도 안선으로 끌어들였다.

구파일방에 적을 둔 안선도는 거의 대부분 그의 손을 거쳐

갔다.

오대세가도 그의 영향력을 무시할 수 없다. 많은 사람이 이 교사를 알고, 그의 뜻에 동조했다.

그들이 이교사를 부르는 명칭은 각기 다르다.

광풍검사(狂風劍士)를 알고 있는 사람과 선암거사(禪庵居士)를 알고 있는 사람은 같은 사람을 알고 있는 것이지만 그들은 그런 사실을 모른다.

그는 무총을 염두에 두지 않았다.

무총이 일시적으로 강한 세력을 구가하고 있지만, 결국은 뿌리가 깊은 명문세가의 것이 되리라.

무총을 공략하느니 구파일방을 공략한다.

이것이 이교사의 생각이었고, 그 일에 집중했다.

일교사는 온 정신을 오로지 무총 타도에만 쏟아냈다.

무총을 분석하고, 뿌리가 넓게 퍼지지 못하도록 차단하는 일에 주력했다.

일교사와 이교사의 영역은 겹쳐지지 않았다.

그들은 각기 다른 곳에서 활동했고, 서로를 격려했으며, 도와줄 일도 많았다.

그 시기에 안선은 무서운 속도로 발전했다.

하나 일교사가 계야부의 몸에 빙정을 넣는 순간, 두 사람의 협력 관계는 산산조각 났다.

일교사는 빙정을 얻어 대공을 뒤엎으려고 했다.

이교사는 일교사가 꾸민 일을 알기 위해 몸소 몽골까지 가서 북해빙궁주를 모셔놓고 피비린내 나는 실험을 했다.

그 순간, 두 사람은 양립할 수 없는 관계가 되었다.

서로의 가슴에 검을 겨누는 적이 어찌 한 하늘을 이고 살 수 있겠는가.

둘 중에 한 사람은 무너진다.

두 사람을 중재시킬 수 있는 사람은 대공뿐이다. 오직 대공만이 화해를 시키거나 양보를 받아낼 수 있다.

불행히도 대공은 교사들 싸움에 일절 간여하지 않는다. 간여할 수 없다. 간여할 만한 힘이 있고, 무상의 권위가 있어도 간여해서는 안 된다.

교사들은 안선을 지탱하는 데 도움이 안 되는 교사를 제거할 수 있다. 이때, 대공은 어떤 영향력도 행사해서는 안 된다. 총애하는 자가 제거되어도 지켜보기만 해야 한다.

안선이라는 조직이 생기고, 교사들을 규합하면서 제정된 최상위 율법이다.

대공은 오직 자신의 바람만 피력할 수 있다.

'싸우지 마라.'

'서로 한발 양보하는 건 어떤가.'

'신수를 눈감아줄 수는 없는가.'

물론 이런 바람이 명령의 형태는 띠지 않는다. 말 그대로 바람일 뿐이다.

일교사와 이교사가 싸운다.

일교사는 대공을 넘어서려 하고, 이교사는 대공에게 성심으로 충정을 바친다.

이런 사실을 알면서도 대공은 침묵할 수밖에 없다.

즉, 교사끼리 싸움이 붙으면 어떠한 결과가 되었든 그들 자신만의 힘으로 만들어내야 한다.

일교사는 안선을 거머쥐었다.

이교사는 구파일방, 오대세가, 그리고 중소문파에 벗이 있다.

세력의 집중도만 봐도 열세가 확실하다.

이교사는 패배를 예감했다. 일교사의 계획을 대공에게 알려주는 것으로 할 일을 마쳤다고 생각했다.

북해빙궁주가 목숨을 잃어가며 양성한 비장의 무기, 고우진 이 등을 돌리자 패배는 더욱 확실해졌다.

그에게 남은 건 언제, 어떻게 죽느냐였다.

이런 상황에서 이교사가 할 수 있는 일이 무엇이었을까?

거의 없다.

죽는 순간까시노 자신의 곁을 지켜줄 충직 몇 명과 함께 이란격석(以卵擊石)의 심정으로 마지막 돌진을 하는 게 고작이다.

다른 수단은 없다.

일교사가 수중에 안선을 쥐고 있는 한은 삶을 도모할 수 없다.

그래도 그는 삶을 도모했다.

그가 누구인가? 이교사다. 별호가 열 개나 되는 이교사다.

여우로 치면 구미호(九尾狐)와 다름없는데, 한 가닥 수단 정도는 남겨놓아야 하지 않겠나.

그가 남겨놓은 마지막 수단…… 악소화다.

약종상(藥種商)들은 하층민이다.

그들이 하는 일은 천한 일로 취급받는다. 인간적인 대우도 기대할 수 없다.

약종상은 자금 조달력이 넉넉하다.

작은 약종상은 산간 오지를 떠돌며 직접 약을 사고팔지만 큰 약종상은 대도읍에 점포를 차려놓고 대규모로 약재를 취급한다.

큰 약종상의 경우에는 대부호 못지않은 부(富)를 축적하기도 한다.

여기서 모순이 발생한다.

그들이 하는 일은 천민에 속하는데, 자금력이 엄청나니 무시할 수 없게 된다.

절반쯤 부러워하고, 절반쯤 무시하는 경우가 늘 생긴다.

그래도 그들은 '무시'를 담담히 받아넘긴다.

쥐뿔만 한 권세라도 움켜쥔 사람들은 그들을 마치 노예 부리듯 부리려고 한다.

받아준다. 받아줄 수밖에 없다. 속으로 꾹 눌러 참는다.

'오냐, 두고 보자. 넌 아프지 않더냐.'

'내게 약재 부탁할 날이 있을 테니……'

‘후후! 급전이라도 융통할 날이 있을 게다. 그때 두고 보지.’

약종상들은 생활이 넉넉한 사람이나 넉넉하지 않은 사람이나 가슴에 한을 안고 있다.

물론 약종상만 ‘억압받는 자’ 는 아니다. 억압받는 직종이나 사람들을 찾아보면 천하에 절반이 넘는다.

하층민으로서 전국을 유랑하며, 그럭저럭 생활하는 데 지장이 없고, 그러면서도 한을 품고 있는 자.

약종상은 이런 조건에 부합된다.

이교사는 약종상을 파고들었다.

그가 파고들기 전에 약종상들은 약종계(藥種契)라는 조직으로 서로 간에 유대 관계를 맺어가고 있었다.

약종계에서 매해 약초 값을 공시한다. 각 지역의 산출량을 고려하여 조달될 약초의 수량을 조절한다. 약종상을 위해하는 자에게는 전체가 힘을 모아 대항한다.

약종상은 나름내도 분투하고 있었다.

이교사는 그 틈을 비집고 들어가서 약종계를 거머쥐었다. 그리고 계주(契主)에 악소화를 앉혔다.

이교사가 악소화에게 건네준 것은 약종상뿐만이 아니다.

구파일방과 오대세가, 그리고 무림 중소문파에서 뜻을 같이하는 동지들의 명단도 넘겨주었다.

안선도이면서도 이교사와 뜻을 같이하는 사람들.

그들은 이교사가 죽은 것을 안다. 하지만 이교사가 쉽게 당

했다고는 생각하지 않는다. 반드시 마지막 한 수는 남겨놨을
것이고, 악소화에 이르러 빛을 보게 될 것이라고 믿는다.

그래서 그들은 악소화에게 전폭적인 지지를 보내고 있다.

악소화, 그녀가 가진 힘은 거대하다.

그녀가 북무림에서 일어나는 모든 일을 손바닥 들여다보듯
이 알고 있는 것도 바로 이런 조직의 힘이 뒷받침되었기 때문
이다.

하면 이교사는 아직 나이 어린 풋내기에 불과한 악소화에게
왜 계주라는 중책을 맡겼을까? 그녀가 그런 중책을 맡았을 때
일어날 수 있는 반발은 생각하지 않은 것인가?

이교사가 그런 점을 생각하지 않을 리 없다.

그가 죽어가면서 남긴 마지막 한 수인데, 얼토당토않은 자
에게 맡길 리 없다.

악소화가 적임자이기 때문에 맡긴 것이다. 오직 그녀만이
계주가 될 수 있다고 믿었기에 맡긴 게다.

관언찰색의 대가!

얼굴만 보고도 병이 있는지 없는지 안다.

의원치고 관언찰색을 못하는 자는 없지만 악소화는 특히 탁
월하다.

그녀의 탁월함은 창녕 악가촌에서 증명된 바 있다.

여자의 몸으로는 의술을 펼치지 못하게 하는 악가촌에서 그
녀는 당당히 첫 관문을 떠맡았다.

내방한 병자를 보고, 환자가 걸린 병을 가장 잘 아는 의원에

게 연결시켜 준다.

그녀의 관언찰색은 의술의 범주를 넘어섰다.

그녀는 병만 보는 게 아니라 사람까지 본다. 사람의 심성까지 읽어낼 수 있다.

장사를 하면 사기를 당하지 않는다.

감언이설(甘言利說)로 꼬드겨도 대번에 진상을 파악한다.

그녀는 세상을 똑바른 눈으로 볼 수 있다. 어떤 상황에서도 냉정을 잃지 않는다. 올바른 판단을 내릴 수 있고, 뚜렷한 확신이 있기에 과감하게 밀어붙일 수 있다.

세상에 강한 사람은 많다.

무공이 강한 사람은 헤아릴 수조차 없다. 지모가 뛰어난 자도 많다. 인의로 세상을 다스리는 자도 있고, 강력한 권력으로 지배하고 통치하는 자도 있다.

많은 강자들 중에서 세상을 가장 올바르게 볼 수 있는 사람도 거론할 수 있을 것이다.

이교사는 세상을 보는 눈이야말로 강자 중의 강자라고 생각했다. 그리고 그런 사람으로 악소화를 지목했다.

그가 계야부를 쫓아와서 악소화를 낚아채 갈 당시, 이런 준비가 모두 끝난 후였다.

그녀는 악가촌의 힘없는 소녀가 아니다. 천하에서 가장 영향력이 강한 여인이다.

"금룡대주는… 어휴! 한중부(漢中府)까지 내려가 있네요. 수

은산(水銀山)에서 삼시엽사(三矢獵師)를 죽인 후에 사라졌어
요. 짐작 가는 데 있어요?”

“삼분(三盆)으로 갔을 거야.”

“삼분요…… 삼분이라면…….”

“순수어옹(旬水漁翁)이 있습니다. 조간(釣竿) 다루는 솜씨가
탁월합니다.”

악소화 뒤에 시립해 있던 자가 퉁명스럽게 말했다.

준약촌 약주(藥主) 중의 한 명이다.

준약촌 사람들은 단차 일행이 달갑지 않았다.

안선도를 죽인 살인귀들 아닌가. 자신들 중에 십여 명이나
되는 사람들을 하룻밤 사이에 척살하려던 자들이다.

그런 자들이 반가울 리 없다.

하나 그것보다도 더 신경질 나는 부분이 있다.

그들에게 악소화는 신적인 존재다.

준약촌의 촌장도 그녀에게는 하대를 하지 못한다.

그들에게 악소화는 천하 약종상의 계주이다. 정도무인들 중
삼 할 이상으로부터 지지와 협조를 받고 있는 천하제일의 여
걸이다. 아니, 여신이다.

그런 분에게 단차라는 놈이 김히 하대를 찍찍 히고 있다.

더욱 기가 막힌 것은 악소화다. 단차라는 놈과 언제 만난 적
이 있다고 사부님, 사부님, 하면서 쫓아다닌다.

기가 막히고 환장할 노릇이지 않나.

‘계주님만 없으면 너는…….’

단차를 바라보는 눈이 고울 리 없다.

"지금 삼분으로 사람을 보내면 되겠네요."

악소화가 맑게 웃으며 말했다.

계야부는 고개를 내둘렀다.

"다른 사람을 보내면 싸움이 일어날 터······. 금룡대를 보내는 게 좋겠어. 사람을 데려오는 단순한 일이니까 별일은 없을 거야."

"그러세요, 그럼."

"다른 쪽 정보도 있나?"

"예의를 갖춰주십시오! 계주님이십니다!"

기어이 약주가 울분을 참지 못하고 쏘아붙였다.

금룡대 네 명이 두 명씩 짝을 이뤄 길을 떠났다.

"마패(馬牌)예요. 마방(馬房)에는 저희 약종상이 맡겨놓은 말들이 있어요. 이걸 보이면 새 말로 바꿔줄 거예요."

악소화는 세심한 부분까지 직접 챙겼다.

못마땅한 눈길은 계속 따라붙었다. 준약촌 약주들은 시종일관 단차와 그의 일행을 더러운 똥 보듯 경계했다.

계야부는 이런 모습을 묵묵히 지켜봤다.

금룡대가 떠난 후, 계야부는 악소화를 불러 앉혔다.

단둘만의 독대(獨對), 한데 독대가 아니다. 지붕 위에, 문밖에······ 방 안의 대화를 엿듣는 귀들이 쭉 늘어섰다.

그들을 나무랄 생각은 없다.

그들은 오직 계주에 대한 충성심으로 가득하다. 혹여 단차가 계주를 위해할지도 모른다는 불안감에 경계를 하고 있을 뿐이다.

"이교사가 계주를 맡기며 달리 한 말은 없었나?"

"미안해요. 약종계에 대한 말씀은 못 드려요."

"그런가."

"최대한 도와드릴게요. 걱정 마세요."

"아니, 반대로 생각하고 있군. 난 지금 소화를 염려하고 있는 거야."

"네?"

소화가 무슨 말인지 모르겠다는 듯 눈을 동그랗게 떴다.

그녀와 준약촌 사람들은 아주 큰 실수를 저질렀다. 멸겁을 당해도 몇 번은 당했을 아주 중대한 실수다. 더욱 큰 문제는 그런 실수를 저질렀음에도 실수 자체를 알지 못한다는 점이다.

계야부는 준약촌을 경계하지 않는다. 시각랑과 금룡대는 물론이고, 단차와 십 장 거리를 벌려야 하는 걸왕들도 준약촌 같은 것은 아랑곳하지 않는다

약종상들의 힘은 무력에 있지 않다. 그들의 눈과 귀, 그리고 돈에 있다.

준약촌은 신경을 곤두세울 필요가 없는 곳이다.

경계할 자들이 아니다?

여기에 문제가 있다.

악소화는 금룡대가 기습을 감행했으면 그들이 죽었을 것이라고 했다. 그 말속에는 확고한 자신감이 배어 있었다. 정말로 금룡대를 염려하는 마음으로 가득했었다.

악소화는 자신의 승리를 확신했다.

한데 금룡대는 준약촌을 경계하지 않는다. 이들 정도는 언제든지 칠 수 있다고 생각한다.

둘 중에 한쪽은 판단 착오를 하고 있다는 뜻이다.

어느 쪽이 잘못 판단한 것일까?

악소화가 잘못 판단했다.

준약촌 무인들은 결코 금룡대를 막지 못한다. 금룡대가 모습을 드러낸 지금도 마음만 먹으면 사약주를 포함해서 십여 명의 안선도를 단숨에 죽일 수 있다.

물론 준약촌을 경비하는 무인들은 강하다.

약종상의 계주를 지키는 자들이니 천하에서 강하다는 자들을 추려왔을 세나.

실제로 그들의 무공은 일파의 장로를 능가할 정도로 강하다.

후기지수(後起之秀)로 이름을 올렸거나 영웅호걸(英雄豪傑)로 명망을 얻은 자도 있다.

다만 금룡대가 그들보다 한 수 윗길의 고수일 뿐이다.

중요한 것은 악소화는 지금도 자신의 판단이 잘못되었다는 점을 모른다는 점이다.

왜 이런 판단 착오가 생긴 것일까?

악소화는 준약촌 무인들의 마음을 읽었다. 자신감을 읽었다.

'얼마든지 막을 수 있어!'

'금룡대 이놈들! 하늘 높은 줄 모르고 천방지축 날뛰는 꼴이라니! 안선도를 도륙하고 다니니 언젠가는 이곳에도 오겠지? 오기만 해봐라! 단숨에 요절내 버릴 테니!'

'금룡대가 나타났다고? 후후후! 죽을 자리로 기어들어 왔군. 불쌍한 놈들…….'

그녀는 이런 마음을 읽었다.

거기에 전국에서 강자들만 추려왔다는 자신감도 한몫했을 게다.

그렇기에 금룡대를 염려하지 않을 수 없었다.

그렇다! 그녀는 무인의 무위를 정확하게 읽지 못한다.

사람을 보는 눈은 뛰어나지만 무공을 읽는 눈은 부족하다.

그녀 자신이 무공을 수련하지 않았으며, 무공에 관심을 둔 적도 없기 때문이다.

이번과 같은 경우는 그녀가 저지를 수 있는 최대 오류다.

이교사가 잘못 판단했나? 세상을 보는 눈이 있다 해도 무공을 모르는 여인을 계주에 앉힌 것은 역시 모험이었나? 이토록 무림을 모른대서야 어찌 무림을 상대할 수 있을까.

이 부분은 확실히 악소화가 발전시켜야 할 최대 약점이다.

더군다나 준약촌을 지킨다는 무인들, 그들은 자신의 위치조차도 모른다.

그들이 걸왕에게 성난 눈초리를 보낼 만큼 강한 자들인가?

그들이 정말로 강한 자들이었다면 시각랑과 걸왕들이 얼마나 가공할 고수들인지 단번에 파악했어야 한다.

그들을 상대로 도전적인 눈빛을 보낼 수는 없는 게다.

오히려 계주를 보호하기 위해 전전긍긍하는 것이 옳을 게다.

약종상들의 계주, 거기에 중원무림 안선도들의 절대적인 지지를 받는 입장치고는 너무도 허술하다.

계야부는 이 점을 알고 있냐고 묻는 것이다.

그런데 소화의 반문? 그녀는 모르고 있다.

'또 다른 무엇인가가 있어. 일교사를 상대하려는 안배치고는 빠진 게 있어. 무공…… 무공이 없다. 이건 말만 앞섰지 종이호랑이와 다를 바 없지 않은가.'

2

고봉, 갈조기, 담위민, 서악정, 추위걸.

그들에게 먹물을 흠뻑 머금은 목검이 쥐어졌다.

"사약주와 안선도 십 명을 친다. 그들을 베는 데 시간을 얼마나 주면 되겠나?"

"그게 뭐 큰일입니까? 한 식경만 주십시오."

"좋다. 한 식경이다. 단, 조건이 있다."

“이럴 줄 알았어. 뭐든 순순히 하는 게 없다니까.”

서악정이 혀를 날름 내밀며 말했다.

“이 목검으로 요혈만 찍어라. 본인도 의식하지 못하는 사이에 살며시 찍고 물러나라.”

“그건 어려운데…… 뎅겅 목을 자르는 게 더 쉽지 않…… 넷! 알았습니다. 시키는 대로 하면 될 것 아니오.”

추위걸이 툴툴거렸다.

이번 과제는 시각랑에게도 쉽지 않다.

소리를 흘리지 말라는 명령 같으면 웃으면서 받아들인다. 하지만 본인도 의식하지 못하도록 살며시 요혈만 찍고 물러서라는 명령은 정말 이행하기 어렵다.

그래도 그들은 목검을 받아 들었다.

“언제 하면 됩니까?”

“지금.”

“지금요?”

계야부는 향에 불을 붙였다.

“이 향은 긴 편이니 이 다경(二茶頃)이면 얼추 한 식경(食頃)이 되겠지. 시작해.”

“벌써 시작한 겁니까? 날도 어두워지지 않았는데!”

향이 타들어갔다.

다섯 사람은 멍하니 서로를 마주 보다가 황급히 신형을 날려 사라져 갔다.

"뭘 보고 싶은 겁니까?"

부사영이 뒤따르며 말했다.

"둘이 있을 때만이라도 편해보자."

"좋지. 난들 좋아서 하는 줄 아냐?"

"이곳엔 무공이 없어."

계야부가 궁극적으로 알고 싶은 부분이다.

"당연하잖아. 약초나 캐다 파는 곳에 무슨 무공이 있어? 기껏해야 한두 수 손놀림하는 놈이 고작이지."

계야부는 계주에 대한 말을 하지 않았다.

걸왕에 대한 말도 하지 않았다.

시각랑은 걸왕을 장로 수준의 개방도로 생각한다.

단차가 개방과 거세게 부딪친 적이 있기 때문에 개방도가 미행하는 정도는 당연하게 여긴다.

시비를 걸 생각은 없다.

이들은 결코 만만한 자들이 아니다.

겁을 먹거나 무려워하는 것은 아니지만 막상 싸움이 붙으면 전력을 다해야 할 정도로 강한 자들이다.

개방도는 싸움을 걸어오지 않는다. 사소한 시비도 걸지 않는다. 그저 어디로 가나 지켜본다는 듯이 묵묵히 뒤만 쫓고 있다.

계야부가 치라고 하면 칠 것이요, 따돌리라고 하면 따돌리겠지만 아직은 아무 명령도 없으니 미행 정도는 묵인하고 있는 중이다.

계야부는 동생들이 결왕들을 어떤 식으로 생각하든 사실을 말하지 않았다.

시각랑에게 쓸데없는 희망을 주고 싶지 않다.

사실 결왕 여덟 명의 힘은 가공함을 넘어 경이적이다.

그들의 무공도 놀랍지만 무공만 봐서는 안 된다. 그들이 할 수 있는 일들까지 감안해야 한다. 개방의 모든 정보를 이용할 수 있고, 때에 따라서는 개방도까지 움직일 수 있다.

거대한 방파 하나가 넝쿨째 굴러 들어온 것이나 마찬가지다.

눈과 귀가 되어줄 사람이 있다고 하면 얼마나 좋아할까? 얼마나 든든해할까? 개방을 적으로 생각하고 있는데, 오히려 그들이 암중으로 돕고 싶다는 뜻을 전해왔다면 얼마나 기뻐할까.

한데 시각랑에게는 못된 버릇이 있다.

첨각 침투를 하면서 몸에 배인 습성이지만, 이렇게 조금이라도 도움을 주는 사람이 있으면 악착같이 물고 늘어진다. 선의로 도움을 주었다는 걸 알면서도 얻을 수 있는 건 모두 얻어내려고 한다.

그럴 수밖에 없다.

적진에 투입된 후에는 믿을 수 있는 사람이 전무해진다. 그런 상태에서 반딧불만 한 불빛이라도 비치게 되면 죽자 사자 매달리는 게 인지상정이다.

그런 버릇은 쉽게 고쳐지지 않는다.

개방의 도움을 받기 시작하면 자신들이 움직여야 할 일도 개방에게 미루기 시작할 게다. 처음에는 정보만 요구하다가 나중에는 살행 같은 일도 미루게 된다.

계야부가 마음을 다잡는다 해도 개방을 의지하는 마음조차 어쩔 수는 없게 된다.

악소화의 약종상도 그런 의미에서 말해주지 않았다.

걸왕이나 약종상이나 도움이 된다고 생각하면 긴장이 크게 풀어질 것이다.

무엇보다도 무림과 두 번 다시 엮이고 싶은 생각이 없다.

무림에서 남은 일이라고는 안선 교사와 대공들을 척살하는 일뿐이다. 그 일만은 고집이라고 해도 좋고, 아집이라고 해도 좋은데 반드시 해내고 말 생각이다.

자신이 당할 것도 생각한다.

안선 대공이 무총주만큼이나 강하다면 그를 치기는커녕 자신이 죽을 가능성이 더 높다.

그래도 한다. 그래야 비로소 자신을 피콩한 사들을 저리했다는 마음이 든다.

다른 자들과는 엮이고 싶지 않다.

무림이 그를 가만히 내버려 둘지는 모르지만 최대한 피해 다닐 생각이다. 쫓아오면 도주하고, 길을 가로막으면 피해 나갈 것이다. 사방을 포위하면 하늘로 솟구치거나 땅으로 쑥 꺼지는 한이 있어도 무림에는 발을 들여놓지 않으련다.

시각랑, 금룡대…… 자신이 끌어들인 사람들.

그들을 무림에서 빼낼 방도도 생각해야 한다. 그들이 계속 무림에 남아 있겠다면 무사히 남게 해줄 방책도 모색해야 한다.

안선의 뿌리를 뽑아내면 공과를 생각해 주지 않을까?

어쨌든 개방의 권유는 절대 받아들일 수 없다.

그런 의미에서 말하자면 악소화의 호의도 받아들이지 말아야 한다.

아직까지는 괜찮다. 그녀가 금룡대를 찾아준 것은 있는 정보를 나눠준 것에 불과하니 금룡대주와 다른 금룡대만 찾으면 편한 마음으로 홀홀 떠나면 된다.

계야부가 말했다.

"저들이 누구인지 아나?"

"개방도 아냐? 한데 허리 매듭이 없어. 동냥하는 것도 못 봤고. 다른 놈 같으면 산중을 헤매다가 이런 마을을 발견하면 재빨리 달려가서 동냥부터 할 텐데…… 이상한 놈들이야."

"걸왕이라고 들어봤나?"

"걸왕? 걸왕이라면 용두방주를 말하는 거잖아? 그럼 저 중에 용두방주가 있단 말이야?"

부사영노 설왕에 대해서는 모른다.

"무공은 어느 정도라고 판단했나?"

"하나는 쉽고 둘은 힘들고 셋은 어려워."

"일촌사로도 그런가?"

"일촌사가 있으니 이런 말도 하는 거야."

“쟤들하고 붙이면?”

계야부가 준약촌으로 사라진 시각랑을 턱짓으로 가리켰다.

“깨지겠지.”

부사영은 생각할 것도 없다는 듯 즉시 말했다.

“정면 승부로는 감당할 수 없어. 저놈들이야 고작 일이 년 반짝 수련한 거고, 저놈들은…… 흠! 깊은 수렁 냄새가 풍겨. 죽음 속에서 키워진 놈들 같아. 개방에 저런 놈들이 있다는 게 솔직히 의문스럽긴 해. 저놈들 개방도 맞아?”

“개방도 맞고, 죽음 속에서 키워진 것도 맞고, 다 맞다.”

그는 걸왕들이 누워 있는 곳을 향해 걸어갔다.

걸왕들은 막 저녁밥을 지어 먹는 중이었다.

밭에서 썩은 고구마를 캐와 삶고, 얼어붙은 배추를 뽑아와 국을 끓였다. 썩고 말라 버린 것들이라 맛은 어떨지 모르지만 냄새만은 구수하게 시장기를 자극한다.

“부공 좀 보지.”

걸왕들이 눈을 번쩍 떴다.

단차가 먼저 말을 건네왔다. 그것도 자신들의 무공을 보자는 말을 해왔다.

무공을 보자. 즉, 너희가 쓸만한지 보자.

‘심정에 변화가 생겼다!’

걸왕들은 대번에 미미한 변화를 감지해 냈다.

“하하하! 그거야 얼마든지…….”

걸왕이 낄낄거리며 일어섰다. 하나 그들은 곧 인상을 찌푸려야만 했다.

계야부가 부사영에게 눈짓을 하자, 부사영이 등에 메고 있던 목검들을 쭉 풀어놨다.

계야부가 말했다.

"붉은 물감을 들인 목검. 타구봉은 내려놓고 이것으로 사약주와 이자들을 쳐주시오."

계야부는 종이 한 장을 내밀었다.

십여 명의 이름이 빼곡히 적혀 있는 인명부(人名簿)다.

"두 가지 제약이 붙소."

걸왕들이 부스스 일어섰다.

단차의 생각이 변했으니 움직일 일도 생겼다. 주문을 잘 수행하면 용두방주의 꿈이 실행되는 것이고, 주문을 받지 못하면 두 번 다시 단차의 눈길을 받지 못한다.

이번 주문, 뭐가 되었든 반드시 수행해야 한다.

"첫째, 당하는 자가 본인이 의식하지 못하게끔 은밀히 공격할 것."

"그건 문제없고."

설왕들은 태연히 말했디.

시각랑들은 어렵다는 말을 했다. 차라리 목을 뎅겅 잘라내는 게 쉽다고 했다.

"둘째! 지금 이 시각 시각랑이 이자들을 공격하고 있소. 그들은 먹물 묻힌 목검을 사용하고 있소. 그들이 먼저 친 자는 건드리지 않는다. 요혈에 먹물 자국이 묻어 있으면 손대지 말고 물러나라. 이게 두 번째 제약이오."

걸왕들이 눈을 동그랗게 떴다.

"이거 일종의 시합 같은데…… 저쪽은 지금 공격을 하고 있단 말입니까? 제길! 이렇게 편파적인 시합도 있는 거요?"

"그들은 다섯 명이니까. 당신들은 여덟이고."

"제길! 지렁이를 밟아 죽이는 데도 인원수를 따지나! 도대체 인원이 무슨 상관이라고."

후다다닥!

걸왕들은 붉은 칠을 한 목검을 빼앗듯이 움켜잡고 쏜살같이 튀어 나갔다.

"흠!"

부사영이 다소 놀란 듯 신음을 터뜨렸다.

걸왕들은 한줄기 바람 같았다. 스르르 피어나는가 싶더니 어느새 저만큼 달려나간다.

분명히 무공 면에서는 시각랑보다 한 수 위다.

더군다나 걸왕들은 같은 개방도를 죽이며 성장했다. 죽이고 또 죽이고…… 형제의 머리를 모두 두들겨 부쉈을 때, 그들은 이름 대신 걸왕이라는 별호를 얻었다.

시각랑의 살인검 못지않은 살봉(殺棒)을 움켜쥔 사람들이다.

부사영은 걸왕들의 신법을 보고 그들의 진신무공을 짐작해냈다.

계야부도 걸왕들의 진신무공을 보기는 이번이 처음이다.
“어때?”
“강하군.”
“어느 정도나 강해 보여?”
“한 명은 쉽고, 두 명은 힘들고, 세 명은 벅차겠어.”
“일촌사로도?”
“뭐야? 놀리고 있잖아!”
“하하하!”
두 사람은 오랜만에 편히 웃었다.

쉬이잇! 쉬잇! 쉿!
묵검과 홍검이 허공을 난무했다.
‘뭐야! 이 자식들은!’
시각랑은 느닷없이 끼어든 걸왕들을 보며 다소 신경질적인
반응을 보였다.
계야부가 목검을 쥐어줬을 때는 살상을 하지 말란 뜻이다.
요혈에 먹물 자국만 살짝 묻혀놓고 빠져나오면 끝난다.
한 명, 두 명…… 먹물을 묻혔다.
한 놈은 식사를 하는 중이었다.
천장에서 밧줄을 타고 내려가서 목 뒤에 위치한 대추혈(大
椎穴)을 살짝 찍었다.
놈은 대추혈이 찍힌 뒤에도 식사에 열중했다.
또 한 놈은 책을 읽고 있었다.

담위민이 방바닥을 뱀이 기어가듯 스르륵 기어가서 옆구리
에 있는 장문혈(章門穴)을 툭 찔렀다.
　책을 읽고 있던 놈은 장문혈에 먹물 자국이 찍힌 줄도 모르
고 독서에 몰입했다.
　두 명은 간단히 처리했다.
　한데 그다음부터 홍검이 쏘아져 왔다.
　그들은 시각랑보다 한발 앞서서 요혈에 홍점을 찍은 후, 간
다는 말 한마디 없이 사라져 버렸다.
　'뭐야!'
　막 목검을 들이밀던 추위걸은 맥이 빠져 버렸다.
　검은 먹물이 묻은 묵검 대 붉은 물감을 칠해놓은 홍검.
　누가 일일이 설명해 주지 않아도 어떤 상황인지는 대번에
읽혔다.
　시합이 벌어졌다.
　뒤만 쫓아오던 걸개 놈들이 네놈들보다는 우리가 한 수 위
라는 듯 설치기 시작했다.
　그들은 묵검 대신 홍검을 들었다.
　정면으로 해보자는 뜻이다.
　우리가 먼저 홍점을 찍었으니 네놈들은 찍든 말든 마음대로
하란다. 이미 죽은 놈에게 칼질 한 번 더 하면 무슨 소용이 있
냐며 비웃는 듯했다.
　추위걸은 검을 쓰지 못했다.
　'이것들이!'

쉬잇! 쉬이익! 쉬이잇!

묵검과 홍검이 허공에서 교차했다.

이번에도 홍검이 묵검보다 한발 앞서서 안선도의 요혈을 찍었다. 그리고 마치 비웃는 듯 붉은 물결을 살랑거리며 사라져 갔다.

묵검은 안선도 대신 홍검을 들이쳤다.

쒜에엑!

이대로 물러가게 내버려 둘 수는 없다. 독수리가 노리던 쥐를 매가 가로챘으니, 쥐 대신에 매를 사냥하련다.

경솔한 공격은 아니었다.

개방 걸개가 뒤쫓아오는 것을 알았을 때, 웬만하면 중간에서 쫓아내려고 했다. 한데 이들의 무공이 심상치 않다. 산을 타는 몸놀림이 보통 매끄럽지 않다.

강을 벗어나 준약촌에 이르는 동안 상당히 많은 신경전을 벌였다.

그 덕분에 걸개들의 무공이 장로보다 나았으면 나았지 못하지는 않다는 결론을 내렸다.

웬만한 문파의 문주보다 뛰어난 무공이다.

그런 만큼 급습도 완벽한 기회를 노리고 쳐냈다.

"홋!"

아주 짧은, 너무 짧아서 순식간에 지나쳐 버린 소리가 있다.

너무도 완벽하고 급작스런 공격인지라 걸왕도 소스라치게

놀라고 말았다.

하나 그의 놀람은 순식간에 가라앉았다.

경악성도 새어나오지 않았다. 어떠한 경우에도 준약촌 사람들이 기습을 알아서는 안 된다. 그것은 단차가 제시한 제약이니 반드시 지켜야 한다.

쉑!

홍검이 방향을 틀어 즉시 반격했다.

쉐엑! 쒜에엑!

묵검이 홍검을 피해 다시 달려들었다. 홍검도 술 취한 듯 비틀비틀 물러서더니 다시 쏘아져 왔다.

두 사람은 일절 소리를 내지 않았다.

검끼리 부딪치는 일도 없다. 옷자락 펄럭이는 소리도 죽였다. 완벽한 침묵 속에서 사나운 결전을 벌였다.

"허! 그것참……."

등잔불을 켜놓고 책을 읽던 의원은 풀리지 않는 문제에 부딪쳤는지 한숨을 토하며 머리를 긁적거렸다.

그의 겨드랑이 밑에 위치한 대포혈(大包穴)에는 붉디붉은 홍점이 딱 찍혀 있었다.

홍검이 목검이 아니라 진검이었다면, 목검에 진기를 실어 찔렀다면…… 검이 살을 뚫고 들어가 폐를 관통했을 게다. 그리고 조금 더 힘을 가했다면 심장마저 꿰뚫었으리라.

의원은 악! 소리도 내지 못하고 절명할 상황이다.

쒜엑! 쒜에엑!

그의 등 뒤에서 미미한 미풍이 불었다.

걸왕과 고봉은 칠 합이나 겨뤘다.

이마에서 진땀이 흘러나온다. 등 뒤가 땀으로 흥건히 젖어든다.

의원이 듣지 못하도록 검을 쓰려면 검풍(劍風)을 일으켜서는 안 된다. 단 한 수라도 쾌검이 작렬해서는 안 된다. 느리게, 그러면서도 상대가 피할 수 없는 절초를 구사해야 한다.

고봉은 시각랑의 본능대로 검을 쳐냈다. 검초에 의지하는 않는 전장의 사검(死劍)이다.

걸왕은 비천무영신법(飛天無影身法)과 취팔선보(醉八仙步)를 섞어서 사용했고, 타구봉에는 묵중한 진기로 옥(玉)을 깨뜨린다는 파옥권(破玉拳)의 묘리를 담았다.

"태백(太白)의 혈성(穴性)은 통경활락(通經活絡), 조비화위(調脾和胃)이니 침법(鍼法)은 직자(直刺)라."

의원이 의경을 읽었다.

쒜엑! 쒜에엑!

두 사람은 다시 한 번 드잡이질을 벌였다.

승부는 쉽게 나지 않았다. 진신무공을 모두 드러내면 쉽게 승부가 갈렸을 것이다. 하나 급습이 발각되어서는 안 된다는 전제 조건을 밑바닥에 깔고 쓰는 검이 위력적일 리 없다.

'제길! 급습은 틀렸군.'

'쉽게 잡지 못하겠어. 반사신경 하나만큼은 뛰어난 놈이군. 시각랑…… 크크!'

두 사람은 서로를 노려보았다. 그리고 슬그머니 뒷걸음질을 쳐서 물러났다.

"복통(腹痛), 위통(胃痛), 복창(腹脹), 고창(鼓脹), 장잡음(腸雜音), 토사(吐瀉)에 쓰되, 침을 삼 푼 놓고 일곱 번 숨 쉴 동안 꽂아두라. 태백혈…… 흠!"

의원은 무슨 일이 벌어졌는지 전혀 눈치채지 못했다.

사약주와 안선도 열 명을 죽이는 데 향 두 자루가 채 타지 않았다.

한 자루가 완전히 탔다. 일다경이 흘렀다. 또 한 자루는 절반쯤 탔다. 반 다경쯤 흘렀다. 그때 시각랑과 걸왕들이 서로를 잡아먹을 듯 노려보며 돌아왔다.

"흐흐흐! 단주, 이리해도 되는 겁니까? 우리에게 급습을 시켜놓고 이 새끼들한테 뒤통수를 치게 해요! 언제부터 이 새끼들하고 한패였습니까?"

고봉이 씩씩거렸다.

그는 그렇게 성질이 나 있는 상태에서도 계야부를 보고 단주라고 불렀다.

화가 나는 건 나는 거고 지켜야 할 것은 지킨다.

"후후! 몇이냐?"

"여섯이오! 됐소!"

계야부는 놀란 눈으로 부사영을 쳐다봤다.

부사영도 이건 뜻밖이라는 듯 환한 미소를 지었다.

걸왕을 상대로 여섯 명을 해치웠다는 것은 상당한 선전이
다.

기껏해야 세 명 내지 네 명 정도에서 그칠 줄 알았는데, 절
반을 넘어선 여섯이라니!

"킥킥! 쭉정이들만 죄다 쓸어가면 뭐 해? 사약주라는 놈은
내가 요놈으로 처리했수다."

걸왕이 홍검을 들어 올리며 말했다.

그들은 서로 으르렁거리며 시합을 치렀다.

서로가 서로를 공격하기도 하고 제지하기도 하면서 사약주
와 안선도를 처리해 나갔다.

양쪽 모두 치명적인 살수는 피했다.

한쪽이 묵검을 들고 다른 한쪽이 홍검을 들었다면 이 시합
을 누가 시켰는지는 대번에 깨달아진다.

지켜야 할 부분은 지켜가면서 겨뤘다.

그 결과가 나왔다. 양쪽 모두 일방적인 승리를 거두지는 못
했다. 시각랑은 먼저 시작했고, 걸왕은 인원이 셋이나 더 많지
만 결과는 비등했다.

암습을 시도했을 때, 시각랑은 걸왕 못지않은 위력을 토해
낸다.

시각랑은 이번 싸움에서 자신들의 능력을 여실히 증명했다.

지금 다시 겨룬다면 걸왕이 압도적으로 승리할 게다. 하나
제약을 걸고 암습을 시도시키면 결과는 비등해진다.

시각랑의 암습은 절정을 치닫고 있다.

걸왕 여덟 명이 제대로 제지하지 못할 만큼 빠르게 기습하고 신속하게 물러선다.

이 부분만큼은 걸왕들도 인정하는 표정이었다.

두 번째 제약, 공격을 하되 기습이 알려져서는 안 된다는 규정은 양쪽 모두 지켰다.

시합이 끝난 지금도 준약촌은 정적에 휘감겨 있다, 마치 아무런 일도 벌어지지 않은 것처럼.

3

준약촌 의원들은 얼굴이 새파랗게 질렸다.

묵점! 홍점!

어디를 가격당했는지는 그들보다 잘 아는 사람도 없을 것이다. 목검이 아니라 진검을 사용했다면 지금쯤 어떤 꼴로 누워 있을지 상상이 되고도 남는다.

의원늘만 질린 게 아니다.

준약촌을 수호하던 무인들은 분노로 치를 떨었다.

'방심했어!'

'이놈들이 급습을! 안 그런 척, 계주와 친분이 있는 척 방심하게 해놓고 뒤통수를 때려!'

'암습이니 당할 수밖에. 공격 중에 가장 방어하기 힘든 게 뒤에서 날아오는 비수라고 했으니.'

준약촌 무인들의 생각이 표정에 생생하게 드러났다.

"계주님, 이런 장난까지 받아줘서는 안 됩니다. 어떻게 해서 사제지간이 되셨는지 저희도 알아야겠습니다."

"그렇습니다. 단차와 사제지간이라면 저희도 존망(存亡)을 걸어야 된다는 말인데, 그럴 수는 없습니다. 이곳은 계주님 것이 아닙니다. 저희가 피땀을 쏟아 일군 저희의 것입니다."

약주들, 그리고 무인들이 일제히 소화를 공격했다.

그들로서는 생사 존망이 걸린 문제이니 그럴 수밖에 없다.

사실은 이런 점 때문에 단차가 처음으로 준약촌에 발을 들여놨을 때부터 곱지 않은 시선을 보내왔던 터이다.

악소화는 난감했다.

그녀는 이런 사태가 벌어질 줄은 꿈에도 몰랐다. 계야부가 왜 안 해도 될 일을 했는지 모르겠다.

그녀는 당찬 여인이었지만 지금으로서는 어떤 말도 할 수 없었다. 준약촌 사람들이 무엇을 염려하는지 알기 때문이다.

'결국……'

어쩌면…… 아니, 계야부를 본 순간부터 이런 일이 벌어질 줄 예감하고 있었다.

단차는 누가 뭐래도 무림공적이다.

그런 그를 도왔다가 무총의 눈 밖에라도 나는 날에는 아주 큰 곤욕을 치러야 한다. 약종상 본연의 일이 있으니 뿌리야 뽑힐까마는 몇몇 책임자들은 목숨을 내놓아야 하리라.

많은 사람들의 표정에서 그런 근심을 읽었다.

그녀는 결심을 굳혔다.

'내가 계주에서 물러나는 수밖에 없어.'

준약촌은 창녕 악가촌의 후신이다.

악가촌 사람들이 거의 대부분 이곳으로 옮겨와서 생활한다.

약주들은 악가촌 의원들이다. 혈족 관계로는 그녀의 숙부, 백부이며 사촌이다.

표면상 준약촌 촌장은 따로 있다.

악가촌에서처럼 제일 큰 어른이 촌장을 역임하고 있다. 하나 촌장도 악소화의 신분을 알고 있으니 예전처럼 여인이라고 무시할 수만은 없는 입장이다.

한 마을에 촌장과 계주가 함께 있으나 충돌은 없다.

평소, 악소화는 앞에 나서지 않는다. 준약촌은 촌장의 영도 아래 잘 굴러가고 있다.

이곳에서 악소화는 소화로 불릴 뿐, 계주로 불리지 않는다.

이교사는 그녀를 계주로 앉히기 위해 악가촌을 소생시켰다. 멸문될 곳을 암암리에 빼돌렸나.

악가촌 사람들도 그 점은 잘 알고 있다.

하나 이제는 결단을 내려야 한다.

예전처럼 안선에 연관되었다는 사실만으로 멸문을 당할 수는 없지 않은가.

안선과 모종의 연관을 맺고 있던 사람들은 한 사람도 예외 없이 흑점, 홍점이 찍혔다.

그들의 신분이 드러났다는 증거다.

“자네들은…… 미안하이.”

“아닙니다. 강녕하십시오.”

그들 열한 명에게 축출령이 떨어졌다.

마을을 지키기 위해서는 이 수밖에 없다고 결론 내렸다.

지금은 이교사처럼 또다시 멸겁에서 구해줄 사람이 없지 않은가.

이것은 촌장의 권한이다.

“계주, 마을을 벗어나 주게.”

악소화에게도 축출령이 떨어졌다.

이 점, 은혜를 원수로 갚는다는 식으로 생각해서는 안 된다.

현재 준약촌이 번성하게 된 이면에는 분명히 악소화가 있다. 그녀가 계주가 되었기 때문에 마을이 살아날 수 있었다.

하나 그녀가 단차와 인연을 맺은 이상, 무림공적과 사제지간이라는 인연으로 엮인 이상…… 촌장은 살을 배는 아픔으로 그녀를 내쳐야 한다.

그녀가 마을을 벗어나도 약종상은 계속 준약촌을 들락거린다.

말 그대로…… 무림과는 전혀 상관없이 약초만 캐다 파는 마을로 존재하게 된다.

촌장은 그런 마을로 만들 생각이다.

“알겠어요. 저 때문에 괜히…… 죄송해요.”

악소화는 밝게 웃으며 대답했다.

일단의 무리가 지나갔다.

간단한 행장만 꾸린 열한 명의 사내는 길가에서 모닥불을 쬐고 있는 계야부 일행을 흘깃 쳐다보며 지나갔다.

그들의 눈에는 원망이 서려 있었다.

모른 척해줬으면 좋았을 텐데. 상대도 안 되는 사람에게 왜 장난질을 쳐가지고.

원망스런 눈길 속에 그들의 마음이 깊이 배어 나왔다.

"자식들, 죽을 목숨을 살려주니까. 그래도 왠지 미안해지는데."

고봉이 손톱을 물어뜯으며 말했다.

"그러게 말입니다. 죽을 놈들을 살려주니까 오히려 흘겨보고 지나가네요."

서악정도 심사가 편치 않은 듯 툭 내뱉었다.

그들은 계야부의 명령을 이해하지 못했다.

시끄렁의 무공은 새삼 시험해 볼 필요가 없다. 그들에게 무공도 모르는 안선도 몇 명쯤 죽이는 것은 일 축에 속하지도 않는다는 건 너무도 빤히 알고 있다.

걸개들의 무공을 시험해 보려고 했나?

그랬다면 양쪽을 정식으로 붙여보면 될 일이었다. 굳이 저들을 건드릴 이유는 없었다.

시각랑들은 건드릴 자와 건드리지 않아도 될 자를 구분하는 단계에 이르렀다.

그동안 살행을 하면서 배운 것이 있다면 바로 이것이리라.

안선도 중에는 무공을 수련한 자도 있었지만 평생 검 한 번 잡아본 적이 없는 자들도 있었다.

그들을 죽일 때는 정말 심사가 뒤틀렸다.

이런 자들까지 죽여야 하는가 하는 회의감에 치밀어서 독주를 마시지 않고는 견딜 수 없었다.

그들은 무작정 사람을 죽이는 살인귀가 되고 싶지 않았다.

솔직히 시각랑 시절에는 그런 것을 따지지 않았다. 죽이라는 명을 받으면 상대가 적군이 아니라 아녀자, 어린아이라고 할지라도 거침없이 죽였다.

이제는 다르다. 죽여도 괜찮겠다 싶은 자만 죽이고 싶다.

떠나가는 안선도가 불쌍하게 보이는 것도 그런 마음이 깃들어 있기 때문이다.

계야부는 그들의 말을 귓가로 흘려들었다.

'어떻게 해야 하나?'

그는 다시 한 번 심각하게 숙고했다.

지금은 아무 일도 벌어지지 않았다. 지금이라도 물러서면 사약란과의 약조만 남는다. 그녀가 전갈을 보내올 때까지 죽은 듯이 숨어 있기만 하면 된다.

그래야 하나?

여기서 한 발짝만 더 나아가면 뒤돌아설 수 없는 구렁텅이로 빠지게 된다.

그때는 정말 무림에서 뼈를 묻어야 한다.

그래야 할까?

'일목!'

그는 모든 감각을 죽였다. 외부로부터 들어오는 모든 것을 철저하게 차단시켰다.

그는 내면의 감옥을 스스로 만들었고, 그 안에 들어앉았다.

'어떻게 할까?

맑은 정신으로 자신에게 물었다.

'이기적인 놈……'

내면에서 울리는 소리다.

'너처럼 더러운 놈은 처음 봤다. 어쩌면 그렇게 처음부터 끝까지 썩었는지…… 퉤엣! 저리 가라. 악취 나서 못 참겠다.'

또 다른 내면의 소리가 울렸다.

이런 소리들은 예전부터 알고 있던 소리다. 다만 그가 내면 깊숙이에 숨겨놨기 때문에 듣지 못했을 뿐이다. 내면의 소리는 그에게 진실을 알려주고자 했지만 그가 애써 듣지 않았다. 소리가 기어나오려고 하면 꾹 눌러 버렸다.

그런 소리들이 마음껏 활개치고 있다.

'시각랑을 어떻게 생각해? 피를 나눴다며? 그럼 동생들인가? 거짓말…… 에잇, 더러운 놈! 넌 시각랑을 이용하고 있을 뿐이야. 솔직히 그들을 이용하고 있잖아. 안 그래? 얼마 전에 여강강이 죽었는데, 얼마나 아팠어? 가슴이 찢어지게 아팠어? 그렇다고 하면 넌 정말 양심마저 없는 인간이다.'

시각랑을 이용하고 있었던 것인가?

'부사영은 어떻게 생각해? 벗이야, 수하야? 쓸만하니까 데리고 있었던 거지? 다 알아. 필요없으면 언제든 버릴 거잖아? 그렇다고 시인해. 여기는 너밖에 없는데 누굴 속이려고 거짓말을 해?'

소곤소곤…….

마음은 끊임없이 속삭였다.

내면이 그를 질책하는 이유는 단 한 가지다.

그는 의도대로 잠시 무림에서 잠적할 수 있다. 사약란이 전갈을 보내올 때까지 몇 년이고 참을 수 있다. 검을 갈고 무공을 닦으며 이삼 년 정도는 충분히 기다릴 용의가 있다.

시각랑은? 금룡대는? 어디선가 지금도 살행을 하고 있을 살림 살수들은?

그들도 은거하고 싶어 할까?

안선 교사와 대공을 죽이면 일이 끝나는 것일까?

그때가 되면 시각랑은 자유를 얻어 훨훨 날아가고, 금룡대도 마음먹은 대로 무림을 활보하게 되는 걸까?

천만에!

그때쯤이면 모두 죽는다. 안선 대공을 상대하는 일인데 누가 살아남겠나.

그런 점을 알고 있기 때문에 그들의 뒷일이 걱정되지 않는 것이다. 모두 죽을 것을 짐작하고 있기 때문에 무림공적이란 허울이 부담스럽지 않은 것이다.

시각랑과 금룡대는 그런 사실을 알고 있을까?

아닐 게다. 어떻게든 살아남아서 영화를 누리고 싶을 것이
다. 한때 무림을 이렇게 종횡했다며 무용담을 늘어놓고 싶으
리라. 아름다운 여인과 혼인도 하고 싶을 것이고, 안락한 침상
에서 두 다리 쭉 뻗고 잠도 자고 싶을 게다.

이들은 하고 싶은 것이 많다.

살고 싶다. 실고 싶어 한다.

그런데 자신은 이런 이유, 저런 이유를 들어가며 이들을 곁
에 두고 있다. 앞날을 보장하지도 못하면서, 무림공적이란 허
울을 벗겨주지도 못하면서 죽음으로만 몰아넣고 있다.

자신이 할 일을 이들에게 시키고 있다.

살행? 자신이 하면 된다. 이들까지 동원할 필요가 없다. 혼
자서 북무림을 휘젓고 다니며 안선도를 죽였어도 지금 정도의
마명(魔名)은 얻는다.

자기가 하기 싫은 일, 남에게 시킨 것에 불과하다.

'아냐!'

'에이, 서긋발은…… 아니긴 뭐가 아냐. 맞잖아.'

"아니닷! 나는 그런……."

'그런 치사한 인간이지.'

일목에 이른 정신 상태는 그가 가장 염려하던 부분을 여실
히 보여주었다.

그는 눈을 떴다.

'이대로 끝날 수 없단 말이군. 벗어날 수 없단 말인가, 이놈
의 무림이란 곳을…….'

여러 가지가 그를 무림에 붙들어놓았다.

그는 눈을 떴다.

악소화가 호위무인들과 함께 준약촌을 나섰다.

그녀의 곁을 지키는 사람은 모두 열두 명이다.

상당히 많은 무인들이 준약촌 의원들과 어울려 살고 있었다.

"부사영."

"네!"

"교훈만 줘라."

"넷!"

그는 포권지례를 취했다.

둘이 있을 때는 벗이지만, 여럿이 있을 때는 여전히 일휘단주다.

그가 기형장검을 들고 악소화 앞으로 나섰다.

"너희가 이름값을 하는지 시험해 보겠다. 자의는 아냐. 명이 떨어졌으니 이행하는 것뿐인데…… 그래도 검을 쓰게 되면 피를 볼 거야. 단단히 조심하는 게 좋아."

철컥!

부사영이 경쾌한 소리와 함께 오 척 장검을 빼들었다.

열두 사내의 눈에 살기가 어렸다.

시각랑은 그들의 눈동자를 보자마자 피식 웃어버렸다.

"단주님, 저놈들 제가 할까요? 이형님께 맡기기에는 너무 잔챙이 아닙니까.”

추위걸이 말했다.

혹시나 했는데 정말 그랬다.

열두 무인 중 진정한 살검을 알고 있는 사람은 한 명도 없다. 무공은 정심하게 수련했는지 모르지만 사람을 죽여본 적이 없는 풋내기들이다.

손끝에 긴장이 어렸다.

입안이 바싹 타들어가고, 이마에는 핏줄이 툭툭 불거져 나왔다.

겨우 오 척 장검을 뽑았을 뿐인데, 솜털까지 바짝 곤두세우며 으르렁거린다.

싸움을 해볼 필요도 없다.

정말 살인을 하는 자는 긴장의 성격이 다르다. 이런 식의 눈에 보이는 긴장은 오히려 상대에게 자신감만 불어넣어 준다는 사실을 잘 알고 있다.

겉으로는 느슨하게, 여유있게…… 속으로는 검은 살기를 무럭무럭 피워내면서…….

이것이 진짜 살인귀들의 살기다.

“이봐, 이게 첫 번째 시험이 아냐. 어젯밤에 조금 건드려 봤거든? 한데 영 아냐. 너희 열두 명, 급습이 있었다는 사실이나 알았어? 오늘 아침에서야 알았지? 더 웃긴 걸 말해줄까? 어제 우린 두 패로 나뉘어서 한바탕 드잡이질을 벌였어. 저 더러운 새끼들과 이를 갈며 싸웠지. 그런데도 너희는 잠만 콜콜 자더라고.”

서악정이 놀리듯 말했다.

모욕도 이런 모욕이 없다.

열두 무인의 얼굴이 시뻘게졌다.

분노가 화염이 되어 눈길에서 뿜어져 나왔다.

이럴 때 검을 들고 마주 선 살인귀는 딱 한 가지 말만 떠올린다.

'풋내기!'

그렇다. 무인은 모욕을 삭일 줄 알아야 한다.

속으로는 받아들여라. 하나 겉으로 표현하는 건 자제하라.

무인은 무공으로 말을 해야 한다. 언성을 높이거나 인상을 쓰는 것은 아무런 도움도 안 된다.

차앙!

“건방진 놈!”

우렁찬 일갈과 함께 검사 한 명이 뛰쳐나왔다.

그들도 나름대로는 무공에 일가견을 지닌 사람들이다. 손에 검을 쥐고 태어났다면서 다소 과장 섞인 말을 해도 인정해 줄 정도의 정통 무인이다.

쒜에엑!

검풍이 매섭게 휘몰아쳤다.

“분광뇌풍검법(分光雷風劍法)이군. 곤륜파(崑崙派)의 문하였던가.”

걸왕이 중얼거렸다.

문하(門下)!

그 말속에 모든 상황이 압축되어 있다.

명문세가에 적을 둔 안선도가 대표로 내세운 사람이 계주라면, 호위도 그에 못지않아야 한다.

최소한 장로 정도는 뒤를 받쳐 주고 있어야 한다.

악소화 곁에 있는 사람은 허수아비들이다.

뭔가 잘못된 게 있다. 이교사가 판단 착오를 했거나 아직 돌출되지 않은 무엇인가가 있다.

쐐엑! 타앙!

부사영이 손목을 까딱거리자 검이 크게 휘었다. 그리고 달려들던 자의 장검을 멀리 날려 버렸다.

단 일 수, 상대는 일촌사를 알아보지도 못했다.

일다경도 되지 않아서 열두 명의 호위무인은 멀찍이 떨어져 눈치나 보는 신세로 전락했다.

그들은 비로소 시각랑의 무서움을 깨달았다.

껄렁껄렁하고 별것 아닌 사람들처럼 행동하는데, 일단 움직이면 비호보다도 빠르고 사납다는 것을 단 한 번의 격전으로 절절히 깨달았다.

그들은 계야부가 악소화를 데려갈 때, 묵묵히 길을 열어주어야만 했다.

"곁에 있는 사람이 너무 약하군."

"풋! 사부님이 너무 강하다는 생각은 하지 않아요?"

"그런 생각은 해본 적이 없어. 늘 죽음과 싸우면서 지내왔으니까. 한날한시도 편해본 적이 없었던 것 같아. 그런데 소화 곁에 있는 자들은 이런 우리한테도 형편없이 무너지는군."

"사부님이 너무 강한 거예요."

"무인을 볼 줄 아나?"

"제가 볼 줄 아는 건 사람뿐이에요."

"계부의 명령은 절대적인가?"

"호호호! 약종계는 약종상들의 모임일 뿐이에요. 사소한 것은 제 마음대로 처리할 수 있지만 중대한 것은 전체 모임에서 해결해요. 전 제 의견을 말할 뿐이에요."

"모임이라……."

계야부는 나직하게 중얼거렸다.

악소화의 말은 틀렸다.

이교사가 약종계에 손을 댄 순간부터 약종계는 단순한 모임이 아니라 질서정연한 조직으로 탈바꿈했다.

악소화가 그의 표정 변화를 읽어냈다.

"제 말을 안 믿는군요."

"믿어."

"훗! 안 믿으면서."

"금룡대에 대한 정보는 어떻게 알아낸 거야?"

"일상적인 보고를 해와요. 무림 전반에 대한 일들이 모두 제 손을 거쳐 간다고 보면 되죠."

"그중에 진위를 가려내는군."

“그렇다고 봐야죠?”

“정보를 취합하는 사람은…….”

“비밀.”

악소화가 말할 수 없는 부분, 약종계의 진체(眞體)다.

악소화는 형식상의 계주일 뿐이다.

악가촌을 살려놓은 것은 그녀의 손발을 묶어놓기 위한 술책
이다. 솔직히 이 정도의 일은 이교사의 권위를 짐작하면 일이
라고 할 수도 없다.

약종계를 움직이는 자는 따로 있다.

그렇다고 악소화가 아무런 일도 하지 않는 것은 아니다.

그녀는 세상에 난무하는 정보를 걸러준다. 가장 올바른 정
보만 제시해 준다. 관언찰색에서 비롯된 그녀의 능력은 일의
잘잘못을 구분하는 단계에까지 이르렀다.

또 한 가지 중요한 부분이 있다.

그녀는 약종계의 희생양으로 내세워졌다.

약종계는 현재 모든 정보를 그녀에게 수고, 그녀의 지시를
받는 식으로 운영되고 있다.

실제로는 아닐 것이다.

악소화는 정작 중요한 사항을 알지 못한다. 아예 전해 듣지
도 못했을 게다. 실권자의 머릿속에서 구상되고, 결정되고, 지
시된 일들이 있을 텐데 까마득히 모른다.

그러다가 약종계가 책임질 만한 일이 발생하면 신속하게 뒤
집어씌운다.

그리고 또 다른 자를 계주로 선발한다.

악소화처럼 적어도 한 가지 분야에서는 탁월한 능력을 지닌 사람이 선택된다. 제삼자가 봐도 계주가 되기에 손색이 없다는 평을 들어야 한다.

이것이 약종계가 흘러온 운영 방식이라면…… 이교사는 무엇을 노리고 직접 그녀를 앉힌 것일까? 단순히 계주를 바꾼 것에 지나지 않는 것인가?

아니다. 그는 자신의 죽음을 예감하고 그녀를 끌어들였다.

악소화는 약종계의 실권자에게 절대적으로 필요하다.

무엇인지는 모르지만 틀림없이 그런 부분이 있다. 이교사의 안배는 실권자에게 집중되어 있고 악소화는 보완하는 부분이지만, 그래도 그녀에게 열두 명의 무인을 붙일 만큼 신경 쓰고 있다.

"당분간 나와 함께 움직여야겠다."

"아뇨. 전 약종계로 가서 사부님을……."

"이교사가 손댄 약종계라면 나와도 무관하지 않다. 약종계에 가서 날 돕겠다는 뜻은 알겠는데, 지금은 내 곁에 있어주는 게 가장 돕는 거야. 오래 걸리진 않을 거다. 잠시만 같이 다니자."

악소화는 거절할 수 없었다.

第百二十三章
종남산(終南山)

第百二十三章
종남산(終南山)

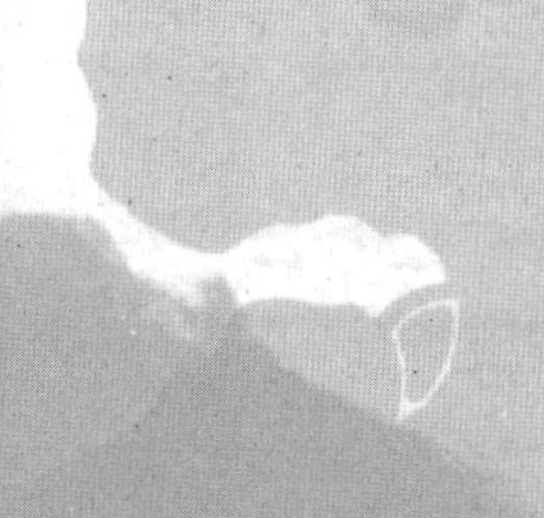

“살림에게 전갈을 보내야겠다.”

“얼마든지 가능합니다.”

“홍첩, 실행 중지. 즉시 합류할 것. 이상이다.”

“알겠습니다.”

걸왕들은 앞뒤 딱 잘라 버리고 바로 용건부터 말하는 계야부의 말을 담담하게 받아들였다.

이로써 걸왕과 계야부의 계약은 성립되었다.

다른 사람은 도저히 이해할 수 없는 계약이다.

원하는 것은 없다. 무조건 받기만 해라. 필요한 것은 모두 준비해 줄 테니 말만 해라.

이보다 더 좋은 계약이 어디 있는가.

걸왕들은 그런 조건에서 한 가지를 더 보탰다.

말 한마디면 목숨까지 내던질 수 있는 충직한 수하가 되겠다는 것이다.

계야부는 이런 조건을 받아들이지 않고 있었다.

개방의 치밀한 안배에 걸려들 것을 우려해서다.

아니, 걸왕들을 이용하다 보면 반드시 개방이 원하는 대로 움직이게 되어 있다.

약종계가 악소화에게 했던 것처럼 개방도 온전한 정보를 주지 않을 것이다. 자신들에게 불이익이 되는 정보는 숨길 것이고, 이익이 되는 쪽으로만 행동하게끔 유도할 게다.

정신을 똑바로 차리고 있으면 당하지 않는다?

이런 말은 쉽게 해서는 안 된다. 하루 이틀도 아니고 계속 걸왕을 쓰다 보면 반드시 개방이 원하는 대로 움직이고 있는 자신을 보게 될 게다.

개방은 조건을 내걸 필요가 없다.

무고긴 준다? 개가 웃을 일이다.

"이쪽은 시각랑. 이미 알고 있을 것이고…… 이쪽은 걸왕. 이름은 없고 여덟 명 모두 걸왕이라고 부른다. 개방의 숨겨진 마수(魔手)라고 하는데, 사수(死手)라는 편이 맞을 거야. 서로 인사들 하지. 한동안 한솥밥을 먹게 생겼으니."

계야부는 걸왕과 시각랑을 서로 소개시켰다.

같이 움직인다는 뜻을 분명히 한 게다.

'후후후!'

걸왕들의 얼굴에 희색이 만연했다.

계야부를 공략하기가 쉽지 않았는데, 자신이 스스로 무너져 주니 얼마나 기쁜가.

생각을 돌린 이유는 여인 때문이다.

악소화?

개방에서는 별로 중요하게 여기지 않은 여인인데…… 무언가 숨겨진 것이 있었나?

그녀는 아름답다. 아니, 매혹적이다. 가늘고 짙은 눈썹은 먹으로 그려놓은 것 같고, 가냘픈 몸에서는 청초한 향기가 풍긴다. 쇄골이 환히 드러나는 어깨의 곡선을 보다 보면 자신도 모르게 손이 올라가 쓰다듬고 싶어진다.

단순호치(丹脣皓齒)라고 했던가?

붉은 입술 사이로 살짝 드러나는 하얀 이, 그리고 커다란 눈망울이 어울려 한 폭의 미인도를 그려낸다.

그녀는 아름답다.

과연 단차가 한눈에 빠질 만한 미모다.

이런 여인이 어떻게 해서 아직까지 중원에 알려지지 않았을까?

개방 걸개들은 뭘 하고 있었기에 이런 여인의 등장을 모르고 있었던 것일까.

여인은 약종상 계주다.

계야부에게서 여인의 정체를 전해 들었을 때, 걸왕들은 소스라치게 놀랐다.

가녀리기 짝이 없는 여인, 무공이라고는 손을 들어 올리는 것조차 못하는 여인이 약종상을 이끌고 있다고?

정말 개방이 한눈을 팔아도 단단히 팔았지 않은가.

그런 여인이 모종의 사건에 개입되어 있다.

얼핏 들은 바로는 약종계가 내세운 허수아비 계주인 것 같은데, 그런 처지라면 숨이 끊기는 것도 시간문제다.

단차가 이를 악물고 나설 만하다.

그리고 약종상들을 상대로 검을 든 것이라면 개방 같은 거대 방파의 도움이 절대적으로 필요하다.

결왕들은 계야부가 내민 손을 기꺼이 움켜잡았다.

"이름이 뭔가? 검이 꽤 날카롭던데."

"고봉이오. 그러는 당신도 만만치 않던데. 은자(隱者)의 검을 그토록 쉽게 받아내는 사람은 처음 봤소."

"이제 우리는 단차님께 목숨을 바쳐야 하는데, 그쪽도?"

"우리는 목숨까지는 아니오. 안선도를 친다고 해서 한 팔을 거들었을 뿐…… 한데 이게 빠져나가지 못할 함정이었지 뭐야. 안선도를 죽이다 보니 무림공적이 되어 있대? 이제 어디로 가냐고? 제길! 죽으나 사나 같이 갈 운명인 게지."

"흐흐흐! 올가미에 걸렸군."

"아주 나쁜 놈이라니까."

고봉이 계야부의 귀에 들리게끔 크게 말했다.

산 밑 주점은 산사람들로 가득했다.

술을 마시는 사람은 딱 두 부류다. 엽사(獵師) 아니면 약초
꾼, 그 외에 다른 부류는 없다.

끼익!

악소화가 문을 밀치고 들어섰다. 그리고 두 부류 이외에 또
다른 부류가 주점에 들어섰다.

그녀는 안으로 들어서자 마치 자기 자리를 찾아가듯 창가
자리로 걸어가 앉았다.

그토록 사람 많은 주점에서 딱 그 자리만은 비워져 있다.

점소이가 쪼르르 달려와 깊이 허리를 숙이며 말했다.

"계주님을 모시게 되어 영광입니다."

"고마워요."

악소화는 당연하다는 듯 고개를 끄덕이며 인사를 받았다.
많이 받아본 대접인 듯 불편함이 엿보이지 않는다.

"빨리 요기 되는 것으로 주세요."

"열면피(熱面皮:쌀국수)는 어떠신지?"

"괜찮아요."

점소이는 연신 황송하다는 듯 머리를 조아리며 달려갔다.

그러자 술을 마시던 약초꾼 중의 한 명이 일어서더니 황급
히 옷매무시를 추스르며 다가왔다.

"보, 보고드리겠습니다."

"앉아서 천천히 말씀하세요."

"네!"

약초꾼은 이런 일이 처음인 듯 쩔쩔매면서 말했다.

"삼분에서 금룡대주가 합류했다고 합니다. 다른 금룡대 네 명은 청수(淸水)에서 찾았고요. 오장원(五丈原)에서 뵙는 게 어떠냐고 하시던데요?"

악소화는 잠시 생각했다. 그러다가 곧 고개를 저었다.

"아뇨. 오장원에서 만날 바에는 조금 더 밑으로 내려와서 종남산(終南山)에서 보는 게 나아요. 종남산으로 다시 약속 일자를 잡으라고 하세요."

"네, 알겠습니다. 달리 하실 말씀은……?"

"개방에 걸왕이라고 있어요."

"네? 걸…… 왕……? 아! 용두방주를 말씀하시는……."

"용두방주 말고 걸왕이요. 걸왕이라는 존재에 대해서 세밀하게 탐문해 보라고 하세요."

"네, 알겠습니다."

점소이가 따끈한 열면피를 가져왔다.

악소화는 깔끔한 맛의 열면피를 먹으며 생각했다.

'이제 양쪽 산에 봉화가 올랐어.'

*　　　*　　　*

걸왕은 개방 낙남(落南) 분타를 찾았다.

"누구야?"

허리에 삼결 매듭을 한 자가 비스듬히 누운 채 거만스럽게 말했다.

누더기 옷을 걸치고 있으니 걸개다. 손에 타구봉을 들고 있으니 개방도다.

이제는 신분을 확인한다.

허리에 매듭이 없다. 백의개?

먼저 인사를 하지 않으면 머리통을 부숴 버릴 놈이 찾아왔다.

한데 놈의 기도가 범상치 않다. 눈에서 신광이 번쩍이는 것 같고, 두 발은 철각(鐵脚)처럼 단단해 보인다. 특히 종아리…… 바위처럼 단단해서 바늘로 쑤셔도 들어갈 것 같지 않다.

삼결제자는 방문객이 인사를 하지 않았는데도 발작하지 못했다.

"분타주를 만나러 왔다. 안내해라."

"만나러…… 왔다? 안내…… 해라아?"

삼결제자의 말투가 비틀렸다.

걸왕은 피식 웃었다.

개방 분타를 방문할 때마다 이와 같은 일이 늘 벌어진다.

이놈의 개방은 허리 매듭에 유난히 집착이 많다. 나이가 새파랗게 어린 놈이 육결, 칠결 매듭을 하고 나타나면 단박에 머리를 조아린다. 반면에 늙어서 허리가 굽은 노인이라도 일결 매듭을 하면 발길질부터 먼저 한다.

걸왕은 말없이 걸어가서 냅다 발길질을 했다.

퍼억!

삼결제자는 비명도 지르지 못했다.

두 손으로 복부를 움켜잡고 숨도 쉬지 못한 채 쩔쩔맨다. 이리 뒹굴, 저리 뒹굴…… 뒹굴뒹굴 구르면서 발버둥만 친다.

한참 동안 땅바닥을 뒹굴며 땀만 삐적삐적 흘리던 그가 힘들게 일어섰다.

"이제 말이 되겠나?"

"뉘, 뉘시오?"

걸왕은 용두방주가 떠날 때 건네준 용두(龍頭)를 꺼내 보여 주었다.

"그, 그건!"

"확인하겠나?"

"해, 해야 합니다."

"해라."

걸왕은 삼결제자에게 미련없이 용두를 건넸다.

잠시 후, 걸왕은 상좌에 앉아 삼결제자를 내려다보고 있었다.

"살림 살수들에 대한 정보를 모두 모아라, 용두의 명으로."

"알겠습니다. 이틀이면……."

"하루. 내일 이 시간에 온다."

"알겠습니다!"

용두의 명은 절대적이다.

낙남 분타주, 삼결제자는 감히 이유도 묻지 못한다.

"살림 살수에게 명을 전달한다. 홍첩 실행 중지. 즉시 합류.

더불어서 단차의 이동 경로를 상세히 안내한다.”

“안내…… 입니까?”

“안내하라. 무사히 합류할 수 있도록 뒤를 차단하라.”

“소신이 감당하기에는 너무 벅찬…….”

“용두의 명이라고 하지 않더냐!”

“아, 예…….”

걸왕은 잠시 호흡을 가다듬었다.

살림에 대한 문제는 정리했다.

이제 무림은 살림에 대한 말을 듣지 못할 것이다.

시각랑에게 그랬던 것처럼 살림 살수들의 행적도 말끔하게 지워질 게다.

더군다나 그들은 살행을 중지한다. 오로지 단차와 합류하기 위해 달려오기만 한다.

크게 문제될 게 없다. 다음 문제…….

그는 목구멍까지 치민 말을 내뱉으려다가 꿀꺽 삼켜 버렸다.

‘아직 확실한 것도 아닌데…… 아냐, 지금부터 준비해 두는 게 좋아. 미리 알아서 나쁠 건 없어.’

그는 기어이 머릿속에 있는 말을 끄집어냈다.

“약종상을 아나?”

“압니다. 그놈들이 문제입니까?”

분타주가 눈을 부라리며 말했다.

이 정도다. 이게 약종상이 세상에서 받는 대우다. 한낱 걸개가 눈을 부라리며 달려들 만큼 약종상의 존재는 미미하다.

약종상 대부분이 점포를 가지고 있다. 거래하는 약재들도 눈이 동그래질 만큼 고가다. 그렇기 때문에 금전적으로 보면 천석꾼 못지않은 거부도 많다.

그래도 그들은 걸개들조차 쉽게 볼 만큼 천시받는다.

약종상은 산을 떠돌아다니며 약초를 캐는 약초꾼과 연결되어 있다.

연결? 아니다. 연결 정도가 아니라 아예 동급으로 취급된다. 약초꾼이 돈을 모아서 점포를 차리고 결국은 약종상으로까지 발전하기 때문이다.

"약종계는 아나?"

"그런 게 있다는 소리는 들어서 압니다만……."

"약종계 계주가 악소화라는 여자다. 두 가지를 조사한다. 약종계의 현 실상을 낱낱이 파악한다. 두 번째로 악소화를 조사한다. 알려진 게 거의 없는 여자니 고생깨나 해야 할 게다."

"기한은 얼마나?"

"넉넉히. 급하지 않다. 단, 파악한 것은 수시로 보고한다. 보고는 일절 밀마로 한다."

"밀마를 어느 쪽 방향으로 남겨야 합니까?"

"단차 앞으로."

"네? 단차 그 새끼요?"

걸왕은 대답하지 않고 일어섰다.

시각랑은 모두 발가벗겨졌다.

　그들은 더 이상 주목거리가 아니다. 그들에게서는 음모도 없고, 계략도 없다. 오로지 그들의 행동만 주시하면 된다. 칠 때도 미련없이 들이치면 끝난다.

　금룡대와 살림에 대한 분석도 끝났다.

　유일하게 단차라는 자만 모른다. 타구진을 무너뜨릴 정도로 강력한 의살을 구사하고, 예전에 시각랑이었으나 흔적을 찾을 수 없다는 것밖에는 아는 게 없다.

　또 하나, 알지 못하는 대상이 나타났다.

　약종상도 알고 약종계도 아는데 악소화는 모른다. 전혀 모르는 여자가 약종계 계주라며 나타났다. 그녀를 모르니 약종계도 모르게 되었다.

　다시 살펴야 한다.

　'약종계…… 심상치 않아. 샅샅이 뒤져야 해.'

　악소화가 생각한 봉화 한 개가 걸왕의 손에서 피어나기 시작했다.

＊　　　＊　　　＊

　"걸왕?"

　"모두 여덟 명입니다."

　"개방도는 뭐라던가?"

　"모르던데요. 아는 놈이 없습니다."

　"개방도인데 개방도가 모른다? 말이 된다고 생각하나?"

“사실이 그렇습니다.”

“계주가 잘못 안 건 아닌가?”

“아닙니다. 그들은 틀림없이 개방 무공을 사용합니다. 개방 분타에 들어서는 것까지 확인했는데…… 개방도는 틀림없는 것 같습니다.”

“분타에 들렀다면 누군지 알아냈을 게 아닌가?”

“들르긴 했지만 아는 자는 없었습니다. 용두를 제시했다는 것으로 미루어 용두방주의 밀명을 받은 자가 아닌가 싶습니다.”

“무공은?”

“…….”

“심각하군.”

“무공만 가지고 논한다면 금룡대주와 필적하지 않을까 싶습니다.”

“개개인이?”

“네.”

“지금 무슨 말을 하고 있는지 알고 있나? 넌 지금 북지단 내 외단주가 여덟 명이 있다고 말하는 거야.”

“알고 있습니다.”

“흠……!”

깊은 침묵이 흘렀다.

계주가 뜻밖에도 단차와 인연이 있다? 단차와 사제지간이다?

　이런 세상에 말도 안 되는 일이 생기더니 이제는 걸왕이란 자들까지 등장했다.

　생각하지 못했던 변수가 하늘에서 우박처럼 우수수 쏟아져 내리고 있다. 한꺼번에 너무 여러 가지가 쏟아지는 통에 도무지 정신을 차릴 수 없다.

　"천천히 하자. 우선 계주의 호위무인들을 교체해라. 계주를 손에 꽉 쥐고 있어야 해!"

　"누구로……?"

　"아냐. 그들은 내가 선정해서 보내마. 넌…… 걸왕에 집중해. 걸왕이란 자들이 누구인지 샅샅이 파악하고…… 개방이 움직이는 것 같은데 그놈들도 잘 살펴봐."

　"알겠습니다."

　그들은 다급히 열린 회의를 마쳤다.

　악소화가 말한 두 번째 봉화가 약종계에서 피어오르는 순간이었다.

2

　이 세상에서 밑바닥으로 추락할 대로 추락한 사람이 마지막으로 하는 일 중의 하나가 산적질이다.

　길 가는 행인을 급습하여 재물을 빼앗는다.

　여인을 겁탈하는 경우도 있고, 목숨까지 빼앗는 경우도 흔히 벌어진다.

산적질이라고 편한 것만은 아니다.

그들도 길손 앞을 가로막고 첫말을 던지기 전까지는 무섭게 긴장한다.

자칫 무인을 건드리기라도 하는 날에는 줄초상난다.

진짜 싸움꾼과 맞닥뜨리기라도 하면 피 흘릴 각오를 해야 한다.

산적질을 할 때만 피곤한 게 아니다. 잡히지 않도록 은밀한 곳에 보금자리를 꾸려야 한다. 만일 누군가에게 발각되면 미련없이 불살라 버리고 새로운 보금자리를 찾아서 떠나야 한다.

오래 살려면 별수 없다.

또 이것이 산적질의 묘미이기도 하다.

산적들은 남들이 찾지 못하는 곳에 꽁꽁 숨어 있기에 좀처럼 토벌할 수 없다.

어디서 출몰할지도 모른다.

이 두 가지 사실만 확실하게 지켜도 목숨을 부지하는 데는 큰 도움이 될 것이다.

그들은 이런 원칙을 잘 지켜왔다.

보금자리는 하늘도 모르는 곳에 마련했고, 출몰 지역은 매일매일 일정한 규칙 없이 바뀠다.

그들을 토벌하기란 하늘의 별 따기다.

그들은 오직 한 가지만 염려하면 된다. 급습할 길손이 무인이냐 아니냐 하는 점이다.

웬만한 무인쯤은 아랑곳하지 않는다.

그들도 무공이 만만치 않다. 어쭙잖은 무공쯤은 단숨에 제압할 수 있다.

꾸욱! 꾸우욱!

멀리서 산새 울음소리가 들려왔다.

"뒤따르는 일행은 없어."

"제길!"

"왜?"

"그럼 여자 혼자라는 소리잖아? 이런 산속에 여자 혼자서 들어올 수 있는 거야? 도대체 어떤 정신 나간 여자가 홀몸으로 들어서? 그럼 무언가 있다는 소리잖아."

"찜찜하면 그만두고."

"제길!"

그들은 좀처럼 눈길을 거두지 못했다.

이건 쉬워도 너무 쉽다. 그냥 앞에 불쑥 나타나서 검만 들이대면 재물이고 목숨이고 원하는 대로 다 취할 수 있다.

문제는 여인이 조심해야 될 부류냐 아니냐인데…… 결정을 내리기가 쉽지 않다.

"이건 차라리 날 겁탈해 달라고 고래고래 고함지르는 것과 마찬가지인데…… 그래도 건드리지 않는다면 자존심 문제 아냐?"

산적은 마른침을 꿀꺽 삼키며 말했다.

찝찝한 부분은 있다. 하지만…… 여인이 너무 아름답다.

깊디깊은 산속에서는 평생 한 번 만나볼까 말까 한 천하 우물이 나타났다.

무공을 수련한 것 같지도 않다.

일단 걸음이 무겁다. 몸의 유연성도 무공을 익힌 여인과는 완전히 다르다.

"할까?"

"하지 뭐!"

그들은 결정을 내렸다.

"흐흐흐!"

"어이, 잠깐 걸음 좀 멈춰야겠어."

두 명은 여인의 앞을 가로막았다. 다른 두 명은 뒤에서 모습을 드러냈다.

그들은 큼지막한 대도를 들었다. 도끼도 들었다.

여인이 담담한 표정으로 그들을 쳐다봤다.

예쁘다. 이목구비가 이토록 조화롭게 갖춰진 여인은 정말 처음 본다. 가녀린 몸매에 봉긋하게 부풀어 오른 가슴은 부처님조차 벌떡 일어서게 만든다.

그들은 재물에는 관심을 잃었다. 여인을 보는 순간 빼앗을 것은 오직 하나, 그녀의 몸으로 결정되었다.

"흐흐흐! 혼자 오셨나?"

"이런 산길은 위험한데, 아무래도 이 오라버니들이 호위라도 서줘야겠어. 안 그래?"

앞을 가로막은 두 명이 음충맞게 웃으며 다가섰다.

여인은 전혀 놀라지 않았다. 아니, 방긋 웃으며 말까지 했다.

"종남칠호(終南七虎)죠?"

'제길!'

'잘못 걸렸군!'

산적들은 본능적으로 무엇인가 일이 틀어졌다는 것을 직감했다.

여인의 입에서 튀어나온 별호는 자신들의 또 다른 신분이다.

결코 알려져서는 안 되고, 소문나서도 안 되는 극비 중의 극비 사항이 여인의 입에서 튀어나왔다.

그들은 진기를 끌어올렸다.

여인이 누구든지 간에 단 일 합, 깨끗하게 숨을 끊어버리는 게 제일 안전하다.

여인은 죽이기 아까울 정도로 아름답다. 하나 자신들의 목숨이 걸렸을 때는 세상의 그 어떤 아름다움도 과감하게 잘라버리는 게 인간이다.

"우리를 아느냐!"

흥분에 겨운 음성이 아니다. 차분하게 가라앉은 냉정한 음성이다.

"알죠. 감히 종남파 턱밑에서 산적질을 하는 사람이 종남칠호밖에 더 있어요?"

"또?"

"근거지는 세상에서 가장 안전한 곳, 구파일방 중 하나인 종남파예요. 맞죠? 하니 산적이 있다는 것을 알고 온 산을 샅샅이 뒤져도 발견해 내지 못하는 거죠."

"또?"

"염불에는 관심이 없고 젯밥에만 관심이 있는 속물?"

"흐흐! 또?"

"그렇게 많은 걸 알 필요가 없는 버러지?"

"흐흐흐!"

종남칠호는 죽여야 한다는 생각을 굳혔다. 하지만 쉽게 달려들지 못했다. 여인은 뭔가 단단히 믿는 구석이 있다. 그렇지 않고서야 면전에 대고 이리 말할 수는 없는 게다.

"뭐 해요? 살수 안 써요?"

"흐흐흐! 잘 가라!"

쒜엑!

대도를 들고 있던 자가 쾌속하게 일도를 쳐냈다.

도(刀)로 펼친 도식(刀式)이지만 무리는 태을분광검(太乙分光劍)을 따르고 있다.

여인은 저항하지 않았다.

대도 앞에 목을 내밀고 방긋방긋 웃었다.

'웃어?'

불길함이 물밀듯이 치솟았다. 하나 그런 감정을 느끼기에는

그의 대도가 너무 빨랐다. 서로 거리도 가깝던 터…… 온 힘으
로 전개한 대도는 벌써 여인의 목을 파고들었다.

뎅경!

여인의 목이 잘려 허공에 둥실 떠올랐다.

'별것도 아닌 것이……'

그는 회심의 미소를 지으려고 했다. 한데,

"어!"

그는 너무 어이가 없어 우뚝 멈춰 서고 말았다.

방금 목이 잘렸던 여인이 어느새 일 장 밖으로 물러나 있다.
그리고 여인 곁에는 웬 낯선 사내가 떡하니 버티고 있다.

"누, 누구냐!"

도끼를 들고 있던 자가 얼굴색이 샛노랗게 질려서 소리쳤
다.

사내는 허공에서 뚝 떨어져 내렸다. 말 그대로 나무 위에서
신선처럼 표홀하게 내려섰다. 종남칠호로서는 상상도 하지 못
할 만큼 절묘한 신법이다.

'잘못 걸렸다!'

'도주할 수도 없어. 우리를 알아.'

'이놈은 뭐 하고 있는 거야! 이런 놈이 나타났는데 왜 아무
런 기별도 하지 않는 거야!'

그들의 불안한 심사가 고스란히 노출되었다.

그때다. 이곳저곳에서 불쑥불쑥 사내들이 나타났다.

"허! 이놈 되게 무겁네. 무슨 무인인 살만 데룩데룩 쪄가지

고는.”

“머릿속에 똥만 들어서 그래. 무공 수련은 하지 않고 엉뚱한 생각만 하니 살만 찌지.”

한눈에 보기에도 보통 범상치 않아 보이는 걸개들이 우르르 몰려나왔다.

그들의 어깨에는 망을 보던 자들이 들려 있었다.

종남칠호 중 세 명이 제압당했는데 비명도 없었다. 어떠한 신호도 없었다.

앉은자리에서 점혈당한 게 분명하다.

남은 자들은 전의를 상실했다.

상대는 상상할 수 없는 고수인데다가 인원도 훨씬 많다. 자세히 세어보지는 않았지만 얼핏 봐도 배는 넘는다.

“이 자식들! 어서 무릎 꿇지 않고 뭘 해? 다리몽둥이 똑깍 부러뜨려 주랴?”

종남칠호는 황급히 병기를 버리고 주저앉았다.

그들이 종남파에 투신하여 무공을 수련한 이후 오늘 같은 치욕은 처음이었다.

다른 때 같으면 종남파의 위세라도 빌어봤을 것이다.

종남파가 지척에 있다. 외인이 함부로 들어설 땅이 아니다. 더군다나 종남파 무인을 함부로 건드리는 일은 있을 수도 없고, 있어서도 안 된다.

하지만 이번만은 종남파를 들먹일 수 없었다. 지은 죄가 있지 않은가. 자신들이 먼저 산적 노릇을 하지 않았던가.

아니다. 그것 때문은 아니다.

—병기를 버려라! 그래야 벌레 같은 목숨이나마 구걸할 수 있다!

마음 깊숙이에서 울려 나온 목소리에 온 정신을 빼앗겨 버렸다.
그런 생각이 드는 순간, 정말 병기를 버리지 않으면 당장 도륙당할 것이라는 생각이 치밀었다.
그들은 아무 생각도 하지 못하고 무릎을 꿇었다.

"종남산에 터를 잡고 싶다."
"네."
"안전한 곳이 있을까?"
"뭐, 뭐를 하시려고요?"
"너희처럼 산적질이나 하려고."
"……."
"안전한 곳으로 안내해. 알지? 종남산에 산적이 나타났다고 하면 종남파가 이 잡듯이 뒤질 거야. 그때도 발각되지 않을 장소여야 하는데…… 알고 있으려나 모르겠네?"
종남칠호는 눈앞에서 타구봉을 만지작거리는 걸개를 이글이글 타오르는 눈길로 쏘아보았다.
그를 상대해 보겠다는 생각은 없다.

척 보아하니 개방도 같은데 같은 구파일방의 문도로 이럴
수 있느냐는 항의에 불과하다.

"눈깔에 힘 들어가는 거 봐? 빼줄까?"

종남칠호는 급히 눈길을 내리감았다.

"은밀한 장소…… 있어, 없어?"

"이, 있습니다."

"안내해."

몸을 숨길 만한 곳이라면 은밀한 동굴을 생각하기 십상이
다.

종남칠호가 안내한 곳은 뜻밖에도 그런 곳이 아니다. 돌을
쌓아 만든 돌담집이다.

위로는 오십여 장 높이의 절벽이 우뚝 솟아 있다.

돌담집은 절벽 아래 부분, 빈 공간에 세워져 있다.

엄밀히 말하면 절벽 아래 널찍한 공동(空洞)에 돌로 외벽을
쌓아 집처럼 형태만 갖춰놨다.

"여긴가?"

"네."

"여기를 종남파가 모른다고?"

"압니다. 아는데…… 여긴 저희 수련장이라서……."

"너희 수련장이라 그냥 지나친다?"

"네."

걸왕이 어떠냐는 눈빛을 담고 계야부를 쳐다봤다.

계야부가 고개를 끄덕였다.

종남파는 개인 수련 공간을 중시한다.

산 정상에 보면 한 사람이 간신히 기거할 수 있는 작은 집들이 줄지어 지어졌는데, 모두 개인이 직접 쌓아 올린 집들이다.

그들은 그곳에서 기거하고 수련한다.

걸왕이 종남칠호를 보며 말했다.

"앞으로 너희는 종남파의 움직임을 상세하게 알려줘야겠다."

"그럴 수는……."

"그럴 수 있어. 그렇지 않으면…… 흐흐흐!"

"알겠소."

종남칠호가 체념한 듯 말했다.

거짓말이다. 그들은 지금 이 순간만 모면하고 싶어 한다. 제압이 풀리면 당장 종남파 무인들을 이끌고 달려올 게다.

"가봐."

걸왕이 말했다.

"네?"

종남칠호는 잘못 듣지 않았나 싶어서 되물었다.

이렇게 그냥 보낸단 말인가? 죽일 줄 알았는데…… 그냥 보내?

걸왕은 그들을 쳐다보지도 않았다.

그들은 슬그머니 일어나 뒷걸음질로 살금살금 빠져나갔다.

“헉헉! 어떻게 보고하지?”

“헉헉! 우연히 봤다고 해야지 뭐.”

그들은 숨이 턱에 닿을 정도로 치달렸다. 그때,

쒜엑!

느닷없이 검 한 자루가 불쑥 튀어나왔다.

“헉!”

종남칠호는 너무 놀라 급히 신형을 멈췄다.

검은 코앞에 드리워져 있었다. 순간적으로 신형을 멈추지 않았다면 여지없이 꼬치가 되고 말았을 게다.

너무 빠른 검공!

그들은 슬그머니 눈길을 돌려 검의 임자를 찾았다.

턱수염이 짙게 난 자가 검을 겨누고 있다. 뱀처럼 차디찬 눈으로 노려보고 있다.

‘살수!’

첫 번째 든 생각이다.

‘한꺼번에 덤비면……’

두 번째 든 생각이다. 물론 그래도 안 된다는 생각이 세 번째로 자리 잡았다. 살수가 전개한 일검은 그들이 따라가기에는 너무 빨랐다. 빠르다 못해 아름다웠다.

“보고는 하지 않는 게 좋을 것이다. 너희가 언제, 어디에 있든 지켜보는 눈이 있을 것이니.”

스으웃!

검이 거두어졌다. 그리고 살수의 신형이 환영처럼 사라졌다.

절정에 이른 사전투광신보다.

하나 종남칠호는 사전투광신보를 알아보지 못했다. 사내가 전개한 검초도 보지 못했다.

그들은 새파랗게 질린 표정으로 서로를 쳐다볼 뿐이었다.

굳어 있던 긴장이 본문에 들어서는 순간 탁 풀렸다.

이제는 종남파다. 천하 구파일방 중 일파인 종남파 본산이다. 그 누구도 이곳에서만은 난동을 부릴 수 없다.

"그놈들, 이대로 놔둘 수는 없잖아!"

"놔둘 수 없지."

"너희 넷은 빠지고, 우리 셋만 가자. 우리가 우르르 몰려가면 그렇잖아. 우리 셋만 가도……."

쒜엑! 탁!

날카로운 파공음이 대화를 중단시켰다.

그들의 발밑에 작은 나뭇가지가 틀어박혀 있다.

바람 소리는 멀리서 들리지 않았다. 지척에서 울려 나와 곧바로 발밑에 틀어박혔다.

죽이려고 작정했다면 얼마든지 죽일 수 있었다.

"종남파의 움직임. 낱낱이. 그게 이렵다면 죽여준다."

나직하지만 또렷한 음성이 들려왔다.

종남파 본문에서…… 낯선 자가 협박을 하고 있다.

그들은 벙어리가 되었다.

종남칠호, 그들은 종남파의 골칫거리다.

종남파가 과연 그들의 행태를 몰라서 내버려 두었겠는가. 개방이 찾아낸 산적을 종남파가 정말 몰랐겠는가. 악소화가 알고 있는 자들을 종남파가 몰랐다면 말이 안 되지 않나.

종남파는 알고 있다.

다만 윗선에 있는 몇몇만이 그들의 본색을 알고 있다. 그리고 그들마저 쉬쉬하며 숨긴다.

종남파가 산적을 소탕하기 위해 나설 때, 종남칠호도 같이 나선다.

산적을 소탕하기 위해 매복을 펼칠 때, 종남칠호는 매복 사실을 미리 전해 듣는다.

하니 종남파는 그들을 영원히 잡을 수 없다.

장문인의 망나니 같은 아들이 종남칠호라는 이름으로 움직이는 한, 그들을 잡을 방도는 없다.

종남파는 큰 결단을 내려야 한다.

문파를 존속시키기 위해서는 아들을 척결해야 한다. 자식 사랑을 앞세우다가는 문파 존립이 위태로울 수 있다. 하나 종남파 장문인은 척결에 미적거리고 있다.

종남칠호의 악행이 멈추지 않는 이유이기도 하다.

악소화가 오장원보다 종남산이 더 안전하다고 생각한 데는 이런 비사가 숨어 있기 때문이었다.

이런 일은 누군가가 반드시 이용한다. 아무런 일도 없이 무사히 비켜 나갈 수는 없다.

계야부와 악소화는 그걸 먼저 건드렸을 뿐이다.

3

"오랜만에 뵙습니다."

금룡대주가 포권지례를 취했다.

그들은 생각 밖으로 건강해 보였다. 금룡대주도, 그와 함께 온 두 명의 대원도 탄력적인 모습이었다. 뭐랄까, 전신에서 긴장과 여유가 적당하게 흘러나온다고 할까?

"오랜만입니다."

나중에 합류한 네 명의 대원은 초췌했다.

몸 고생, 마음고생이 심했던 듯 살이 쭉 빠져 있었다.

오죽하면 이들이 정말 전에 알던 그 금룡대원들일까 하고 다시 한 번 쳐다봤을까.

금룡대주가 있고 없고의 차이는 명확했다.

계야부가 먼저 만난 금룡대원들이라고 다를 바 없다.

준약촌에서는 비교적 일이 쉬웠으니 크게 고생할 일이 없지만 다음 상대는 무인이다. 그때는 온 정신을 한데 모아야 한다. 오로지 상대를 죽이는 데 집중시켜야 한다.

그를 죽이고 나면 몸무게가 절반은 줄어 있으리라.

금룡대주가 옆에서 한마디 해주는 것과 해주지 않는 것은 천양지차(天壤之差)였다.

차라리 몸이 고생하는 것은 괜찮다.

사람을 죽이는 데서 오는 심리적인 회의감은 강력한 조언이
아니고서는 풀어낼 길이 없다.

자칫하면 살인을 즐기는 살인귀가 된다.

그들 자신이 시간이 지날수록 살인을 즐기고 있는 자신을
발견하게 된다.

아무런 일도 없을 때는 심심해진다. 술을 진탕 마셔도 취기
가 오르지 않는다. 여자를 탐닉해도 즐거움이 일어나지 않는
다. 오로지 살인을 해야만 갈증이 해소된다.

그들은 이런 살인귀로 변해가는 자신과 그러지 않아야 한다
는 인간적인 번뇌 사이에서 갈등한다.

의지가 꺾이면 살인귀가 된다. 그리고 인간들 거의 대부분
이 의지가 꺾인다.

갈등을 이겨내도 냉담한 살수가 되는 건 쉽지 않다.

살림 살수들은 그런 점을 이겨낸 고도의 정신력의 소유자들
이다.

시각랑노 그런 섬을 이겨냈나.

이겨내지 못한 자들은 죽는다.

전장은 살인귀를 원하지 않는다. 일시적으로는 살인귀가 강
해 보여도 결국 살인을 즐기는 사람은 죽게 되어 있다. 살인을
하고 싶고, 기회가 생겨도 담담한 심정으로 자기 자신을 이겨
낼 수 있는 자만이 오래 살아남는다.

살림 살수들은 수련으로 이겨낸 경우이고, 시각랑은 전장이
걸러내 준 경우이다.

금룡대는 중간에 위치한다.

수련으로 이겨내야 한다. 또한 실전을 치르고 있으니 전장에서 걸러지고 있다는 말도 통한다.

살인을 즐긴다면 언젠가는 실수를 할 것이고, 그 실수가 목숨을 잃게 만드는 요인이 될 게다.

금룡대는 그런 인간적인 갈등을 견디지 못하고 있다.

금룡대주는 금룡대의 정신 상태를 한눈에 알아냈다.

"애들을 좀 쉬게 해줘야겠습니다."

"여기는 경치가 좋으니까요."

계야부라고 금룡대의 상태를 읽지 못할 리 없다.

다행히 종남산은 경치가 수려하기로 유명하다. 아름다운 광경을 보기 위해서 멀리 갈 것도 없다. 돌담을 돌아서기만 하면 그곳이 바로 천상제일경(天上第一景)이다.

금룡대는 쉬어야 한다. 푹 쉬어야 한다.

계야부가 자신의 경험을 바탕으로 말했다.

"제 경우에는 혹독한 무공 수련이 도움이 됐습니다. 가만히 누워 있으면 온갖 번뇌가 치밀지만 몸을 움직이면 잊어지더군요. 그래서 대원이 몰살당한 후에는 더욱 가혹하게 제 자신을 몰아쳤습니다. 대원들의 얼굴이 가슴에서 지워질 때까지. 시각랑 세월을 견딜 수 있게 해준 건 오로지 그것밖에 없는 것 같습니다."

"정말 시각랑이었군요."

"숨긴 것은 있지만 거짓은 말하지 않았습니다."

"숨긴 게 아직도 있습니까?"

"복면을 쓰고 있는 한."

"후후후! 그렇군요. 복면을 쓰고 있다는 건 얼굴을 숨기고 있다는 것. 후후후! 이래서 눈뜬장님이라는 말이 나오는가 봅니다. 눈으로 보고 있으면서도 숨기는 게 있냐고 묻다니."

계야부는 자신의 진신 내력을 밝히지 않았다.

시각랑들은 알고 있고 악소화는 스스로 알아냈지만 모두 철저히 함구시켰다.

알지 말아야 할 사람들이 있다.

그에게 목숨을 걸지 않는 사람들이 있는 한은 여전히 단차로서 움직이는 게 낫다.

그에게 생명을 걸었다기보다는 개방을 위해서 움직이는 걸왕이 있다. 악소화 주변에서 연신 눈길을 흘깃거리고 있는 호위무인들도 속여야 한다.

금룡대는 운이 없는 편이다.

그들은 계야부에게 복숨을 걸었다. 계야부가 진면복을 보여주어도 상관없는 사람들이다. 단차를 버리고 계야부임을 밝히면 한결 마음이 가벼워질 게다.

한데 주위에 걸왕과 약종계 호위무인들이 있다.

약간의 실수라도 있어서는 안 되기에 여전히 숨긴다.

'미안합니다.'

의살이 잔잔하게 흘렀다.

금룡대주는 고개를 끄덕였다.

"괜찮습니다. 언젠가는 편히 알 날이 오겠죠."

그는 계야부의 말을 귀로 전해 듣지 않았지만 가슴속에서 떠오른 말을 입 밖에 냈다.

조용하던 산곡에 사람들이 들끓었다.

인원만 헤아리더라도 상당한 사람들이 모여 있다.

시각랑이 여섯이다. 걸왕이 여덟이다. 금룡대가 열한 명이요, 악소화를 호위하는 무인들이 열두 명이다.

계야부와 악소화까지 포함하면 무려 서른아홉, 마흔 명 가까운 사람들이 철곡을 들쑤신다.

종남칠호가 안내한 수련장은 그들이 전부 들어서기에는 턱없이 부족하다. 더군다나 식량을 조달하는 일도, 대소변을 해결하는 일도 큰 문제다.

그런데도 절곡은 조용하기만 했다.

금룡대는 있는 듯 없는 듯 생활한다. 걸왕이나 시각랑도 죽은 듯이 사는 것에 익숙하다.

먹을거리를 걱정할 필요도 없다.

자급자족(自給自足), 자생(自生)의 생활에 익숙한 사람들인지라 누구에게 말할 필요도 없이 스스로 해결한다.

걸왕들은 종남파에서 쌀을 훔쳐 와 밥도 지어 먹는다.

춥디추운 겨울밤도 불을 피워 따뜻하게 보낸다. 때죽나무를 태워서 연기를 막고, 바위틈을 이용해서 불빛을 막는다.

가장 적응을 하지 못하는 사람들은 역시 약종계 호위무인들이다.

　그들은 먹는 것은 물론이고 잠자리를 만드는 것조차 어떻게 할 줄 모르고 쩔쩔맨다.

　"쟤들은 어떻게 하지? 도와줘야 될 것 같은데."

　부사영이 말했다.

　"놔둬."

　"놔둬?"

　"조만간 호위무인이 바뀔 거야."

　"그건 짐작하겠는데, 하는 꼴이 너무 불쌍해서 말이야. 후후후! 정말 궁금해지네. 어떤 놈들이 올까?"

　"최소한 결왕을 견제할 만한 자."

　"그러니까 그게 어느 정도냐고. 궁금하지 않아? 약종계의 안목이 어느 정도인지."

　"약종계가 보내는 것이라면 앞으로도 한두 번 정도는 시행착오를 거칠 거야. 결왕을 견제할 수 있다고 생각했는데 아니디리. 그 과정이 반복될 테고……."

　"약종계가 이교사의 후인에게 장악된 상태라면 제대로 보낸다?"

　"결왕을 견제할 뿐만 아니라 파악하려고 들겠지."

　"그건 그렇고…… 저 여자, 믿을 수 있어?"

　"믿는다."

　"어떤 사이야?"

　"……?"

“두 번째?”

“쓸데없는 소리!”

“후후! 두 번째가 아니라면 적당하게 선을 그어. 옆에서 보기에는 너무 허물없는 것 같아. 말이 사제지간이지 무공을 전수한 것도 없는 것 같은데…… 허울뿐인 사제지간치고는 너무 가깝잖아?”

“걱정 마라. 내 단속은 하니까.”

“네 걱정은 안 해. 네 마음은 온통 제수씨로 꽉 차 있는 걸 모를까. 내가 걱정하는 건 악 소저야. 정신없이 뛰어들고 있는 것 같은데, 저러다 틀림없이 상처 입지 싶다.”

“음……!”

“무슨 생각으로 여기 왔는지 모르지만 악 소저만은 조금 멀리하는 게 좋을 것 같아.”

계야부는 고개를 끄덕였다.

큰 생각 없이 편하게 지냈는데…… 옆에서 보기에 그랬다면 정말로 그런 것이다.

대체로 이런 일은 당사자보다는 옆 사람이 더 정확하게 본다.

부사영이 그렇게 봤다면…… 악소화의 마음에 연심(戀心)이 싹트고 있다는 뜻인가?

하위미, 악소화…… 아는 여인은 많다. 처지가 처지이다 보니 보면 반갑다. 마치 여동생을 만난 것처럼 기쁘다. 하지만 다른 쪽으로는 생각해 본 적이 없는데, 그럴 만한 기미도 보이지 않았는데.

악소화…… 그녀가 당하는 게 눈에 보였다. 지금은 아니더라도 결국은 흉겁을 당할 자리에 앉아 있다. 그래서 차마 그냥 지나치지 못하고 무림사에 발을 들여놓았다.

'이것이 운명이라면……'

한데 그런 행동들이 그녀에게는 착각을 일으키는 동기가 되었던 것인가?

'적당한 선을 그어라…… 그럴 필요가 있겠어.'

"흠!"

그는 침음했다.

이틀 뒤, 북적대던 열두 명의 무인이 온다 간다 말 한마디 없이 쏙 빠져나갔다.

물론 계야부는 그들의 움직임을 상세히 지켜봤다.

시각랑, 금룡대, 결왕…… 모두들 열두 무인이 빠져나가는 모습을 남몰래 관찰했나.

동상이몽(同床異夢)이라고 할까?

한곳에 같이 기거하면서도 행동이 다르고, 생각이 다르며, 목적이 다르다.

"저번 싸움에서 충격이 컸나 봐요. 다른 사람들로 보내준대요."

"그래."

예상했던 일이다.

걸왕을 약종계에 노출시켰다. 걸왕들에게는 약종계의 새로
운 움직임을 보여주었다.
　양쪽은 서로를 몰랐다.
　전혀 낯선 존재들이 나타남에 따라서 그들의 활동은 민활해
졌다.
　서로 간에 많은 밀마와 전서가 난무하리라.
　계야부는 그 속에서 이교사의 의도가 읽히기를 기대했다.
　이교사는 분명히 일교사와 맞서 싸웠던 사람이다. 그가 약
종계를 건드렸고, 악소화를 남겨놨다면 남은 자들의 칼끝은
일교사를 향해 겨눠졌을 것이다.
　그런 점을 생각하면 악소화를 내버려 두는 것이 옳다.
　그것이 어떻게든 안선에 타격이 될 것이기에, 혹은 일교사
만 제거하고 더욱 탄탄한 안선으로 만들 수는 있는 일이고.
　어쨌든 악소화가 다치지 않는다면 내버려 두었다.
　그가 판단한 악소화의 역할은 잠시 필요한 것을 제공하는
이용품에 지나지 않는다.
　언젠가는 반드시 제거된다는 뜻이다.
　이들이 어떤 식으로 움직이는지 천천히 살핀다.

　열두 무인이 빠져나간 그날 저녁, 세 명이 절곡 입구에 도착
했다.
　스으읏! 스으읏!
　그들의 신법은 기름 위를 미끄러지는 듯 부드러웠다.

그들은 주변에 시각랑이 숨어 있다는 것을 안다. 금룡대도 지켜볼 것이며, 걸왕이란 자들도 보고 있다는 사실을 알고 있다. 그래서 일부러 자신들의 무공을 선보이고 있다.

자! 우린 이 정도야!

그들의 긍지가 한눈에 보였다.

"약종계의 안목이 형편없군."

부사영이 눈살을 찌푸리며 말했다.

그의 말은 곧 공격 명령이기도 하다.

"후후! 이번에는 우리에게 맡겨주게. 우리 애들, 요즘 많이 힘들었는데 분풀이 좀 해야지."

금룡대주가 옆에서 지켜보다가 말했다.

부사영은 고개를 끄덕였다.

"가라!"

그의 말이 끝나기 무섭게 금룡대원 중 세 명이 비쾌하게 쏘아져 나갔다.

다음날 새벽, 또다시 세 명의 무인이 나타났다.

"지겹군."

"괜찮네. 아직 화를 풀지 못한 아이들이 많이 남았으니까."

"하하! 그럼 금룡대가 계속 맡아주시지요."

"그럴까?"

"정작 센 놈이 오면 곤란하실 겁니다."

"곤란은 무슨…… 그때는 자네들에게 미루면 되지."

“네에?”

“하하하! 나중에 정작 센 놈이 오면 부탁함세.”

금룡대주가 껄껄 웃으며 나갔다.

“저 노인네, 점점 농담이 느는데?”

부사영이 계야부를 보며 어깨를 으쓱거렸다.

그날 저녁, 두 명의 무인이 나타났다.

열두 명의 무인이 하룻밤 사이에 두 명으로 줄었다.

“금룡대가 맡으시겠습니까?”

“이번에는 센 놈 같으니 양보하겠네.”

“아직 많이 남았다면서요?”

“저놈들은 센 놈이라니까.”

“정말 센 놈은 상대하지 않으십니까?”

“어중간한 놈들은 상대하지. 하지만 상대가 철포쌍검(鐵剳雙劍)이라면 양보하는 게 낫지.”

“철포쌍검!”

부사영도 눈을 치켜떴다.

철포쌍검은 소림사의 속가제자이다. 승도유(僧道儒) 삼성(三聖) 중 불성(佛聖) 성오존자의 제자들이다.

소림(少林) 칠십이절예(七十二絶藝)에 능통하다.

그들은 개방 최초로 강룡십팔장 전 초식을 수련해 낸 무상개와 버금가는 무인으로 평가받는다.

소림사 최고의 무인이라고 해도 과언이 아닌 자들이 악소화의 호위무인으로 나선 것이다.

"하필 저들이……."

부사영이 중얼거렸다.

철포쌍검은 성정(性情)이 매우 강직하다. 그래서 불의를 보면 절대로 참지 못한다. 살인이나 방화, 강간 같은 악행을 저지르는 자들에게는 염라사자로도 불린다.

살업을 위주로 하는 시각랑이나 금룡대와 충돌을 일으킬 수 있는 부분이다.

"걱정하는 게 뭔지 아네만 그리 염려하지 않아도 될 걸세."

"염려는 하지 않습니다. 그런 거라면 저들이 해야죠."

"저들을 과소평가하지 말게. 저들은 소림이 왜 무림의 태산북두인지 무공으로 보여줄 수 있는 사람들이야."

"알고 있습니다."

부사영이 정중히 대답했다.

금룡대주는 진심으로 이야기하고 있다. 다른 때는 농으로 말해왔지만 지금은 오직 진심뿐이다.

진심에는 진심으로 답한다.

부사영도 철포쌍검의 무위를 읽어냈다.

빠르게 걷고 있지만 발자국 소리를 흘리지 않는다. 실제로는 빠른데 지켜보고 있자면 빠르다는 느낌이 들지 않는다. 평범함 속에 빠름을 녹여 넣었다.

어깨는 축 풀어져 있다.

진기를 이끌고 있다거나 긴장하는 모습은 엿보이지 않는다.

그럼에도 불구하고 그들은 엄청난 압박감을 줄기줄기 뻗어낸다.

무공이 전신에 녹아 있다.

칠십이종절예에 능통하다고 했던가?

싸움이 시작되면 온갖 무공이 툭툭 튀어나오는 통에 정신을 차릴 수 없을 것이다.

그것도 하나같이 정련된 무공이다.

마치 용권풍(龍捲風)에 휘말렸을 때처럼 사정없이 밀리기만 하다가 결국은 당할 것이다.

제대로 된 자들이 왔다!

철포쌍검은 부사영과 금룡대주를 지나쳐 갔다.

파팟!

눈과 눈이 마주치며 불똥이 튀었다.

그들의 눈가에 경멸이 피어난다. 마치 너희가 바로 그 잡종들이었냐 하고 묻는 듯했다.

그렇다고 부사영과 금룡대주를 얕본 것은 아니다.

두 사람을 보는 순간, 철포쌍검의 양손이 금빛으로 물들었다.

암암리에 보리옥룡인(菩提玉龍印)을 끌어올렸다는 증거다.

두 사람을 무시하기는커녕 아주 강한 자를 만났을 때처럼 경계심을 끌어올린 것이다.

"성격 하고는……."

부사영이 피식 웃으며 말했다.

"훗!"

그들도 웃었다. 입가를 살짝 비틀며 조소를 보내왔다.

그들은 안하무인(眼下無人)이었다. 절곡 안에 있는 사람들을 사람으로 여기지 않는 듯했다. 하지만 악소화를 만났을 때, 그들의 태도는 아주 경건하게 변했다.

"계주, 인사드립니다. 철포쌍검이라고 합니다. 미흡한 자들이 호위를 선다기에 저희들이 자원해서 왔습니다."

"그래요? 잘 부탁해요. 그리고…… 다투지 마세요."

"계주님만 건드리지 않으면 저희도 상종할 일이 없습니다."

그들은 음성에 사자후(獅子吼)를 실었다.

절곡에 있는 사람들이 모두 들을 수 있도록, 쩌렁쩌렁 말했다.

약종계에 무림을 아는 자는 없다. 즉, 이교사가 심어놓은 자가 없다. 악소화 외에 또 다른 자가 약종계를 주무르고 있는 것은 사실이지만 이교사가 심어놨을 만한 자는 아니다.

결국은 약종계 전체가 지류(支流)에 불과하다.

약종계는 눈과 입이다. 필요한 현금을 쉽게 빼내 쓸 수 있다. 그러면서도 추적이 잘 안 된다.

이교사가 노린 것은 이것뿐이다.

일교사가 왜 약종계를 내버려 두었나 궁금했다.

이교사가 잔수를 썼다면 눈치 빠른 일교사가 모를 리 없다.

그때는 이미 이교사의 일거수일투족을 세밀히 살피고 있을 때이니 약종계라는 존재는 쉽게 드러났을 게다.

그런데도 일교사는 내버려 두었다.

이제는 그 이유를 알 것 같다.

건드릴 가치가 없었던 것이다. 또 약종계가 중원 정파 무림의 안선도를 융합하고 있으니 치는 것보다는 회유하는 쪽이 더 낫다고 판단했을 수도 있다.

그런 쪽으로 생각하면 이미 약종계는 일교사의 수중에 들어갔을 수도 있다.

약종계는 본류(本流)가 아니라 지류다.

분명히 약종계를 이용하는 다른 곳이 있다.

계야부는 사약란을 떠올렸다.

그녀라면 지금과 같은 상황에도 단번에 정리해 낸다.

선(先)은 이렇고 후(後)는 이렇다고 마치 눈으로 본 듯이 설명해 주었으리라.

대처 방안도 쉽게 나온다.

계야부에게 가장 유리한 것이 무엇인지, 어느 정도의 희생이 요구되며, 얼마나 어려운지, 또는 쉬운지…….

그녀의 머릿속에서 흘러나온 말들은 머지않은 날에 현실이 되어 현현한다.

그녀라면 이교사의 의중을 단번에 꿰뚫어 봤을 게다.

지금 그의 주변에는 사약란같이 뛰어난 책사가 없다. 어느 정도 앞을 볼 수 있는 사람도 없다.

개방이 걸왕을 내던지면서 무엇인가 얻어내려고 한다. 걸왕 여덟 명을 내던지는 대가라면 상당히 커야 할 것이다.

악소화는 약종계에 필요하다. 약종계는 구파일방, 오대세가의 안선도에게서 호응을 받고 있다. 그리고 그런 약종계를 암암리에 이용하는 자가 따로 있다.

아는 것은 이것뿐이다.

여기에 무총은 개입되어 있지 않다.

개방은 무총과 안선의 중간에서 어부지리(漁父之利)를 얻을 생각인 것 같은데…….

이런 사건들을 잘 엮으면 사약란의 도움을 받지 않아도 안선 교사와 대공을 끌어낼 수 있을 것 같다.

어떤 방법이냐고 묻는다면 할 말이 없다. 시각랑의 본능이라고밖에는 아무 말도 하지 못한다. 무엇인가 큰 물건을 손에 쥔 느낌이라고 할까?

어떻게 이용해야 할지 이용 방법은 모르지만 말이다.

'어쨌든 이미 시작한 일이니까.'

第百二十四章

강수(强手)

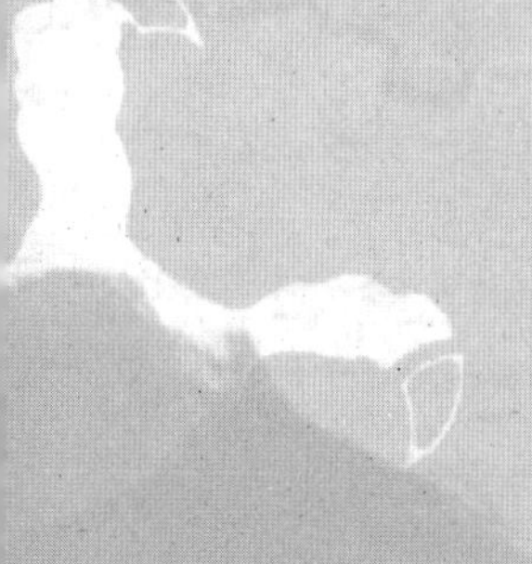

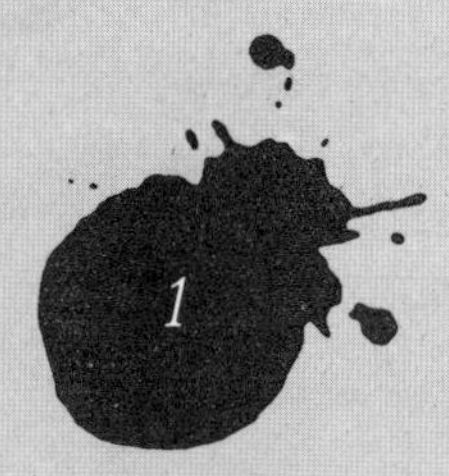

　비목대주는 비목대에 숨겨진 비화를 알아냈다.

　역대 비목대주의 최후다.

　그들은 은퇴를 한 사람이 없다. 공식적인 죽음을 맞이한 사람도 없다. 모두들 하룻밤 새에 감쪽같이 실종되었다.

　필요없으면 제거당한다.

　아니, 비목대주의 경우에는 다른 방향에서 생각해야 한다.

　비목대주라는 자리를 맡기 위해서는 먼저 자신의 지략을 실전에서 증명해야 한다.

　오랜 세월에 걸쳐서 지켜보는 사람이 있다.

　그렇게 해서 쓸만하다 싶으면 비목대주라는 직위를 주는 것이니 필요없어졌다는 말은 어폐가 있다. 지략가는 반드시 쓰임새가 있게 마련이다.

비목대주를 제거할 때는 제거할 만한 이유가 생긴 것이다.

분에 넘치는 욕심을 부렸거나 감당하지 못할 일을 벌였을 때, 윗사람은 귀찮게 여긴다.

책사라는 사람들이 제거당할 때는 거의 대부분 이런 경우다.

그는 절대로 이 선을 넘지 않겠다고 다짐했다.

"칠살문이라고 일컫던 시각랑, 금룡대 십여 명, 철포쌍검, 그리고 정체를 알 수 없는 개방 고수 여덟 명이 가세했습니다. 이것만으로도 상당한 전력입니다."

비목대주는 머리를 조아리며 말했다.

이 시대 최강의 무인, 최고의 권력자, 살아 있는 신 앞에서 무엇을 할 수 있단 말인가.

"허허! 펄펄 날뛰라고 놔뒀더니 세력을 규합하는가?"

"그 정도 세력이면 종남파도 고민스러울 것이라고 생각됩니다."

"그렇겠지."

"살림 살수들도 종남산으로 가고 있습니다. 개방이 뒤를 막아주고 있는 것 같은데…… 본격적으로 개입할 심산인 듯합니다."

"모르나? 벌써 개입했는데."

"네."

"알고 있었군."

"단차 곁에 있는 자들이 의심스러웠습니다."

"의심스럽다? 묘한 말이군."

"죄송합니다. 확신이 들지 않아서 딱 부러지게 말씀드릴 수 없었습니다."

"허…… 단차…… 움직여야 하는데…… 웅크리고 있으면 안 되는데…… 그것참!"

이 시대의 신, 무총주는 아까와 같은 소리를 했다.

마음껏 움직이라고 놔뒀더니 세력을 규합한다? 움직여야 하는데? 웅크리고 있으면 안 되는데?

'움직이게 만들라는 뜻! 어떻게, 어느 선까지 움직이기를 원하는 거지? 무림공적이 될 때는 아무 말 없었지. 개방과 싸울 때도 아무 말 없었고. 그럼 그 정도까지 움직이는 것을 원하나? 그렇다면 종남파와 정면으로?

비목대주의 머릿속이 부산하게 움직였다.

무총주의 뜻을 잘 헤아리지 못하면 자신 역시 하루아침에 실종자 신세가 된다.

"살림을 공격해 보겠습니다. 단차에게 공격 의사를 살짝 비치고   약간만 기미를 보여도 개방이 눈치챌 테니, 공격 의사를 전달하는 건 어렵지 않을 겁니다."

"그래? 그게 가능하겠어?"

"단차를 움직이게 할 수는 있을 겁니다."

"소신껏 해봐."

무총주가 일어섰다.

비목대주는 무총주의 성격에 대해서 금세 파악했다.
그는 참으로 얄미운 사람이다. 어떠한 경우에도 자신이 책임질 말은 하지 않는다. 모든 것을 수하에게 일임하는 듯하면서 조종하고, 조종하는 듯하면서 모든 책임을 뒤집어씌운다.
전형적인 효웅(梟雄)이다.
이런 사람은 모시기 어렵다. 항시 빠져나갈 구멍을 마련해 놓고 일을 시작해야 한다.
확실히 무공이 높은 것과 사람 됨됨이는 다른 모양이다.
'단차가 움직여야 한다…… 왜?'
그는 이 부분을 집중적으로 생각했다.
비목대에 수집된 모든 정보를 읽었다.
단차와 관련된 부분은 한 글자도 놓치지 않았다.
난자의 생활 습관은 물론이고, 무공, 인간관계 등등 그에 대한 것이라면 어떤 색깔의 속옷을 입는지까지 파악했다.
그는 이 세상에서 단차를 제일 잘 아는 사람이 되고자 노력했다.
그런데도 그를 생각하면 골치가 아파온다.
양파는 까면 깔수록 하얘지기라도 하지, 이건 껍질이 워낙 단단해서 까지지도 않는다.
단차는 시각랑이었다. 여기서 딱 막히고 만다.

그가 북지단으로 들어서던 시점에서 더 파고들 수가 없다.

물론 그 후의 행적은 환히 드러나 있지만 속을 알지 못하니 뜻이 어디에 있는지도 알지 못한다.

솔직히 그가 왜 그토록 안선을 저주하는지 이해하지 못하겠다.

막연히 계야부의 복수라고 하기에는 미심쩍은 부분이 너무 많다.

복수를 한답시고 북무림을 살겁으로 몰아넣지를 않나, 개방과 정면충돌을 불사하지 않나……

기가 막힌 것은 그런 행동을 보고도 아무런 제재를 가하지 않는다는 점이다.

무총이 이러면 안 되지 않나.

살인귀가 북무림을 휘젓고 다니면 단호하게 징치해야 권위가 서지 않겠나.

그때도 무총주는 한마디만 했다.

"늑대가 무리에서 떨어져 나오면 아무나 무는 법이지."

늑대가 무리와 다시 합류할 때까지 건드리지 않고 봐주라는 말이나 다름없다.

왜 그래야 하나?

북지단주 같았으면 얼마든지 물었다. 같이 상의도 하고 자신의 의견을 마음껏 피력했다. 물론 결정은 북지단주 몫이다.

자신은 여러 가지 경우를 설명하면 된다.

한데 무총주에게는 그런 게 처음부터 차단된다.

있는 사실을 말하고 무총주가 바람을 말하면 거기에 맞는 계책을 짜고 실행에 옮긴다.

완전히 허수아비다.

계책을 잘 짰는가? 실행에 잘 옮겼는가?

이 부분에 대한 질책은 분명하게 떨어진다.

책사가 일하기에는 최악의 조건이요, 상관이다.

'총주는 단차에게서 뭘 보려는 거지? 안선 대공도 마찬가지야. 완전히 빠졌어. 안선도가 그리 작살났는데 아무 대꾸도 없이 몸을 숨겨 버렸어.'

안선도라고 불평불만이 없을 수는 없다.

북무림이 초토화되다시피 했는데 원한인들 오죽 많을까?

안선 대공은 온갖 잡음을 해소시켰다.. 말끔하게 가라앉혔다. 안선도가 순순히 몸을 감춘 것만 봐도 알 수 있다. 그렇지 않았다면 그리 깨끗하게 사라지지는 못했을 게다.

무총주는 힘으로 눌렀다.

각 문파의 불평을 서신 한 통씩 발송하는 것으로 꽉 꿰매 버렸다.

이것이 무총주의 힘이다.

어떤 문파도 그에게 항거하지 못한다.

말을 듣지 않는다고 정도문파를 단숨에 쓸어버릴 수도 없는 일인데 무엇을 그렇게 무서워하는 것일까?

비목대주는 고개를 내둘렀다.

정도무림을 걱정할 필요가 없다. 안선 쪽으로 생각을 이어나갈 이유도 없다. 지금은 오로지 단차에게만 모든 생각과 힘을 집중시켜야 한다.

‘의살…… 의살을 보려는 거야. 의살이란 무공을.’

그렇게밖에 결론이 안 난다.

단차에게는 무총주와 안선 대공의 관심거리가 있다. 천하를 양분하는 두 거인이 똑같이 보고자 하는 게 있다.

단차가 잘난 놈도 아닐 것이고…… 의살밖에 생각할 게 없다.

‘의살을 찾아봐야겠군. 그전에…….’

그는 일어섰다.

무전각주(武戰閣主), 무총의 무력(武力)을 한 손에 움켜쥐고 있는 인물이다.

비목대주는 그와 마주 앉았다..

짜르르르……!

전신에 날카로운 가시가 틀어박힌다.

무전각주가 눈길만 주었을 뿐인데, 온몸이 난자당하는 느낌이다.

‘강하다!’

비목대주는 소름이 쫙 끼쳤다.

예전 비목대주는 각 전각의 주인들과 상당히 깊은 교분을

쌓았다. 촉군(蜀軍)을 지휘하는 제갈공명(諸葛孔明)처럼 무총
의 모든 힘을 마음껏 주물렀다.

비목대주가 본격적으로 실력 행사를 하기 시작하면 그만한
힘 정도는 쉽게 구축할 수 있다.

무전각주 역시 비목대주의 손아귀에서 자유롭지 못하다.

그가 무총의 무력을 한 손에 쥐고 있다지만, 그들을 움직이
는 것은 비목대주의 눈과 입이다.

비목대주가 출동을 말하지 않는 한, 그들은 영구히 본단을
벗어나지 못한다.

그는 이 큰 힘을 앞에 두고 고민했다.

'어떤 식으로 살까?'

전임 비목대주처럼 가공할 힘을 마음대로 써볼까? 아니면
얌전히 본분에 충실할까.

인간이라면 누구나 큰 힘을 한 번쯤은 쥐어보고 싶어 한
다.

무총의 모든 무력, 모든 권한을 한 손에 움켜쥐고 세상을 요
리해 보고 싶은 욕망…… 누구라도 가진다.

전임 비목대주도 그리했을 게다.

워낙 똑똑한 사람이었으니 오죽 잘했을까.

그게 바로 그의 실종을 불러왔다. 큰 힘을 지니다 보니 욕심
이 생기고, 욕심이 살신지화(殺身之禍)를 일으켰다.

그는 후자를 택했다.

큰 힘에는 두 눈을 찔끔 감고 모른 척했다.

비목대주로 들어온 지 반년이 지났지만 무전각주를 보는 건 이번이 처음이다.

"어쩐 일이오?"

무전각주는 담담하게 맞이했다.

그동안 왜 발길을 하지 않았느냐, 차라도 마시러 오지 뭐가 그리 바쁘냐 등등 인사치레로 할 만한 말이 산더미 같은데 그는 용건부터 물었다.

무전각주도 삶을 택한 사람이다.

욕망을 택했다면 무총의 무력으로 무슨 짓이든 했을 게다. 그리고 무총주의 눈 밖에 났을 게고, 실종되었겠지.

그는 묵묵히 무력을 지킨다. 그러다가 명이 떨어지면 그제야 사용한다.

무총주는 이런 사람만 원한다.

"살림을 공격해야겠습니다."

"살림…… 네 명밖에 안 남은 것으로 아는데."

"맞습니다."

"누구의 명이오?"

비목대주는 씁쓸했다.

이런 질문을 받을 때면 언제나 상관의 이름을 거론하곤 했다.

북지단주의 명이다!

여기서는 그런 말을 할 수 없다. 무총주는 엄밀히 말해서 공격하라는 명을 내리지 않았다.

“비목대의 판단입니다.”

“어깨가 무겁겠군.”

무전각주는 비목대주의 심정을 이해한다는 듯 말했다.

“살림을 공격할 때 단차가 나설 수도 있습니다. 그때는 끝까지 공격하지 말고 빠지십시오.”

“치는 척만 하라는 말이오?”

“그 일을 계속해야 합니다. 단차가 계속 움직이게끔…… 움직이지 않으면 공격하고, 움직이면 빠지고…… 이 일만 반복해 주십시오. 그럴 만한 사람이 있겠습니까?”

“단차가 나선다면 곤란하오.”

무전각주는 고개를 살래살래 흔들었다.

비목대주는 깜짝 놀랐다.

그는 무전각주가 그 정도는 얼마든지 할 수 있다고 말할 줄 알았다. 한데 곤란하단다. 단차를 한 번도 본 적이 없으면서, 그의 무공조차 견식해 본 적이 없으면서 단호하게 말했다.

무선삭주는 이미 난자에 대해서 정의를 내리고 있다.

“단차의 무공이 그렇게나 높습니까?”

“지금이야…… 하지만 점점 강해질 것이오. 싸우면 싸울수록…… 의살이란 무공은 살아 있는 생명, 그 자체요. 싸움을 먹고 성장하는 생명이라고나 할까? 하하하! 나도 의살에 대해서는 자세히 모르지만 그가 가세한다면…….”

무전각주는 말끝을 흐렸다.

‘이것이다!’

비목대주는 비로소 총주의 심정을 확실히 알았다.

단차의 무공이 어디까지 발전할까?

총주가 보고 싶은 것은 이것이다.

끊임없이 싸우고 또 싸우다 보면 의살도 극한을 향해 치닫지 않겠는가.

'그런 상태를 보고자 해, 얼마나 클 수 있는지.'

끊임없이 움직여야 한다는 말은 끊임없이 성장시켜야 한다는 말과도 같다.

한데 이런 상태를 보고 싶어 하는 사람이 또 있다.

안선 대공이다.

이 시대에 가장 강하다는 두 거물이 단차의 무공을 살피고 싶어 한다. 어디까지 성장할지, 어떤 식으로 변모할지, 극한에 이른 무공은 어떤 식으로 표출되는지 보고자 한다.

비목대주는 마른침을 꿀꺽 삼키며 말했다.

"의살이 그토록 강한 무공입니까?"

"글쎄…… 의살을 무공이라고 해야 하나? 그건 무공이 아니라…… 글쎄…… 하하하! 뭐라고 딱히 정의를 내릴 수 없소이다. 의살은 그냥…… 허! 이걸 뭐라고 말해야 하나? 인간의 능력? 이것도 아닌데…… 하하하! 나도 잘 모르겠소."

무전각주는 진짜 모르는 듯했다.

하지만 단차를 어느 선에 올려놓았는지는 짐작할 수 있다.

최강의 무인!

이 점은 비목대주도 느끼던 터였다.

북지단 만충림주로 있을 때 그와 여러 번 부딪쳤다. 그리고 번번이 패하면서 영원히 이길 수 없는 철벽이라는 생각을 했다. 어떤 식으로 공격해도 깰 수 없는 철옹성처럼 느꼈다.

무전각주도 단차를 그 선에 올려놓고 있다.

'역시 의살이었어. 의살을 깊이 파야겠어.'

그는 속내를 감추며 말했다.

"무전각주께서 어떻게든 수고를 해주서야겠습니다. 치고 빠지고, 치고 빠지고…… 단차가 계속 움직이게 해주십시오."

"그건 안 된다고……."

비목대주는 무전각주의 말을 잘랐다.

"일단 단차가 움직이기 시작하면 그때는 완전히 빠지십시오. 단차가 움직이는 것이 확인될 때까지만 살림을 공격해 주세요. 그다음은 제가 알아서 하겠습니다."

"그런 조건이면, 알겠소."

무전각주가 웃었다.

무전각주에게는 힘이 있다.

단차를 최강의 무인에 올려놓았지만 그래도 아직은 상대할 방도가 있다.

그의 마지막 웃음에서 내심을 읽었다.

그는 이번 싸움에 간여하지 않으려고 한다. 가급적이면 멀리 떨어져서 구경하려고 한다.

왜? 왜 그럴까?

역시 의살이다. 의살을 건드리면 상당히 피곤해질 것을 직감하고 있기 때문에 처음부터 발을 들여놓지 않으려고 한다.

의살, 의살, 의살…….

모든 사람들이 의살에 초점을 맞추고 있다.

그는 비목대에 돌아오자마자 말했다.

"무림에 살림 살수들의 이동 경로를 소문내라. 개방이 차단하려고 하겠지만 개의치 말고 소문내."

"저희의 개입이 알려져도 괜찮습니까?"

"괜찮아. 수단 방법을 가리지 말고 소문내. 성난 군웅들이 우르르 달려들 때까지!"

그는 명을 내리면서도 머릿속으로는 의살을 생각했다.

'의살…….'

2

"죄송하게 됐습니다. 더 이상은 살림 뒤를 봐줄 수가 없을 것 같습니다."

걸왕이 뒷머리를 긁적거리며 말했다.

"무슨 일이오?"

계야부는 눈빛을 빛냈다.

봉화 두 개를 올렸다. 하면 사건이 일어나도 봉화가 오른 곳에서 발생해야 한다.

살림? 전혀 엉뚱한 곳에서 사건이 터졌다.

"무총이 나섰습니다."

"그놈들이 이참에 살림을 쓸어버릴 모양입니다."

"무총 본단 무인들이 직접 나섰으니…… 저희 개방도 더 이상은 뒤를 막아줄 수가 없게 됐습니다. 무총을 척지기에는 아무래도 껄끄러운 게 많아서."

걸왕들이 중구난방으로 마구 쏟아냈다.

계야부는 사건의 전모를 단숨에 파악했다.

'무총!'

봉화가 올린 곳과는 전혀 다른 곳에서 화염이 숫았다.

땅 밑에 고구마 줄기가 엉켜 있듯이 모든 사건이 마구 엉켜 있다.

어느 하나를 잘라내도 전모는 파악할 수 없다. 지극히 일부분만 볼 수 있을 뿐이나.

어찌 된 영문인지 알려면 땅을 확 뒤집어엎어야 한다.

무총에, 안선에, 약종계, 개방…… 무림은 정말 골치 아픈 곳이다.

안선 교사와 대공만 처리하면 무림에서 할 일은 없을 줄 알았는데 전혀 엉뚱한 일까지 끼어든다.

하나가 끝나면 다른 하나가 끼어들고, 이것이 무엇인지 살펴보는 도중에 전혀 다른 게 나타나고…… 이래서 무림에서 벗어나기 힘들다고 말하는가 보다.

"지금 살림은 어디 있소?"

"사곡수(斜谷水)에서 배를 탔다는 소리까지 들었죠. 아마도 태백산(太白山)을 통해 종남산으로 들어설 생각이 아니었나 짐작됩니다."

"태백산과 사곡수 중간이라."

"더 자세히는…… 이미 개방이 손을 뗀 상태라……."

"됐소."

계야부는 걸왕들을 돌려보냈다.

걸왕들은 멀리 가지 않았다. 돌담집을 나서자마자 따뜻한 양지에 앉아 양광을 쪼였다.

계야부가 어떻게 행동할지 궁금한 모양이다.

'어찌한다…….'

계야부는 잠시 망설였다.

살림을 믿고 내버려 둘 수 있다. 그들의 능력이라면 웬만한 포위망쯤은 뚫고 나올 수 있다.

문제는 상대가 무총 본단이라는 데 있다.

무총 본단 무인들을 상대해 본 사람이 없다. 사약란에게서조차 무총 본단 무인들에 대한 말을 듣지 못했다.

그들의 신비에 싸여 있다.

기껏해야 무총주의 제자라는 사명사귀 정도를 만나봤을 뿐인데, 그들이 무총 본단을 대표한다고 보기는 어렵다. 또 사실 본단 무인들의 무공이 그 정도라면 정작 강한 사람은 무총주밖에 없다는 말이 되는데…… 그래서는 무림을 영도하기가 무척 힘들 것이다.

무총 본단의 이름을 내세우며 공격을 시작했다면 살림을 멸살시킬 자신이 있을 게다.

'나가야겠어.'

그는 일어섰다.

"시각랑은 동쪽이다. 동쪽 구역을 장악해."

"알겠수다."

"금룡대는 서쪽입니다. 그쪽을 완전히 틀어막으세요."

"알겠소이다."

"걸왕은 북쪽이오."

"그쪽은 종남파와 직격(直擊)인데…… 제길! 제일 까다로운 데를 주셨군. 알았소이다."

걸왕들은 투덜거렸지만 거부하지는 않았다.

"소화."

"계주라고 불러주시오!"

철포쌍검이 인정하지 못하겠다는 듯 역정을 냈다.

소화가 얼굴이 시뻘게져서 황급히 손사래를 쳤다.

"아니요, 아니요. 전 괜찮아요. 사부님, 전 정말 괜찮아요. 정말로 이럴 거예요!"

악소화가 철포쌍검을 노려봤다.

그녀는 난감한 상황을 어쩌지 못하고 눈물까지 글썽거렸다.

계야부가 피식 웃으며 말했다.

“계주.”

“사부님, 전 괜찮…….”

“됐어. 호칭이야 아무렴 어떤가. 불편한 사람이 있으면 달리 부르면 그만인 것을. 계주, 남쪽을 막아주시오.”

“사부님!”

“믿어도 되겠소?”

계야부는 철포쌍검을 쳐다보며 물었다.

철포쌍검은 고개를 돌려 버렸다.

그들에게 단차는 영원한 무림공적이었다. 그런 자들과 얼굴을 마주 보며 숨을 쉰다는 자체가 견디기 힘들 것이다.

계야부는 그런 그들을 보면서 쓴웃음을 흘렸다.

가급적이면 뜻이 다른 자들과는 함께 움직이지 않으려고 했다. 그래서 이번 일은 살림이 돌아오면 그들과 함께할 생각이었다.

철포쌍검이 맡은 남쪽을 살림에게 맡긴다.

악소화와 철포쌍검은 돌담집에서 한가롭게 여가를 즐기면 된다.

그동안 사방을 맡은 사람들이 자기 구역을 확실하게 정리해 나간다. 종남파 무인들을 쫓아내고, 종남산의 풍광을 구경하러 온 사람들조차 쫓아낸다.

그렇게 금역(禁域)을 만들어간다.

물론 종남파가 가만히 있을 리 없다. 그들은 종남산을 이

잡듯이 뒤질 것이고, 일행이 머물고 있는 절곡까지 찾아올 게 다.

격돌이 일어나는 순간이다.

그래도 걱정하지 않는다.

종남파의 모든 계획은 그들이 실행에 옮기기도 전에 악소화의 손에 쥐여진다.

종남칠호는 울며 겨자 먹기로 정보를 전해오리라.

종남파는 당분간 힘든 싸움을 해야만 한다. 결국은 종남칠호를 찾아낼 것이고, 그들을 척결하는 수순을 밟아갈 수밖에 없지만…… 그때까지는 이긴 싸움이다.

화산파(華山派), 종남파(終南派), 공동파(崆峒派)…… 그중에 종남파의 턱밑에 아성을 구축한다. 종남파가 쓰던 종남산에 터를 마련하고 금역까지 설정한다.

소문이 안 날 수가 없다.

기왕 무림에 뛰어들 바에는, 시각랑과 금룡대의 영화를 보상해 수어야 한다면 당당하게 만들어줄 생각이다.

"살수도 괜찮소?"

부사영이 물어왔다.

"어차피 살행으로 알려진 사람들 아닌가. 새삼스럽게 사양할 건 없겠지."

"흥!"

철포쌍검이 노골적으로 코웃음을 쳤다.

　　　　　　*　　　　　*　　　　　*

　무림에는 수천 개의 문파가 있다.

　하루에도 수십 개씩 신흥 문파가 창건되고, 수백 명의 신진 고수가 출현한다.

　그들의 목표는 오직 하나, 정점(頂點)이다.

　이미 정점에 올라선 문파도 있다.

　구파일방이 정점에 서 있는 문파들이며, 오대세가 역시 정점을 잇고 있다.

　그들이 수많은 문파들을 딛고 올라선 것은 결코 우연이 아니다.

　운이 좋아서는 더더욱 아니고, 돈으로 사거나 권력으로 핍박한 것도 아니다.

　무림에서 정점에 올라서려면 그에 합당한 무공이 있어야 한다.

　절기는 소림사나 무당파에만 있는 게 아니다. 공동파에도 있고, 종남파에도 있다.

　수련하는 사람의 자질이 뛰어나면 능히 천하제일인이 될 수도 있는 절기를 구비하고 있다.

　그렇기에 구파일방, 오대세가라는 명호를 쓸 수 있는 것이다.

　즉, 열 개 문파와 다섯 개 가문은 언제든지 무총주와 같은 사람을 배출할 수 있다.

종남파에도 그런 고수가 있다.

시각랑이 아무리 강하고 걸왕이 개방의 숨겨진 은자라고 해도 종남파가 내세우는 절대자들과의 싸움은 만만치 않다.

그는 은자들의 움직임을 세밀하게 살폈다.

은자들과의 싸움은 항상 고단하다.

정면에서 초식으로 싸우는 것이 아니라 숨어서 암습하기 때문에 방비하기가 여간 까다롭지 않다. 그래서 일정 수준에 이른 무인들은 나름대로 은자들과의 싸움을 준비해 둔다.

종남파에도 그런 대비책이 있다.

신법 잠영보(潛影步)가 그에 대한 대비책이다. 암기 봉황침(鳳凰針)이 그러하다. 수인(手印) 벽류인(碧流印)도 은자들을 상대하기에 적합한 무공이다.

은자들처럼 은신술을 구사하지는 못하지만 은신술을 깨뜨리는 안공은 수련했다.

태을신공(太乙神功)을 수련하면 혼미함이 사라진다. 정신은 맑아지고, 미혹하게 보이던 사물은 맑고 깨끗해진다. 은신술 따위가 발붙일 공간은 없다.

시각랑의 움직임은 무척 빠르다.

금룡대는 지형지물을 최대한 이용한다.

걸개들은 조금 특이하다. 개방 무공을 사용하면서 살수들의 특징까지 섞었다.

이들을 낱낱이 파악했다.

'종남칠호…… 장문인의 못난 자식이 살아 있는 한, 저들과 싸운다는 건 좋지 않아.'

그는 신형을 쏘아냈다.

스르르……!

희미한 그림자가 물밑으로 자맥질을 하듯이 땅에 바짝 붙어서 움직였다.

"단차가 절곡을 나갔습니다. 저들은 치려면 지금이 최선입니다. 아시다시피 단차는 타구진을 격파한 인물, 그가 가세한다면 종남파의 미래는 없습니다."

정확한 분석이 떨어졌다.

"공격 방법은?"

"서둘 필요는 없죠. 놈들은 겨우 마흔 명 안짝이에요. 서서히 목줄을 죄는 것도 좋을 겁니다. 하루에 한두 명씩? 저들이 좋아하는 살법으로 죽이도록 하죠."

"개방이 끼어 있으니…… 용두방주와 먼저 이야기하겠다."

종남파 장문인은 예상했던 대로 한 걸음 물러섰다.

그들은 장문인이 물러서게끔 내버려 두지 않았다.

"장문인, 이제는 안 됩니다."

"이장로!"

"장문인, 폐관수련 십 년이면 적당하지 않겠습니까?"

"허어! 이 사람들이!"

"장문인, 이대로는 안 된다는 것, 아시잖습니까?"

"……."

장문인이 입을 꾹 다물었다.

평생을 무공 수련에만 매진했다. 그러다가 나이 마흔이 되었을 때 여자를 알았다.

죽도록 사랑했고, 아이를 얻었다.

아내의 목숨과 맞바꿔 얻은 아이다.

그 아이가 패륜아로 성장했다고 해서 아비가 내칠 수 있는가. 사람을 죽이고, 강간을 일삼는다는 것을 모르고 있는 줄 아는가. 그런 소리를 들을 때마다, 아들이 죽인 시신을 볼 때마다 가슴이 얼마나 찢어지는지 알고나 하는 소리인가.

그래도 그 아이만은 내놓지 못한다.

나중에는 어떻게 될지 모르겠으나 자신이 장문인으로 있는 동안에는 안 된다.

그의 고집이 꾹 다문 입술 사이로 읽혔다.

"장문인, 제가 같이 들어가겠습니다. 폐관수련, 제가 같이 하지요. 십 년이면 태을신공, 무극강기(無極罡氣)를 웬만큼은 수련해 낼 겁니다. 장문인, 이게 마지막 제안입니다."

이런 소리, 전에도 했었다.

장문인은 꿈쩍도 하지 않았다. 사랑에 눈이 멀면 보이는 것이 없다더니만, 장문인의 자식 사랑은 살인이라는 악업조차도 눈감게 만들었다.

그래서 이미 일을 시작시켰다.

쓰윽!

"커억!"

은밀한 칼에 목이 반쯤 갈라졌다.

왼쪽 쇄골에서부터 뒷목을 돌아 오른쪽 쇄골까지 쫘악 갈라 버렸다.

종남칠호 중 여섯 명이 칼에 목숨을 잃었다.

"사, 살려주시오. 제발, 나, 날 알잖아. 제발…… 앞으로는 종남파 근처에는 얼씬도 하지 않을 테니, 제발 목숨만 살려주시오."

개 짖는 소리를 염두에 둘 사람은 없다.

종남칠호, 그들은 마혈이 짚이는 순간 인간이 아닌 개가 되었다. 장문인의 아들이 아닌 산적질을 일삼던 개로 전락했다. 그리고 그 개들이 때려 잡히는 날이다.

"이런 날이 올 줄 몰랐단 말이냐?"

"사, 살려주시오……."

"한마디만 더 하면 천참만륙(千斬萬戮)! 시체조차 찾지 못할 것이야. 목숨이 붙어 있는 채로 개 먹이로 던져 주는 것도 좋을 것 같지 않나? 이런 방법, 언젠가 네가 써먹었지?"

"사, 살려주십시오. 다시는……."

"쉿!"

다른 무인이 옆으로 돌아가더니 사시나무처럼 벌벌 떨고 있는 그의 머리를 힘차게 내려쳤다.

퍼억!

장문인의 아들, 그는 엄청난 압력에 두 눈이 툭 튀어나왔다. 혀도 쭉 빼물었다. 머릿속이 으깨졌는지 오공으로 검은 피가 철철 흘러넘쳤다.

단매에 죽어버린 것이다.

"이 정도면 나한권(羅漢拳) 같지?"

"만도에 베인 자국, 나한권. 이 정도면 됐지 싶은데."

"됐어. 자식들…… 그렇게 설치고 다니더니."

"그래도 장문인의 아들이야. 그만하자고."

그들은 죽은 자들에게 눈길 한 번 주지 않고 사라져 버렸다.

종남파 장문인, 그는 자식의 시신을 쳐다봤다.

머리가 으깨져서 죽었다.

얼핏 보면 나한권이다. 소림사의 절기로 철포쌍검이 능숙하게 사용한다.

자세히 보면 오뢰인(五雷印)을 권법으로 변화시켰다.

오뢰인에 익숙해져 있는 사람은 권법을 사용하더라도 올바르게 쓰지 못하고 수벽(手壁)을 쓰게 된다.

아들의 머리에 수벽의 흔적이 남아 있다.

단차의 무리가 죽인 것이 아니라 종남파 무인들이 죽였다.

장로들이 폐관수련을 시켜라 어쩌라 하면서 손발을 묶어놓고 있는 사이에 다른 자들은 아들을 죽이고 있었다.

부르르……!

손발이 덜덜 떨렸다.

그러나 문도를 책망할 생각은 없다. 언젠가…… 언젠가 반드시 임자를 만날 것이고, 이런 날이 올 것이라고 생각했다. 그래서 밤잠을 못 이룬 적도 한두 번이 아니다.

그런 날이 빨리 왔을 뿐이다.

"단차 이놈!"

그는 주먹을 불끈 쥐었다.

장로들이 그의 심정을 모르랴. 그의 의도를 모르랴. 장로들의 눈에도 오뢰인의 흔적이 보이는데 장문인의 눈에 보이지 않을 까닭이 있겠나.

'장문인! 용서를!'

장로들은 아무 소리도 하지 않고 조용히 포권지례만 취했다.

장문인에게 고맙다는 인사를 한 것이다.

장문인은 눈을 찔끔 감았다.

두 눈 사이로 굵은 눈물이 주르륵 흘러내렸다.

장부가 눈물을 보일 민큼, 그만큼 사랑했던 자식인데!

"단차의 조직을 뿌리 뽑으시오! 한 명도! 단 한 명도 살려두지 말고 모조리! 죽이시오!"

장문인의 입에서 살명이 떨어졌다.

"단차가 태백산으로 향하고 있습니다. 아마도 살림을 마중 나가는 게 아닐까 싶습니다."

"쿨룩!"

잔잔한 기침 소리가 동혈 안을 울렸다.

"무총에서 잔벽도수(殘劈刀手)를 내세운 듯합니다."

"……!"

늘 끊이지 않던 기침 소리가 뚝 끊어졌다.

'놀라? 놀랐어!'

일교사는 자신이 오히려 당황했다.

이 세상에서 어떤 일로도 대공을 놀라게 할 수는 없을 것 같았다.

그는 늘 한결같았다. 침착했고, 조용했고, 단호했다.

한데 놀라고 있다. 폐부를 쥐어짜는 듯한 기침마저 멈출 정도도 삼싹 놀랐다.

잔벽도수…… 그들은 사납다.

굶주린 늑대라고나 할까? 그들을 풀어놓으면 호랑이든 곰이든 단숨에 뼛조각만 남는다.

무총에서 잔벽도수를 풀어놓을 때, 사실 일교사 자신도 약간은 의외라고 생각했다.

이건 너무 과하다!

솔직한 느낌이다. 어린아이 싸움에 어른이 칼을 들고 나타난 경우와 같다.

그렇다고 살림이나 단차가 어린아이라는 말이 아니다. 그들은 절대 어린아이가 아니다. 그들이 행한 일도 어린아이가 할 수 있는 일은 아니다.

다만 무총주와 대공이 지금 하는 일에 비해서 잔벽도수라는 존재가 약간 과하다는 뜻이다.

이들은 단차를 지켜보고자 한다.

좀 더 정확하게 말하면 의살이 어느 정도까지나 발전할 수 있는지 보고 싶어 한다.

왜? 왜 그럴까?

다른 사람은 몰라도 일교사는 짐작한다.

정확하게 단언해서 말할 수는 없지만 짐작 정도 말하라고 하면 얼마든지 말할 수 있다.

무총주와 대공은 무공으로서는 더 이상 오를 수 없는 높은 위치에까지 올랐다.

자신 역시 마찬가지다.

마신지체도 되지 못했고, 빙궁주의 빙화참도 얻지 못했지만 나름대로 빙극검형을 극성까지 연마해 냈다.

빙극검형과 빙화참을 모두 수련해 냈다고 해서 초절정고수가 되는 건 아니다. 빙극검형 한 가지만 바닥을 판 사람이 여러 가지를 옅게 판 사람보다 훨씬 강하다.

그런 의미에서 고우진은 상대가 되지 못한다.

고우진은 하위미에게 당했다. 투살진기에 당해서 죽었다.

실현 불가능한 무공을 현실로 끌어온 여인에게 손도 써보지 못하고 당했다.

그는 투살진기에 대해서 전혀 몰랐다.

만약 알았다면 그토록 쉽게 당하지는 않았을 게다. 손도 마주치지 않았을 게다. 소도를 꺼내 몸을 부딪치지 않으며 격전을 벌였을 것이다. 그랬다면 그가 이겼을 수도 있다.

투살진기는 아주 큰 약점이 있다.

몸만 부딪치지 않으면 된다. 장창을 잘 쓰는 자들을 모아서 포위 공격을 시키는 게 고우진을 내세우는 것보다 훨씬 효과적이다.

상대의 무공을 알고 모르고는 이만큼 차이가 있다.

자신은 세상에 드러난 무공을 거의 대부분 안다. 반면에 세상은 그의 빙극검형에 대해서 짐작조차 하지 못한다. 그저 북해빙궁의 빙극검형을 떠올리며 그 정도 수준일 것이라고 생각한다.

그렇게 생각하는 한 그들은 죽는다.

어떤 의미에서는 그도 정점에 올라선 무인이다.

더 이상 다른 무공에 눈길을 돌릴 필요가 없다.

누가 새로운 무공을 창안해도 재미있게 즐기는 선에서 볼 뿐이지, 욕심이 나지는 않는다.

어떤 무공도, 어떤 절기도…… 탐나지 않는다.

이것이 정점에 올라선 사람들의 특징이다.

자신 같은 경우는 온전히 올라선 것이 아니다. 투살진기처럼 약점을 안고 있는 무공이니 완벽한 고봉(高峰)은 아니다.

그렇게 되기 위해서 빙정이 필요했다.

마신지체가 되어야 했고, 빙화참을 가져야 했다. 그랬다면 지금쯤 대공과 한바탕 즐거운 놀이를 하고 있을 것이다.

된 것은 된 것이고, 안 된 것은 안 된 것이다. 안 된 것을 어쩌랴. 몇 날 며칠 동안 끙끙 앓아눕는다고 해결될 것 같으면 일 년이라도 눕겠는데, 이건 그런 식으로 해결되지 않는다.

벌써 빙정은 잊었다.

자신이 가진 것 중에서 최상의 것, 최상의 무공을 끄집어낸다. 그리고 그것을 정상에 올려놓는다. 그러면 되는 것이다.

그렇다. 여기서 진짜로 정점에 오른 사람과 겨우 한 발만 들이민 사람의 차이가 생긴다.

자신 같은 경우에는 끊임없이 노력해야 한다. 정점을 지키기 위해서, 또 미끄러지지 않기 위해서.

무총주나 대공 같은 사람은 그럴 필요가 없다.

그들은 즐기기만 하면 된다.

단차가 개방 타구진을 깼어? 허허허! 그래? 다음은 뭘 하려고 하는고? 어디 지켜보자고.

이 얼마나 여유로운 행동인가.

무총주나 대공은 얼마든지 그럴 수 있는 사람이다. 그럴 만한 자격을 가진 사람들이다.

물론 그들이 주시하는 것은 장난이 아니다.

그들은 자신들보다 더 높은 곳에 오를 수 있는 무공을 보고 있다.

인간이 탄생시킨 무공으로는 절대로 자신들보다 더 높아질 수 없다는 자신감을 가진 사람들이 생전 처음으로 더 강해질 수 있는 무공을 보았다.

그래서 단차의 모든 행동이 용서되고 있다.

무총주가 지켜보고자 하고, 대공이 지켜보고자 하는데 누가 더 딴죽을 걸 것인가.

의살, 그것은 과연 지상 최강의 무공으로 발전할 수 있을 것인가.

천여 년 동안 무림사를 만들어온 온갖 무공, 기고절학들을 발아래 둘 수 있는가.

그렇다면 그는 신이다.

그렇다. 무총주와 대공은 영원불멸한 신이 되고 싶어 한다.

한데 그들의 무공으로는 신이 될 수 없다. 무총주에게는 대공이란 적이 있고, 대공은 무총주라는 적이 있다. 그들은 서로를 씩어 누르지 못한다.

팽팽한 견제는 이어와도 압도적인 우세는 점치지 못한다.

그 둘을 단숨에 누를 수 있는 무공이 있다면?

중원 모든 무인이 미치고 환장할 것이다. 눈에 불을 켜고 찾아 헤맬 것이다. 수단과 방법을 가리지 않고 어떻게든 얻어내려고 할 것이다.

그런 무공이 의살이다.

다른 사람은 절대 모른다. 오직 정점에 오른 무총주와 대공의 눈에만 보인다.

단차는 아직 성장하지 못했다.

이제 겨우 걸음마 단계에 불과하다. 의살에 갓 눈을 떴으니 크게 기지개를 켜야 한다.

그 정도로도 개방 타구진을 깼다.

물론 그가 의살을 정점까지 익힐 가능성은 전무하다.

전무(全無)! 그렇다! 절대 그런 일은 벌어지지 않는다.

무총주나 대공, 둘 중의 한 명이 그전에 차단할 게다. 아니면 둘이 같이 손을 쓸 수도 있고.

그들은 누가 자신의 머리 위에 올라서는 것을 용납하지 않는다.

의살의 가능성을 보고, 확신한 후에는 제거한다.

이것이 지금 무총주와 대공이 벌이는 장난이다.

한데 잔벽도수를 보내?

잔벽도수를 썼다는 것은 정말로 단차를 제거하겠다는 결사의 움직임이지 않나.

대공의 놀라움은 여기에 있을 것이다.

"쿨럭!"

대공이 다시 기침을 했다.

놀라움이 가라앉고 평정심을 되찾았다. 찰나에 불과한 시간 동안 마음을 추슬렀다.

놀랄 만큼 큰일이 아니었거나, 벌써 해결책을 찾아냈거나.

"대공 말씀대로 저희도 사람을 보낼까 합니다."

“쿨럭!”

아직은 잔잔한 기침 소리다.

일교사는 두 가지 안(案)을 마련했다.

하나는 평범한 안이고 다른 하나는 잔벽도수처럼 세상을 뒤집을 만한 안이다.

‘놀라는 모습을 봐?’

그는 후자를 선택했다.

“마계(魔界)를 열까 합니다.”

“……!”

과연! 생각한 대로 기침이 뚝 멎었다.

‘영감…… 많이 놀랐나?’

사르르르 향이 타들어간다. 시간이 지나간다. 바늘 떨어지는 소리도 들릴 만한 정적이 이어진다. 그리고,

“쿨룩!”

기침 소리가 울렸다.

‘그새?’

마계를 열라는 소리다. 마음대로 열어보라는 뜻이다.

‘설마 단차가 그 정도?’

무총주도 그렇고 대공도 그렇고…… 너무 자신만만해한다. 단차가 그 정도는 이겨낼 것이라고 생각한다. 아니면 그들이 마음껏 활보하지 못할 어떤 배경이 깔려 있을지도 모른다.

잔벽도수가 후려치고, 마계 무인들이 활개를 치면 무림은 한순간에 아수라장이 된다.

겉으로나마 평화롭던 무림이 대번에 살얼음판이 된다.

그걸 열려고 한다.

무총이 봉문삼문을 풀어놓았던 것과는 비교도 안 될 악마들이 세상에 나서려고 한다.

해라!

이것이 대공의 명이다.

약간 놀라는 모습만 보고자 악수를 꺼내 들었는데, 하란다!

"마계를 어느 선에서 열어야 할지……."

"쿨럭! 쿨럭!"

잔잔한 기침 소리가 끊이지 않는다.

이번 기침에도 요동이 없다. 네 생각은? 하고 묻는 것 같다.

"기왕 열 것…… 전면 방출이 어떨까 싶습니다."

"쿨룩! 쿨룩! 쿨룩!"

"알겠습니다. 그럼 그리하도록 조처하겠습니다."

일교사는 허리를 깊이 숙여 보인 후 뒷걸음질로 물러섰다.

"쿨룩! 쿨룩!"

대공의 기침 소리기 동철을 잔잔하게 울렸다.

'골치 아프게 생겼군.'

일교사는 손익 계산부터 먼저 했다.

이번 사건은 괜한 입방아가 부른 원치 않은 사건이다. 괜히 마계를 들먹였다가 뜻하지 않게 그들을 풀어놓게 생겼다.

이제 와서 되돌릴 수는 없다. 보고까지 끝낸 마당이다. 사연이 어찌 되었든 마계는 열어야 한다.

'서른두 군데…… 서른두 군데가 동시에 터진다!'

중원 무림에 엄청난 폭발이 일어날 게다.

구파일방, 오대세가, 중소문파들까지 독자적인 생존을 모색하기에 바쁠 게다.

무총의 지배권은 한순간에 무너진다.

그 점은 안선도 마찬가지다. 상황이 그리 변하면 안선에 동조하는 자들도 없어진다. 자신이 몸담고 있는 문파가 멸절되게 생겼는데 안선이 무엇이며 무총이 무엇이란 말인가.

무총과 안선으로 대변되던 균형이 와르르 무너진다.

그는 먼저 안선 조직부터 챙겼다.

공석은 세 자리다. 이교사와 육교사, 십교사 자리가 비었다. 그 자리에 빨리 사람을 앉혀야 한다.

마계를 열기 전에 그 일부터 하는 게 급선무다.

안선의 무력을 하나로 집중시킨다.

십교사를 충직한 놈으로 채워서 중원에 퍼져 있는 안선주를 하나로 묶어야 한다.

칠, 팔, 구교사도 옥죄어야 한다.

마계가 열리면 그들은 추풍낙엽처럼 휘둘린다.

산에 산적이 들끓으면 행인이 줄어드는 법이다. 강에 수적이 난무하면 뱃길이 한산해진다.

중원에 마인(魔人)이 활개를 치고 돌아다니면 건전하게 장사하는 장사치들이 제일 먼저 타격을 받는다.

힘있는 자가 세상을 움켜쥔다.

법은 없다. 인정도 사라진다. 오직 힘만이 세상을 지배할 것이다.

돈? 권력? 마계가 열리면 그까짓 것들 몇 수레로 퍼와도 가져가지 않는다.

내일이 없는 인간들에게는 금은보화도 필요하지 않다. 한순간의 쾌락이 전부다. 쾌락을 위해서는 살인도 서슴지 않는다. 아니, 살인까지 즐긴다.

삼교사와 오교사가 장악하고 있는 군부는 이 기회에 영향력을 높이려고 할지도 모른다.

그들의 약점을 움켜쥐어야 한다.

'준동하려 할 때…… 함부로 움직일 수 없다는 점을 가르쳐주어야겠군. 후후! 미치고 환장할 거야.'

손익 계산은 끝났다.

마계가 열리면 안선은 하나로 밀집된다.

잃는 것은 이교사가 장악하고 있던 무림뿐이다. 그것도 전부 잃는다고 볼 수는 없다. 그런 와중에도 계속 안선과 운명을 같이하려는 자는 나온다.

사교사의 역할이 대단히 중요하다.

그가 부지런히 움직여서 각 문파에 틀어박힌 간자들을 다독거려야 한다.

사교사…… 그는 믿을 수 있는 자다.

자신의 역량을 안다. 어디까지 올라서야 한다는 점을 명확히 인식하고 있다.

'안선을 움켜쥔 후, 마계를 연다. 후후! 당분간 바빠지겠군.'

일교사는 불어오는 바람을 시원하게 맞았다.

"쿨룩! 몸은 좀 어떤가?"

"좋습니다. 기운이 펄펄 납니다."

"쿨럭! 쿨럭! 죽었다가 되살아난 놈치고는 주둥이가 살았군. 좋아! 쿨룩!"

"몸이 안 좋으신 듯한데, 그만 쉬시죠."

"땅속으로 들어가란 말처럼 들리는군. 쿨룩!"

"그럴 연세도 되신 것 같고."

고우진, 그는 사지를 마음껏 놀렸다.

어깨노 늘어보고, 고개도 갸웃거려 보고…… 몸의 이상 유무를 꼼꼼히 살폈다.

'투살진기…… 후후!'

그의 내심은 부글부글 들끓었다.

그는 현 무림에서 자신을 단 한 수에 무너뜨릴 수 있는 사람이 존재하리라고는 믿지 않았다. 그것도 이제 갓 소녀티를 벗은 쪼그만 계집이 그럴 수 있다고는 보지 않았다.

그런데 당했다.

뭐가 어찌 되었는지 상황 파악도 안 되었는데, 진기가 거침없이 빠져나갔다.

막을 수 없었다. 이 방법, 저 방법, 온갖 방법을 다 썼지만 죽음을 향해 빨려 들어가는 육신을 어찌할 수 없었다.

투살진기, 꼭 다시 한 번 겨룬다. 그리고 그때는 먼저처럼 쉽게 당하지는 않을 것이다. 다음에는 정말로 계집의 입에서 살려달라는 말을 듣고 말 것이다.

그의 분노는 거세게 피어났지만 표정에 드러나지는 않았다.

자신을 죽일 수 있는 사람이 있고, 또 죽은 사람을 되살리는 자도 있다.

대공의 무공은 한계가 없다.

마신지체가 깨져서 빙극검형이고 빙화참이고 모조리 빠져나갔는데 그런 자신을 도로 살려놓았다.

살려준 게 고맙긴 한데 겁이 난다.

“쿨룩! 쿨룩! 넌…… 이방인이다.”

“후후!”

‘늙은이, 나도 안다. 내가 몽골인인 건. 굳이 그렇게 꼭 집어서 설명해 줄 필요는 없잖아?’

“이방인은 이방인끼리 모여야지.”

“……?”

“북해로 가라. 쿨룩!”

“북해…… 요?”

“북해에 가면 북해빙화(北海氷花)가 있다. 네놈에게는 분에 넘칠 정도로 예쁜 여자야. 쿨룩! 쿨룩! 그 여자를 취해봐. 쿨룩!
여인의 마음을 취하면…… 하면 빙굴(氷窟)로 안내해 줄
터……."

　'빙굴?'

　고우진은 귀를 쫑긋 세웠다.

　지금 무공으로는 많이 부족하다는 점을 절감했다.

　우선 대공을 상대할 수 없다. 입에서 젖비린내가 풀풀 풍기
는 계집한테도 당했다.

　좀 더 강해질 필요가 있다.

　한데 이 늙은이…… 강해지는 방법을 일러주고 있지 않은
가.

　"빙굴은…… 쿨럭! 원래 빙정이 있던 곳이지. 빙정이 생성된
곳이야. 쿨럭! 그곳에 가면…… 빙정이 없어도 마신지체를 이
룩할 수 있을 것……. 쿨럭! 가짜가 아닌 진짜 마신지체가 되
어서…… 쿨럭! 돌아오거라."

　'돌아와? 여기로? 미쳤군.'

　"알겠습니다. 준비가 되는 대로 떠나죠."

　"홀몸인 놈이 준비는……. 쿨럭! 지금 떠나."

　대공에게서 서신 한 장이 펄럭펄럭 날아왔다.

　"북해로 가는 안내도다. 갔다 와라. 쿨럭! 난 이제…… 쉬어
야겠다."

　고우진은 서신을 집어들고 일어섰다.

　안내도라고는 하지만 지도는 그려져 있지 않다. 글씨로 어

디로 해서 어떻게 가라는 설명만 기재되어 있다.

“다녀와서 뵙겠습니다.”

고우진은 포권지례를 취했다.

‘제발…… 그때까지는 좀 죽어줘라, 부탁이니. 후후!’

第百二十五章
기문기공(奇聞奇功)

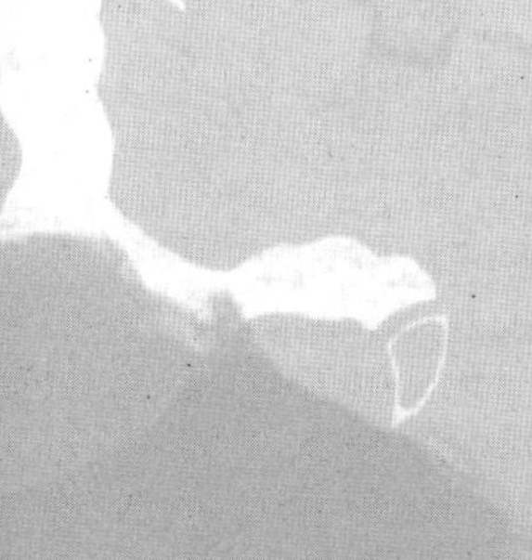

“태백산으로 가시오.”

살림 살수에게 전해진 마지막 전언(傳言)이다.

'떨어져 나가는군.'

살림 살수들은 개방도의 표정과 행동에서 그들의 의도를 단숨에 파악했다.

곁을 지키던 사람이 떠날 때는 이유가 딱 하나뿐이다.

협박에 굴복한 것.

“낄낄! 이건 누가 우릴 공격하겠다는 소리로 들리는데?”

키 작은 노인이 말했다.

“한동안 심심했는데 잘됐지 뭐. 흐흐흐!”

뚱뚱한 사내가 거칠게 자란 턱수염을 쓰다듬으며 말했다.

개방이 겁을 집어먹고 떨어져 나갈 정도라면 공격하는 자가 누구인지 빤해진다.

옛날처럼 무총이 직접 나섰다.

봉문삼문이라는 틀로 살림을 꽁꽁 묶을 때처럼 올가미를 씌워온다.

개방은 물러설 수밖에 없다. 그들이 뭘 어떻게 하겠는가. 누가 무총 앞에서 당당하게 말할 수 있겠는가.

'숨이 막혀!'

홍의여인은 손을 들어 가슴을 톡톡 쳤다.

살림은 봉문의 길을 택했다. 죽느니 수치스럽더라도 사는 길이 낫다고 여긴 것이다.

자신들은 어떤 선택을 해야 하나?

단차만 죽이면 살림은 자유를 얻는다.

그 한마디 약속을 믿고 여섯 명이 기꺼이 목숨을 던졌다.

남은 사람들의 생각도 오직 단차의 척살에만 집중되어 있다. 그의 명령을 좇아서 살행을 저지르고 있기는 하다. 하지만 머릿속으로는 어떻게 하면 그 괴물 같은 작자를 죽일 수 있을까 하는 것만 생각하고 있다.

방법이 생각난다면 지금이라도 달려간다.

한데 죽일 수 있는 방법이 생각나지 않는다. 살림 살법으로는 단차를 죽일 수 없다. 그것은 다시 말해서 중원에 뿌리를 내린 살맥(殺脈)은 그 누구도 그를 어쩌지 못한다는 뜻이다.

그를 죽일 수 있는 방법이 딱 하나 있다.

정면 승부다.

그를 눕힐 만한 무공을 지닌 자가 정면으로 들이치면 가능하다.

이것이 바로 살림 살수들이 고민을 거듭한 끝에 깨달은 유일한 살법이다.

불행히도 살림 살수들은 정면 승부를 결행할 자신이 없다.

그래서 그들은 단차에게 다가서지 못하고 주위만 맴돈다. 언젠가는 반드시 빈틈이 생기겠지 하면서 굶주린 승냥이처럼 생선 주위를 돌아다닌다.

그런데 갑자기 무총이 뒤통수를 후려치며 달려나온다.

살수 척살?

시각랑과 단차는 내버려 두고 살림을 공격해?

무총과 봉문삼문 간에 맺었던 약정은 깨졌다.

힘있는 자, 무총이 먼저 깼다.

봉문삼문에서 살아남은 잔당을 쓸어버리고, 그 여세를 몰아서 시각랑과 단차를 치겠다는 발상이다.

대항할 방법이 없다.

홍의여인은 한참을 생각한 끝에 말했다.

"죽을래, 살래?"

"방법이 있냐? 있으면 살아야지."

말라깽이 검사가 말했다.

"방법은 있어. 무총을 거꾸러뜨리는 거야."

"뭐?"

"애가 지금 뭐라고 하는 거야?"

살수들은 눈이 동그래져서 홍의여인을 쳐다봤다.

"무총이 공격해 오잖아. 그건 모두 알 것이고…… 그러면 싸워서 이겨야지. 지면 죽는 거야."

"그걸 누가 모르냐? 이길 수 없으니까 하는 말이잖아!"

"우리가 제일 무서워하는 사람이 누구야?"

"……"

살수들은 대답하지 못했다. 일시 말문이 꽉 막혔다.

두려워하는 사람? 그런 거 없다. 지금까지 살아오면서 누구를 두려워했던 적은 없는 것 같다. 무공이 강한 자를 여럿 봤지만 그렇다고 그들이 두렵게 여겨지지는 않았다.

왜 그랬을까?

죽일 수 있기 때문이다. 아무리 강해 보이는 자라도 정작 죽이기로 작심하면 시신이 될 것이다. 그런 확신이 가슴속에 항상 깃들어 있는데 누가 두려우랴.

지금 현재 그들은 죽이지 못하는 자가 있다. 아니, 많이 있다.

당장은 단차를 죽이지 못한다. 멀리는 무총주를 죽이지 못한다.

다른 사람은 모르겠고, 이 두 사람만은 어떤 경우에도 죽일 수 없다는 생각이 든다.

하면 이들이 두려운가?

그것도 아니다. 그놈들을 죽이지 못하면 죽으면 된다. 죽음이 두렵지 않은데 뭐가 두렵나.

홍의여인은 그들이 어떤 사람들인지 다시 한 번 일깨워 주었다.

"그렇지. 흐흐흐! 우린 살림이야."

"무총…… 자식들, 호랑이 콧수염을 건드렸군."

그들은 자신감을 찾았다.

무총이 공격해 온다? 맞아 싸우면 되지 않나.

이것이 유일한 방법이고, 당연한 행동이다. 이 외에 다른 대응책은 없다.

두려워하는 사람도 없고, 죽음도 겁내지 않는다.

그런데도 마음이 답답했던 이유는 싸우기도 전에 이길 수 없다는 생각을 먼저 했기 때문이다.

즉, 저들 방식으로 싸울 생각을 했다.

이쪽은 검을 든 보졸(步卒)인데, 저쪽은 창을 든 기마병이라고 하자.

누구라도 이런 상황에서는 답답함을 느낀다.

기마병이 달려와 창으로 내리찍으면 어떻게 막을 것인가. 말의 빠름과 강력함을 어떻게 상대할 수 있단 말인가.

그들은 보졸임에도 기마병의 싸움 방식으로 싸우고 있다.

무인들의 싸움에서도 이런 방식이 통용된다.

싸움의 틀은 늘 강한 자가 결정한다. 기마병이 말을 버리고 땅에서 보졸과 어울릴 리 없지 않은가. 강한 자가 자신의 싸움 방식을 버리고 약자에게 맞춰줄 리 없지 않은가.

이런 싸움이라면 보졸은 백 번 싸워 백 번 진다.

그래서 답답했던 것이다.

지금이라도 상대의 장점 대신 자신의 장점으로 싸워야 한다. 늪지로 끌어들여 말의 기동력을 제한시키고, 활을 쏘아 말에서 떨어뜨려 내며, 우르르 달려들어 난자한다.

싸움의 형태를 이런 식으로 돌려놓으면, 이번에는 백 번 싸워 백 번 이긴다.

무총이 이끄는 대로 끌려가서는 안 된다. 자신들이 원하는 방식대로 끌어와야 한다.

"사람 많은 곳으로 가자."

뚱뚱한 사내가 말했다.

"도읍…… 도읍이 좋겠어. 거기서도 아예 시장 속으로 파고들자고. 사람이 북적거리는 데서 은밀히 칼질하는 데야 우릴 따를 사람이 있나. 안 그래?"

키 작은 노인이 잔소(殘笑)를 피워내며 말했다.

개방도는 태백산으로 가라고 했다.

전력을 다해 질주하면 겨우 한두 시진이면 도착할 수 있는 곳이다.

살림은 태백산으로 향하지 않았다. 거기에는 틀림없이 단차가 있을 것이고, 그라면 무총의 공격을 겁내지 않겠지만……거기까지 무사히 갈 자신이 없었다.

무총이라고 그런 점을 모를까.

치기로 작정했다면 그들이 태백산에 당도하게끔 내버려 두지 않을 게다.

그들은 방향을 돌려 사곡수로 향했다.

태백산으로 가는 길에는 큰 도읍이 없다. 작은 촌락이 몇 개 있기는 하다. 하지만 한적하기는 마찬가지일 테고, 자신들이 원하는 싸움을 끌어낼 수 없다.

사곡수 나루터로 간다.

그래도 거기에는 강을 건너는 사람들을 노리는 장사치가 있다.

강에서 건져 올린 어물들이 파닥거리고, 또 그런 사람들의 호주머니를 노리는 주점이 늘어서 있다.

그곳까지만 가면 어떻게든 싸워볼 수 있다.

"누가 올까?"

"그런 말 말자. 항상 누가 올까, 누가 올까…… 지겹지도 않냐? 무총에 어디 고수가 한두 명이라야 말이지."

"그래도 우리를 상대하려면……."

"우리가 뭐 얼마나 대단해서? 살법을 쓰지 않는 우리는 통나무나 마찬가지야."

"이 자식이 근데 뭐 못 먹을 걸 먹었나, 왜 이렇게 삐딱해?"

"난쟁이노인, 퍼덕대지 말고 차분히 살법이나 생각해. 우리가 왜 살림인지 가르쳐 줘야 할 거 아냐."

"난쟁이노인!"

"그럼 키다리노인이라고 불러줘?"

“두 사람…… 조용히 안 하면 송장이라고 불러줄 거야.”

홍의여인이 한기가 가득 배인 음성으로 말했다.

두 사람도 떠들지 않았다. 홍의여인이 입을 열어 말하는 동안, 그들은 이미 진기를 북돋웠다.

“더럽게 기분 나쁘네.”

스릉!

말라깽이 검사가 검을 뽑으며 말했다.

그들은 자신의 싸움터를 만들지 못했다. 부지런히 치달리며 만들고자 했지만, 결국 허허로운 들녘에서 마주치고 말았다.

살법을 쓸 건더기가 전혀 없다.

“기왕 온 거, 빨리 끝내요. 나와요.”

스으으읏……!

바람이 불어왔다.

“웃! 이게 무슨 냄새야?”

뚱보 사내가 코를 움켜쥐었다.

바람 속에 짙은 생선 비린내가 쉬어 있다. 생선을 발릴 때 나는 냄새…… 약간은 썩는 듯한 냄새가 후각을 자극했다.

“빌어먹을! 독인가?”

독은 아니다. 독이라면 벌써 신경을 파괴하기 시작했거나 육신을 찢어낸다. 중독 기미를 알아채지 못하게 만드는 만성 독이 있기는 하지만 지금과 같은 상황에서는 쓸 이유가 없다.

“크크큭!”

“호호호호!”

여기저기서 기괴한 웃음소리가 흘러나왔다.

"유령미종보(幽靈迷從步)?"

"그럼…… 잔벽도수?"

"제길! 기분 나쁘다고 했지."

살림 살수들은 맥이 탁 풀렸다.

잔벽도수와 정면 승부를? 살법을 써도 힘들 판인데, 육신이 환히 노출되는 허허벌판에서 맞상대?

차라리 빨리 죽여달라고 소원하는 게 낫다.

"치잇!"

홍의여인이 입술을 깨물었다.

하나 그녀의 눈초리는 곧 하늘로 치솟았다.

결심을 굳혔다. 그리고 어느새 그녀의 손에는 진흙덩어리 두 개가 들려 있었다.

"이 자식들은 항상 사람을 우습게 여긴단 말이야."

말라깽이 검사도 품에서 진흙덩어리를 꺼냈다.

그는 두 손에 들지 않았다. 들고 있는 검에 철퍽철퍽 갖다 붙였다.

키 작은 노인도 혈도(血刀)를 꺼냈다. 그리고 다른 사람들처럼 진흙덩어리를 꺼내 도에 철퍽 붙였다.

"후후후! 비화산폭(飛火散爆)인가? 흐흐흐!"

잔벽도수는 회성음(回聲音)을 쓴다. 음성이 절곡에서 소리치는 것처럼 윙윙 울려서 위치를 종잡을 수 없다.

'오 장 이내!'

홍의여인은 상대의 위치를 감지했다.

정확한 위치는 모르지만 대충 어느 정도 거리를 벌리고 있는지는 찾아냈다.

"알면 막아봐!"

쒜엑!

그녀의 손에 들렸던 진흙덩어리가 허공을 날았다.

"키키키!"

키 작은 노인도 즉시 반응했다. 팔방풍우(八方風雨) 초식을 써서 도를 사방으로 뿌렸다.

말라깽이 검사도 검초를 전개했다. 뚱보 사내도 양손을 바람개비 돌리듯 마구 휘저었다.

그들은 아무도 없는 빈 공간을 공격했다. 순간!

꽈앙! 꽈아앙! 꽈아앙!

사방에서 엄청난 폭음과 함께 시뻘건 화염이 치솟았다.

사방으로 삼 장 너머 칠 장 안쪽이 모두 불덩어리다.

화염지옥, 화염지옥이다.

'간닷!'

홍의여인은 그 틈을 놓치지 않고 재빨리 신형을 솟구쳤다.

키 작은 노인, 뚱보 사내, 말라깽이 검사도 불벼락 맞은 메뚜기처럼 뛰어올랐다.

그들은 사방으로 흩어졌다.

한 곳으로 움직이면 잡힐 가능성이 농후하다. 이럴 때는 운이 없는 자는 당한다는 심정으로 각기 흩어져야 한다.

화염? 화염으로는 잔벽도수를 막을 수 없다.

저들은 피풍의(皮風衣)를 입고 있다. 바람은 물론이고 수화(水火)까지 막아내는 천고 보물을 걸치고 다닌다.

촤라락!

역시! 땅에서 쇠사슬이 쭈욱 뻗어 올라와 그녀의 다리를 낚아챘다.

그녀는 허공에서 운룡번신(雲龍翻身)을 펼쳤다. 한 바퀴, 두 바퀴…… 신형을 뒤틀어 방향을 바꾸고 계속 쏘아 나갔다.

상대의 공격을 예상했고, 미리 준비한 신법을 펼쳤다.

촤르륵! 촤르륵! 촤라라라라락!

사방에서 불쑥불쑥 쇠사슬이 솟구쳤다.

장창이 솟구칠 때처럼 날카롭다. 맞으면 아픈 게 아니라 몸이 관통당할 것 같다.

스륵! 사라락!

그녀는 급히 구전번락(九轉翻落)을 취했다.

상체를 비틀어 몸을 뒤집음과 동시에 천근추(千斤墜)를 시전하여 뚝 떨어져 내렸다.

방어만 한 것은 아니다. 밑으로 떨어짐과 동시에 양손을 썼다

파파파팟! 꽈꽈꽈꽝!

진흙덩어리가 던져졌다. 폭음이 난무하고 화염덩어리가 화산처럼 솟구쳤다.

일 장 너머 삼 장 안쪽이 불구덩이로 변했다.

잔벽도수는 잠시 몸을 피할 것이다. 아무리 수화를 막아내는 피풍의를 걸쳤다고 해도 살림이 자랑하는 화탄을 전신으로 막아낼 수는 없다.

이 틈을 이용해서 피해야 한다.

어디가 비었나? 어디가 조금이라도 느슨한가.

그녀는 움직이지 못했다.

차차착! 타탓!

사방으로 쏘아져 나갔던 살림 살수들이 도로 튕겨져 들어섰다.

뚫고 나가려고 했으나 결국 뚫지 못하고 다시 제자리로 돌아온 것이다.

뚫고 나갈 틈이 없다.

잔벽도수는 살림의 화탄을 전신으로 맞고 있다. 불바다 속에서 견뎌내고 있다.

어떻게 이럴 수 있지?

피풍의만으로는 안 된다. 살림의 화탄이 내뿜는 조만 열기는 피풍의조차도 단숨에 태워 버린다.

스읏! 스으읏! 스읏!

불구덩이 속에서 한 명, 두 명…… 잔벽도수가 일어섰다.

역시…… 그들은 생각했던 대로 피풍의를 걸쳤다. 하나 불길에 그을린 자국은 찾아볼 수 없었다. 마치 새로 짠 피풍의를 막 걸친 것처럼 깨끗했다.

"뭐야!"

키 작은 노인이 눈을 동그랗게 뜨고 쳐다봤다.

어떻게 화탄을 이겨낼 수 있었지?

하지만 그들은 천하 최강의 살수들, 잔벽도수가 어떤 식으로 초반 공격을 피했는지 금방 깨달았다.

그들은 땅을 파고 안에 숨어 있었다.

그들이 나타났다는 사실에 지레 놀라서 하지 말아야 할 공격을 괜히 했던 것이다.

피풍의를 걸친 자가 말했다.

"장난감은 모두 썼지? 흐흐흐! 이제는 어쩔 텐가? 장난감도 없으니. 하하하!"

2

잔벽도수는 삭(索)과 도를 같이 쓴다.

철삭은 철편(鐵鞭)으로 운용되며, 길고 가는 도는 목숨을 앗을 때 쓰이는 최후의 도구다.

"어쩔 수 없네. 완벽하게 걸렸어."

키 작은 노인이 어깨를 으쓱거렸다.

잔벽노수는 살림 살수들의 움직임을 환히 꿰뚫어 봤다.

그들이 개방의 충고를 듣고도 태백산으로 달려가지 않고 사곡수로 되돌아올 것을 예상했다. 이동 경로를 세밀하게 파악했을 뿐만 아니라 싸울 장소까지 선정했다.

살림은 그들이 기다리던 곳으로 얌전히 기어들어 갔다.

누구에게 변명도 할 수 없는 완패다.

자신들이 원하는 싸움으로 끌어들여야 하는데, 상대가 잘하는 싸움을 하게 되었다.

"그래도 몇 놈쯤은 끌고 갈 수 있지. 흐흐흐!"

뚱뚱한 사내가 양손을 깍지 끼며 말했다.

촤악! 촤악! 촤악! 촤아악!

잔벽도수가 철삭을 돌리기 시작했다.

기력이란 기력은 모두 소진시켜 놓고 기진맥진하여 나가떨어지면 그때서야 살점을 도려내기 시작할 게다.

하지만 살림 살수들은 침착했다.

그들은 최후의 순간에 대비해서 동귀어진을 준비해 놓고 있다.

잔벽도수는 살림 살수들이 터뜨릴 수 있는 비화산폭의 양을 잘못 계산했다.

그는 화약 하나가 어느 정도의 위력이 있는지 알고 있다.

방원 십 장을 불바다로 만들려면 화약 양이 얼마나 되어야 하는지 계산했을 게다.

두 번에 걸친 공격으로 살수 한 명당 지닐 수 있는 화약 양은 초과했다.

그는 자신의 계산을 철저히 믿는다. 그렇기에 자신만만하게 모습을 드러낸 것이다.

잘못된 믿음, 잘못된 자신이다.

살림 살수들은 지금까지 터뜨린 화약만큼의 화약을 더 소지

하고 있다.

양을 늘린 것이 아니라 화약의 폭발력을 키웠다.

살림이 봉문을 당하고 있는 동안 손가락만 빨고 있다고 생각한 겐가? 하늘만 쳐다보면서 힘없이 넋두리만 늘어놓았다고 생각했다면 아주 큰 오산이다.

절치부심(切齒腐心), 이를 갈았다.

무총과 언젠가는 다시 부딪칠 것도 염두에 두었다.

잔벽도수인들 광망의 눈초리에서 빠졌겠는가.

지금과 같은 상황은 충분히 예상했다.

화약 양을 계산하고 자신만만하게 모습을 드러낸다. 그리고 철삭을 휘두르며 다가온다.

딱 그대로 되었다.

잔벽도수, 그들은 너무 가까이 있다.

철삭을 던질 정도로 거리를 띄어놓기는 했지만 삼십여 장을 초토화시키는 대폭발에는 견디지 못한다.

모두 죽는다.

홍의여인은 다른 사람들을 쳐다보지 않았다. 오직 한 사람, 잔벽도수를 이끌고 있는 한 사내만 노려봤다.

다른 자는 모두 놓쳐도 그만은 끌고 가련다.

그때다. 사내를 노려보던 그녀의 눈가에 묘한 광채가 떠올랐다.

'해낼 수 있어!'

잔벽도수는 모두 백 명이다.

모습을 드러낸 자는 이십여 명밖에 되지 않지만 이들이 전부가 아니다. 여든 가까운 자들이 근처 어딘가에서 몸을 숨기고 싸움을 지켜본다.

그들의 역할은 탈출로 차단이다.

살림 살수 네 명을 잡는 데 스무 명이면 족하다는 생각이다. 그러니 나머지를 도주 차단으로 돌린 것이다.

스무 명이면 넉넉히, 눈을 감고 싸워도 이긴다.

잔벽도수의 자존심이 보였다.

그런 점을 알면서도 홍의여인은 투지가 들끓어 올랐다.

마땅한 수도 없는데…… 그래도 어떻게든 부딪치면 탈출구가 보일 것 같다는 느낌이 든다.

그녀는 마지막 비화산폭을 거뒀다.

육신을 분쇄시켜 가며 온 천하를 불바다로 만들어 버리려 했지만 자신감이 되살아난 이상 그럴 필요가 없다.

화약에서 손을 거두고 옥접(玉蝶)을 꺼냈다

"해볼 거야?"

키 작은 노인이 물어왔다.

"해보고 싶은데."

"나도. 어쩐지 될 것 같다는 느낌이 들어서 말이야. 실없이 죽기는 그렇더라고."

"그럼 모두 하는 걸로 정하지."

그들은 일제히 병기를 고쳐 잡았다.

파라라락!

옥접이 하늘을 날았다.

붉디붉은 옥접 한 쌍이 하늘하늘 날갯짓을 했다.

"후후후! 접분실각(蝶粉失覺)인가?"

잔벽도수는 야유를 보냈다.

확실히 그들은 살림의 무공을 손바닥 들여다보듯이 알고 있다.

살림을 봉문시키면서 가져갈 수 있는 것은 모두 빼앗아가더니, 그간 부단히 연구한 모양이다.

"호호호! 그럼 막을 수도 있겠네?"

"이따위 잡술쯤이야!"

쒜엑! 따앙!

철삭이 날아와 옥접을 가격했다.

옥접은 부서지지 않았다. 쇠사슬이 가격하는 순간 마치 철편이 튀듯이 파닥 튀더니 부르르 날개를 떨었다.

부스스 하얀 가루가 쏟아져 내린다.

"호호호! 접분실각 따위는…… 컥!"

옥접의 독분을 두려워하지 않던 잔벽도수가 느닷없이 목을 움키쥐더니 펄쩍 뛰었다.

그뿐만이 아니다. 주변에 있던 잔벽도수들이 마치 벼락 맞은 것처럼 펄쩍펄쩍 뛰어오르더니 목을 움켜잡고 쓰러졌다.

"호호호! 난 또 얼마나 잘났다고. 겨우 이런 정도도 못 막는 거야? 그래서 어떻게 우릴 잡으려고?"

홍의여인은 깔깔 웃었다.

말라깽이 검사도 쉬고 있지 않았다.
쒜엑!
그는 과감하게 잔벽도수 사이를 파고들었다.
철삭이 날아오지만 너무 느리다. 그들은 빨리 전개하고 있
지만 그의 눈에는 굼벵이가 기어가는 것처럼 느리게 보인다.
'느려!'
이상한 느낌이 든다.
이들이 정말 잔벽도수가 맞나? 왜 이렇게 약해진 거지? 잔벽
도수의 철삭은 죽은 귀신도 무릎 꿇게 만든다는 소문이 있는
데…… 모두 다 헛소문이었나?
쒜에엑!
한 놈 가슴을 벴다. 또 한 놈 옆구리를 올려쳤다. 그리고 신
형을 한 바퀴 돌려서 다른 놈의 목을 쳐냈다.
눈 깜빡할 사이에 세 사내가 운명을 달리했다.
"하하! 하하하하!"
말라깽이 사내는 자신도 모르게 웃었다.
잔뜩 끌어올렸던 긴장이 확 풀어지면서 세상이 환해 보였
다.

뚱뚱한 사내도 겁없이 날뛰었다. 키 작은 노인도 두려울 것
이 없다는 듯 잔벽도수 사이를 누볐다.

잔벽도수 스무 명을 추풍낙엽처럼 쓰러졌다.

"물러서랏!"

잔벽도수를 이끌던 사내는 이상한 명까지 내렸다.

사태가 이 지경이 되면 숨어 있던 자들까지 모두 끌어내는 게 상식이다.

이들은 후퇴를 선택했다.

스스스! 스스스스!

잔벽도수는 순식간에 거리를 벌렸다.

살림 살수들이 따라잡기에는 너무 빠듯할 만큼 쾌활한 신법으로 물러섰다.

"뭐야, 이건?"

키 작은 노인이 고개를 갸웃거리며 말했다.

주위에는 방금 일전에서 살상당한 잔벽도수의 시신이 흉하게 널브러져 있다.

이들의 무공은 형편없었다.

그렇다. 달리 표현할 말이 없다. 그저 형편없었다는 말밖에 할 수 없을 정도로 약했다.

한데 물러설 때의 모습을 보니 전혀 다른 모습이다.

신법이 빠르고, 질서정연하며, 날카로움이 엿보인다.

이런 자들이 공격을 해오면 아주 큰 낭패를 당할 것 같다는 생각이 든다.

이상하지 않은가? 똑같은 자들인데, 싸울 때는 약하고 물러설 때는 강하다니!

"좌우지간 큰 고비 하나는 넘긴 셈이네."

말라깽이 검사가 검을 거두며 말했다.

"무엇입니까?"

"……"

"접분 정도는 충분히 막아낼 수 있는 몸입니다. 한데 흡입하자마자 중독되고 말았습니다. 무엇입니까?"

"모른다."

"새로운 독입니까?"

"모른다."

잔벽도수, 그들은 정신을 차릴 수 없었다.

사망자 열일곱!

잔벽도수가 무림에 나선 이래 최대의 치욕을 맛보았다. 이토록 처참하게 무너진 적은 없었다.

그것도 순식간에 무너졌다.

부종수처럼 강력한 부인에게 무너졌다면 창피하지나 않다. 겨우 살수 나부랭이에게 무너졌다.

그들의 무공은 속속들이 알고 있다.

그들이 방금 전의 일전에서 사용한 무공도 자신들이 알고 있는 무공이다.

한데 알면서도 당했다.

어찌 된 일인지 손발이 꽁꽁 묶이는 듯한 느낌이 들었다.

상대가 너무 거세게 달려들어서 어찌할 바를 몰라 하고 우왕좌왕했다. 사실은 그렇게 빠르지 않은데, 직접 손속을 겨룰 때는 경이롭다 싶을 만큼 빨랐다.

괴이하다. 괴이하다.

그들은 일단 물러났다. 어찌 된 연유인지 사태를 파악한 다음에 다시 칠 생각이었다.

한데 연유조차 파악하지 못하고 있다.

다시 공격할 수가 없는 것이다.

"이대로 물러섭니까?"

"……."

"한 번 더 공격해 보겠습니다."

"그만둬."

"넷? 그럼 이대로 물러선단 말입니까?"

"의살이다."

"네에?"

"의살이 아니고서는 이럴 수 없다. 이런 일이 벌어질 수 없어. 저놈들의 진기는 북돋워주고 우리 진기는 침잠시켰다."

"그런 일이…… 가능합니까?"

"일단 물러선다. 단차부터 찾아라. 주위 어딘가에 있을 게다. 씨움은 피헤라. 우리가 상대할 수 있는 자가 아니야. 놈을 발견하면 바로 연락을 취해!"

"알겠습니다."

그들은 사방으로 흩어졌다.

　　　　　　*　　　　　*　　　　　*

　일목은 날이 갈수록 강성해진다.

　머릿속에 그리는 그림이 뚜렷하다. 흔들림이 전혀 없다. 자신이 믿으면 이루어진다는 사실을 안다. 그리고 그 믿음을 지속시키는 한, 일목은 배반하지 않는다.

　세상은 믿음이란 반석 위에 세워져 있다.

　그럼 그 반석은 누가 만드는가? 자신이 만드는 것이다. 절대로 다른 사람은 만들어줄 수 없다. 오직 자신만이 아무것도 없는 곳에서 단단한 돌을 끌어올 수 있다.

　수십 명이 어우러져 싸우는 곳에 심상을 보냈다.

　한데 통한다. 아니다. 심상을 보내기 전에 이미 통할 줄 알고 있었다. 살림 살수들의 진기는 물론이고 누구인지 모를 자들의 진기까지 완벽하게 조절할 수 있다고 믿었다.

　정신 속에 든든한 반석에 자리 잡는 순간이다.

　하면 세상은 그가 생각한 대로 이루어준다.

　과정은 생각할 필요가 없다. 어떤 식으로 만들어줄 것인지는 몰라도 된다.

　'어떻게 할까?' 하고 방법을 생각하는 순간 인간의 머리는 진기를 염두에 두게 된다.

　단전을 의념한다. 그리고 진기를 끌어낸다.

　진기가 없으면 결과도 일어나지 않는다. 진기가 있을 때만 결과가 발생한다.

이것이 인간의 무공이다.

정신의 무공은 방법론을 생각하지 않는다. 오로지 원하는 것만 본다. 하면 진기를 쳐다볼 이유가 없다.

천지자연이 모두 진기다.

인간이 일 갑자(一甲子) 이상 적공한 진기도 자연이 내준 진기에 비하면 조족지혈(鳥足之血)에 불과하다.

생각을 떠올리고 자연이 이뤄주기를 기다리면 된다.

정신무공은 대단히 간단하다.

반대로 말할 수도 있다. 어떤 의심 앞에서도 흩어지지 않을 반석을 스스로 마련해야 한다는 점에서 절대 쉽지 않다.

어느 것을 하든지 자신이 해야 한다.

살림의 진기를 북돋운다?

파파파팟!

살림 살수 네 명이 움직인다. 그들의 주위에 있는 풀이며, 공기며, 바위며…… 모든 자연이 그들에게 진기를 나눠준다.

파파파팟!

낯선 사내들이 공격한다. 그들의 주위에 있는 자연의 진기를 앗아온다. 풀잎을 스치는 발길이 무거워진다. 허공을 가로긋는 혈삭이 무거워진다.

그들의 행동은 굼뜨고 공격은 무뎌진다.

깨끗한 정신으로 믿어라. 믿으면 모든 게 이루어진다.

그는 풀밭에 드러누웠다.

살림 살수들은 스스로 일어설 것이다.

지금은 자신이 약간의 도움을 주고 있지만 곧 자신들이 어떤 일을 할 수 있는지 알게 되리라.

'더 이상 죽는 사람이 없었으면 좋겠는데…….'

3

잔벽도수는 먹이를 놓지 않기로 유명하다. 일단 표적이 정해지면 지옥 끝까지라도 따라간다.

그들은 살림 살수들의 뒤를 쫓았다.

"단차는 보이지 않습니다."

"그럴 리가 있나!"

"몇 번을 수색했습니다만……."

"있다. 발견하지 못했을 뿐이야."

"그럼 포기합니까?"

"차단한다."

"네!"

"저들은 넷으로 갈라놔라. 가급적이면 멀리 갈라놓고 나눠서 친다."

"저놈들, 절대 떨어지려고 하지 않을 텐데요."

"후후후! 갈라서게 만들어야지. 뒤를 쫓고 있어. 절대 부딪치지는 말고!"

도수들을 이끄는 사내가 하얀 미소를 피워냈다.

두두두두! 두두두두두!

말들이 치달려 온다. 거친 야생마 한 무리가 굶주린 맹수에게 쫓기는 듯 거칠게 달려온다.

"뭐야!"

"쳇! 여기도 야생마가 있나?"

"임자 없는 말들 같…… 제길!"

그들은 임자 없는 말인 줄 알았다가 헛물을 켜고 말았다.

말 궁둥이에 버젓이 낙인이 찍혀 있다.

분명히 임자 있는 말들이다.

"이놈들 이거, 왜 이렇게 날뛰는 거야? 어디 산불이라도 났나?"

"아무튼 난 이놈들 잡아타야겠다. 넌?"

"호호호!"

말라깽이 검사와 뚱뚱한 사내는 거침없이 말 등에 올라탔다.

그들은 야생마를 길들여 본 경험이 많다. 더군다나 누군가에게 길들여진 말을 잡아타는 것은 일도 아니다.

"하아!"

그들은 신이 난 김에 한바탕 질주해 보기로 했다.

멀리 가지는 않는다. 눈에 보이는 곳, 오십여 장만 치닫다가 돌아올 생각이다.

두두두두두!

두 사람은 성난 말을 잡아타고 질주했다.

"저놈들…… 어쩔 수 없다니까."

"말을 좋아하…… 앗!"

홍의여인의 안색이 창백해졌다.

"왜? 설마?"

"설마가 아니라 당했어."

그 말이 끝나기 무섭게 키 작은 노인이 칼을 뽑아 들었다.

차앙!

맑은 금속성이 말발굽에 묻어 나왔다.

"느낌 있어?"

"없어."

"당한 것은 맞고?"

"맞아. 틀림없이 갈라 치기야. 한꺼번에 칠 수 없으니 갈라 치는 거야. 치잇! 약은 놈들!"

"뚱뚱보와 이쑤시개가 말이라면 사족을 못쓴다는 사실도 알고 있었을 테고!"

"틀림없이."

"저기까지 갔다 오는 데 일다경이면…… 이크!"

쒜에엑!

철삭이 노인의 머리 위를 스쳐 갔다.

공격은 이미 시작되었다. 어제처럼 땅속에서 불쑥 나타난 도수들이 치밀한 배합에 따라 절도있게 공격해 왔다.

퍼억! 퍼억!

키 작은 노인은 순식간에 두 번이나 격타당했다.

모두 등 쪽이다.

옆에서 듣기에도 격타음이 꽤 컸다. 보통 심한 상처가 아니리라. 뼈마디가 부서지는 통증을 느낄 것이다. 그럼에도 노인은 인상을 찡그리지 않았다.

"제길! 나 당했다."

"누울 거야?"

"아직 그 정도는 아니다!"

쒜에엑!

노인이 칼을 그어냈다.

일도심혼(一刀沁魂) 만휘광도(萬輝光刀)!

영혼이 베인 칼은 만천하에 빛을 뿌린다.

모든 격식을 일절 배제한, 오로지 사람을 죽이는 데만 초점을 맞춘 도식이 펼쳐졌다.

"흐흐흐!"

잔인한 웃음소리가 들려왔다. 그와 동시에 눈앞에서 번쩍! 빛이 뿜어졌다.

'화린(火燐)!'

빛의 징체를 깨달았을 때는 이미 늦었다.

키 작은 노인은 빛을 본 후였고, 두 눈은 곧 실명 상태로 들어갔다.

화린은 아주 강렬한 빛을 발산한다. 아주 밝은 빛이어서 빛을 본 자는 잠시 시력을 상실하게 된다.

‘치잇!’

노인은 무작정 팔방풍우로 도세를 바꿨다.

상대를 볼 수 없다. 발자국 소리도 들을 수 없다. 기척 또한 전혀 흘리지 않는다. 칼을 뻗어낼 때는 도기가 느껴지지 않는다. 그런 것을 기대하기에는 너무 강하다.

소 뒷발에 개구리 밟힌다고, 무작정 팔방풍우를 휘둘렀다.

까앙!

도와 도가 부딪쳤다.

노인의 도에는 무작위적인 진기가 깃들었지만 상대의 도에는 집중된 진기가 실렸다.

“크윽!”

노인은 손목에 극심한 통증을 느끼며 도를 놓쳐 버렸다.

확실히 이번에는 방심했다.

먼저 부딪쳤을 때 워낙 약해서 대충 초식을 전개한 감이 없시 않아 있다.

그는 죽음을 기다렸다. 한데,

꽈앙!

바로 코앞에서 강력한 화약이 터졌다.

뜨거운 열기가 얼굴과 몸을 확 덮을 정도로 아주 강한 폭발이었다.

‘미련한……’

키 작은 노인은 인상을 찡그렸다.

눈을 뜰 수 없지만 무슨 일이 벌어지고 있는지는 알 수 있다.

홍의여인이 구하러 달려왔다. 만일을 위해 준비해 둔 화탄을 사용해서 잔벽도수의 공격을 지연시켰다.

쓸데없는 행동이다.

이미 두 명이 흩어졌고, 자신은 실명했다. 병기까지 놓쳤다. 이런 상태에서 살림의 행동 강령은 동료를 구하는 것이 아니라 자신의 안위를 살피는 것이다.

무조건 도주했어야 한다.

"계집아! 도주해! 네가 무슨 림주냐! 왜 림주처럼 행세하는 거야! 너라도 몸을 빼!"

키 작은 노인은 고함을 버럭 질렀다. 하나 그의 음성은 또다시 이어진 폭음에 묻히고 말았다.

꽈앙! 화아아아악!

불길이 사방으로 번져 갔다.

꼭 감긴 눈꺼풀을 뚫고 빨간 열기가 들어선다.

홍의여인은 동귀어진을 위해 남겨두었던 화탄을 모두 사용했다.

잔벽도수는 계산을 잘못했지만 같은 살림 살수가 모를 리 없디. 이 정도의 열기, 그리고 폭음이라면 반경 이십 장을 불바다로 만들기에 충분하다.

혼자서 감당하기 힘들 정도로 거센 공격이 시작되었던 것 같다. 그러니 이런 최후의 수단을 썼겠지.

"갈 수 있어?"

나긋나긋한 손이 노인의 손목을 움켜잡았다.

"계집아, 나는……."

"징징거리지 말고! 갈 수 있어?"

"내 칼, 칼을 줘."

홍의여인은 땅에 떨어진 도를 주워 노인의 손에 쥐어주었다.

"이건 내 칼이 아닌데?"

"아무거나 써."

"그새 저놈들을 죽인 거야?"

"마지막으로 물어. 갈 수 있어?"

"흐흐흐!"

노인은 대답 대신 웃었다.

갈 수 없다. 두 눈이 실명된 상태로는 한 발짝도 움직일 수 없다. 사방이 적에게 둘러싸였을 때는 더더욱 못 간다. 동료에게 짐이 되는 상황이라면 차라리 혀를 깨무는 게 낫다.

그의 웃음에는 수백 마디의 말이 포함되어 있었다.

"간다."

"계집아, 시집 언제 갈래?"

노인은 마지막으로 묻기만 하면 암고양이로 변해서 펄쩍펄쩍 뛰는 질문을 했다.

말을 달리던 두 사람은 곧 무엇인가 크게 잘못되었다는 사실을 깨달았다.

고삐 풀린 말들이 좌우로 쫙 갈라졌다. 그리고 두 사람을 태운 말만 곧장 앞으로 치달렸다.

물론 두 사람은 말의 갈기를 붙잡고 있다.

두 다리로 배를 조여서 방향을 가리키고 있다.

말들을 그들이 움직이라는 대로 움직인다.

다른 말들은 제약이 없다. 지시 같은 것도 받지 않는다. 자기들이 달리고 싶은 곳을 향해서 달린다.

아무리 그렇다고 해도 일단의 말들이 좌우로 쫙 갈라진다는 것이 말이 되는가.

스릉!

말라깽이 검사는 즉시 검을 뽑았다.

뚱보 사내는 펄쩍 몸을 솟구쳐 말 등에 올라섰다. 언제라도 몸을 튕길 수 있도록 만반의 준비를 갖췄다. 그때,

번쩍!

두 사람의 전면에서 온 세상을 새하얗게, 아니, 새까맣게 만드는 화린이 터졌다.

"욱!"

"흑!"

두 사람은 누가 먼저리고 할 것도 없이 거의 동시에 비슷한 비명을 쏟아냈다.

황급히 옷소매를 들어 눈을 가렸다. 하지만 이미 세상이 까맣게 변해 버렸다.

쿠당탕탕!

힘차게 달리던 말이 발을 헛디뎠는지 크게 굴렀다.

두 사람은 그 와중에도 말이 구를 것을 예상했다. 자신들의 눈이 멀었으면 말들의 눈도 먼다. 세상이 암흑으로 변했을 것이니 어디로 달리는지도 모른다.

바위에 부딪쳤을 수도 있고, 썩은 통나무에 발이 걸렸을 수도 있다.

두 사람은 신형을 날려 땅 위에 착지했다.

휘이이잉……!

고요한 정적이 흐른다.

이상한 것은 말들의 울음소리조차 들리지 않는다는 점이다.

넘어진 말들은 당연히 비명을 질렀어야 한다. 히히힝! 히히힝! 우렁차게 울었어야 한다.

"넘어지기 전에 베어냈군."

말라깽이 검사가 공기 속에 묻어나는 짙은 혈향을 맡았다.

사람의 피와 말의 피는 냄새가 다르다. 쏟아내는 피의 양도 다르나. 양이 나르고 기본적인 냄새가 다르니 공기 속에 섞이는 혈향에도 분명한 차이가 생긴다.

말이 죽은 것은 벌써 잊었다. 하나 자신들의 이목을 감쪽같이 속이면서 도법을 전개했다는 사실만은 잊지 않았다.

그런 칼로 공격을 가해온다면 막을 방도가 없다.

"저쪽도 고전하는 모양인데?"

뚱뚱한 사내가 피부를 자극하는 불기운을 감지하며 말했다.

"이 정도면 동귀어진이지. 흐흐! 고전하는 게 아니라 끝났군."

“우리도?”

“칼이 들어올 때.”

두 사람은 서로 등을 맞대고 섰다.

칼이 몸을 저밀 때, 육신을 폭사시킨다. 하면 몸에 칼을 댄 자는 살길이 없다.

두 눈만 멀쩡하더라도 이런 방법까지는 안 쓴다. 빤히 지켜보다가 가장 사람이 많은 쪽에서 죽으면 된다.

지금은 그럴 수 없으니 이런 방법이라도 쓴다.

그들은 죽음을 각오했다.

화아악! 화아아악!

불길이 좀처럼 잡히지 않는다.

화탄으로 만들어낸 인위적인 불길이기에 더더욱 잡히지 않는다.

홍의여인은 움직이지 못했다.

‘이놈들이 어디 있는 거야?’

불길 저쪽에 잔벽도수가 있을 텐데, 전혀 느낌이 없다.

일차 접전을 벌였을 때와는 전혀 다른 병법이요, 무공이다.

싸움 방식도 다르지만 무공도 하늘과 땅 정도만큼이나 큰 차이가 난다.

적의 위치를 알지 못하는 한 함부로 움직일 수 없다.

그녀는 노인의 손목을 움켜잡은 채 움직이지 않았다.

서로 등을 맞댄 두 사람도 두 발이 땅에 붙박여 버린 듯 움직이지 못했다.

곧 칼날이 날아올 것이다. 반드시 날아올 것이다.

그렇게 생각하고 온 신경을 곤두세웠는데, 정작 날아와야 할 칼날은 소식이 없었다.

"왜 가만있는 거지?"

"이 자식들…… 우릴 놀리나?"

그들에게 약간의 시간이 주어졌다.

이때를 무심하게 버릴 그들이 아니다. 어떻게든 시력을 회복하기 위해 노력했다. 진기도 휘돌려 보고, 눈도 끔뻑거려 보고, 눈물도 억지로 쥐어짜 봤다.

잠시 시간이 더 흐른 후, 그들은 시력을 회복했다.

잔벽도수는 사라지고 없었다.

화린을 사용해서 결정적인 상태를 확보해 놓고 감쪽같이 사라져 버렸다.

화린은 귀하나. 아주 비싸기도 하다. 제조 비법을 아는 사람이 없어서 성 한 채 값을 내놓아야 화린 한 알을 구할 수 있다는 소문까지 나돈다.

그토록 귀한 화린을 써놓고, 두 손 두 발 다 묶어놓고 마지막 처리는 하지 않았다.

이런 상황을 어떻게 해석해야 하나?

"이놈들, 뭐 하자는 거지?"

키 작은 노인이 두 눈을 끔뻑거리며 말했다.

"누군가 우릴 도와주는 사람이 있어."

"뭐?"

"못 느꼈어? 아주 절망적인 상태였는데도 이제 죽었구나 하는 생각이 들지 않았어. 오히려 이 정도 난관쯤이야 얼마든지 뛰어넘을 수 있다는 생각만 들었어."

홍의여인이 주위를 두리번거리며 말했다.

"그건 나도 마찬가지인데? 화린에 눈이 멀어버렸는데 말이야. 그래도 죽을 것 같지는 않더라고."

말라깽이 검사가 말했다.

그도 주위를 두리번거렸다.

아무래도 누군가가 있다는 심증을 지우지 못하겠다. 무공을 사용해서 도와주거나 물리적인 힘을 가해서 잔벽도수를 쫓아낸 것은 아니지만…… 그래도 누군가가 있다는 확신이 선다.

"난 아무것도 느끼지 못했는데……."

키 작은 노인이 중얼거릴 때,

퍼억!

느닷없이 홍의여인이 주먹으로 노인의 복부를 힘껏 가격했다.

"크헉! 이 계집이 미쳤나!"

"아까 뭐랬지?"

"뭘!"

"시집 언제 가냐고?"

“내가 언제!”

“정말 그렇게 말했어? 그렇게 물었어? 정말로?”

뚱뚱보 사내가 믿을 수 없다는 듯 키 작은 노인을 쳐다보며 물었다, 얼굴에는 존경스럽다는 표정을 가득 담고.

반면에 키 작은 노인은 얼굴색이 파랗게 질려서 연신 두 손을 내저었다.

“난 그런 말 한 적 없다니까!”

第百二十六章
난맥(亂脈)

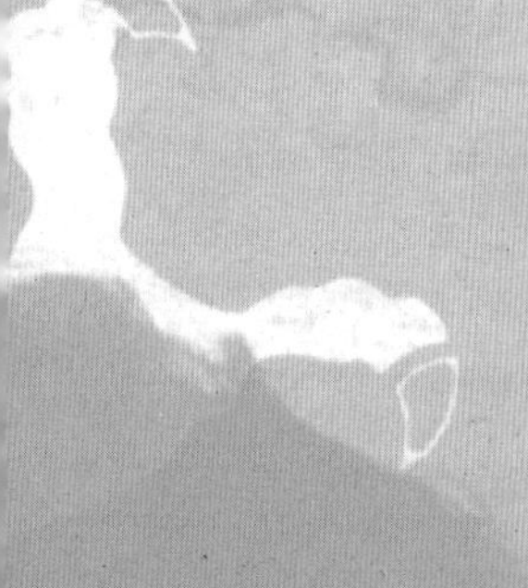

"이게 무슨 소리야? 지금 뭐라는 거야? 대체 어떤 놈이 그따위 명을 내리고 지랄이야!"

예상했던 대로 옥주(獄主)는 강하게 반발했다.

"대공의 명이오."

일교사는 차분하게 말했다.

"대공? 무슨 대공? 어떤 놈의 대공이 이따위 명령을 내려! 그리고도 대공이야! 그러고도 무림을……."

"말조심!"

일교사는 언성을 높였다.

성질이 지독하다는 것은 예전부터 전해 들었다. 그러나 설마 대공까지도 동네 강아지 부르듯이 불러댈 줄을 몰랐다.

'정말 대책없는 위인이군.'

그는 속으로 웃었다.

원래 이런 자이기에 그 오랜 세월 동안 옥주를 맡을 수 있었다.

옥주는 정의로우면서 순자(荀子)의 성악설(性惡說)에 기초를 둔 인물이어야 한다.

악을 원수처럼 미워한다. 기본이다.

인간은 절대 회개(悔改)할 수 없다. 머리 긴 짐승은 자기 욕심에서 벗어나지 못하며, 기회만 생기면 다시 악을 행하려고 한다. 그렇기에 밟을 수 있을 때 철저히 짓밟아야 한다.

이러한 사람들을 골라서 옥주를 시켰다.

하니 지금 이런 반응도 당연한 것이다.

"옥주, 옥문을 여시오."

"미친!"

"옥주! 말조심하라 했다!"

"지랄! 말조심? 말조심은 너 따위 것들이나……."

쒜엑!

일교사의 뒤에서 묵직한 검이 흘렀다. 아니, 무척 빠른 검이 툭 튀어나왔다.

검은 옥주의 목을 일직선으로 관통했다.

"껵! 끄르륵……!"

옥주는 무슨 말인가 하려고 눈을 부릅떴지만 결국 한마디도 하지 못하고 눈을 감았다.

"또? 또 대들 놈 없어?"

일교사의 뒤에 시립해 있던 사교사가 눈을 부릅뜨며 말했다.

다른 자들의 눈에 분노가 어린다. 광기가 섞인 분노다.

옥에 갇힌 놈들도 비정상이지만 이들도 결코 정상은 아니다. 처음 옥에 배치되었을 때는 정상이었을지 몰라도 시간이 지나면서 사람을 때리는 쾌감을 느끼는 묘한 인간으로 변모한다.

모두 그렇다. 단 한 명도 예외는 아니다.

다른 뇌옥은 그렇지 않지만 이들이 관리하는 곳에서는 그렇게 될 수밖에 없다.

마음껏 학대해라. 죽여도 좋다. 인간이 느낄 수 있는 최대한의 고통을 안겨주어라.

너희 모습만 봐도 질리게 만들어라.

그들에게 주어진 임무는 딱 한 가지였다.

사람을 괴롭혀라!

그것도 못하는 사람이 있을까? 두 손, 두 발 다 묶인 인간을 앞에 두고 어떤 짓인들 못할까?

이들은 이미 정상인의 사고를 지니지 못하고 있다.

"아침부터 어떤 미친개가 짖어대는 거야?"

"그렇지? 왈왈!"

"왈왈은 강아지이고, 저놈들이 짖는 것은 똥개야. 깨갱! 깨애앵! 무슨 뜻인지 알아? 난 아랫도리가 없는 내시랍니다. 호호호! 요런 뜻이야?"

스릉! 스르릉!

옥관들이 검을 뽑았다.

부옥주 역시 마찬가지다. 상대가 안 된다는 것을 알고 얼굴이 새파랗게 질렸지만 어쩔 수 없다는 듯 검을 뽑았다.

사실 이들의 무공은 그리 높은 편이 아니다.

무공으로 옥주나 옥관이 되지는 않는다. 무공은 그저 몸을 편하게 움직일 정도면 되고…… 사람을 얼마나 잘 가둬놓느냐 하는 점만 잘하면 된다.

바로 그 점, 그 점 때문에 이들이 검을 뽑았다.

두 번 다시는 열리지 말아야 할 뇌옥이다. 뇌옥 안에 갇힌 놈들은 평생 저곳에서만 살아야 한다. 살이 썩고 뼈가 문드러져도 뇌옥 밖을 나서는 일이 있어서는 안 된다.

평소 그런 생각으로 살아왔기에 혹독하게 몰아칠 수 있었다.

한데 뇌옥 문을 열면…… 한 폭의 지옥도를 그리는 것은 그리 어렵지 않다. 지금까지 겨눴던 칼날들이 거꾸로 겨눠져 바로 자신들에게 몰아친다.

지금까지 그들에게 행했던 선과(善果)는 몇십 배 커져서 돌아온다.

상상만 해도 아찔하다.

어떻게 당할지는 그림으로 그릴 수도 없다.

좌우지간 인간이 보았던 그 어떤 지옥도보다도 잔인할 것이라는 점은 명확하다.

이들은 여기서 죽는 게 편하다.

"보내시게."

"그러죠. 후후!"

사교사가 손에 침을 퉤 뱉었다.

스룽! 스룽! 철컥! 철컥!

옥문이 열렸다.

죄수들의 몰골은 그야말로 목불인견(目不忍見), 차마 눈 뜨고 볼 수 없었다.

팔다리가 잘린 자들, 사지 중 하나가 없는 자들이 절반이 넘었다.

상처도 제대로 치료하지 않아서 곪고 있다.

조만간 그 상처가 치명적인 사인으로 작용할 게다.

"옥관들이 저지른 일입니까?"

"그렇겠지?"

"그놈들도 사람이 아니군요."

"정상적인 심성으로는 이런 곳에 있지 못하지."

일교사와 시교사는 직접 옥문을 열었다.

쒜에엑!

느닷없이 일장이 날아왔다.

물론 눈 감고도 피할 수 있는 위력없는 일격이다.

이들은 내공이 제압되었다. 사지에는 묵직한 족쇄가 채워져 있다.

그럼에도 불구하고 일장을 날린 것은 대단한 의지다. 죽을 때는 죽더라도 한 대나마 때려보겠다는 심산이다.

"가상하군. 조금 참아. 가만…… 이게 누구야? 미간에 점 세 개면…… 혹시 삼혈신마(三血神魔)인가?"

"크크크크!"

대답 소리는 음침했다.

"쯧! 결국 이렇게 됐군. 너무 설치고 다니더라니."

"크크크크! 누구냐, 네놈은?"

"기다려, 곧 알게 될 테니."

사교사가 그를 쳐다보며 말했다.

모두가 삼혈신마처럼 무사한 것은 아니다.

"이래서야 힘을 쓰겠나."

"크크크크!"

"쯧!"

사교사는 염라귀왕(閻羅鬼王)의 가슴에 검을 쑥 밀어 넣었다. 그리고 검을 한 바퀴 빙글 돌려서 심장을 산산조각 내버렸다.

"크윽!"

염라귀왕이 바르르 떨더니 고개를 툭 떨어뜨렸다.

그는 하루라도 인육을 먹지 않으면 배가 고파서 견딜 수 없다던 자였다.

그런 그가 힘없이 사라졌다.

또 다른 자도 있다.

얼굴이 계집처럼 반질반질한 자는 매일 십여 명의 여인을 간살하지 않으면 직성이 풀리지 않는다는 천음유희(天陰遊姬) 다.

그는 두 다리를 잃었다. 한 팔도 잘린 상태다. 양물은 절반 쯤 짓이겨졌고, 이빨도 거의 절반이 부러져 나갔다.

살아서 밖으로 나간다고 해도 인간 구실 하기는 틀린 몸이 다.

사교사는 그의 미간에 검을 댔다.

"죽는 게 편하겠지?"

"크크크!"

쓰으윽! 빠아악!

강력한 힘이 머리뼈를 가르며 쑤셔 박혔다.

밖에 나가도 제대로 움직일 수 없는 자들, 이곳에서 모두 목 숨을 잃는다.

사지를 잃었어도 독기가 충만한 자들, 그들이야말로 이곳을 나갈 수 있다.

사교사는 뇌옥을 일일이 돌아다니며 삶과 죽음을 결정했다.

옥문이 활짝 열렸다.

저 멀리서는 평생 두 번 다시 볼 수 없을 것 같던 밝은 햇살 이 비치고 있다.

"크크크큭! 크크큭!"

옥에 갇힌 마인들은 자신들에게 기회가 찾아왔다는 것을 본능적으로 감지했다.

"크크크!"

그들은 엉금엉금 기어나왔다.

옥문에 서신이 한 장 있다.

무슨 내용인지 읽어볼 생각도 하지 않았다.

뇌옥은 열렸지만 그들은 밖으로 나가기를 주저했다.

밖에 어떤 흉험한 일이 기다리고 있을지 알지 못한다. 사지를 묶어놓았던 족쇄는 풀렸지만 내공은 여전히 소실된 상태다.

이런 상태에서 옥관 놈들과 부딪치면 노리개밖에 되지 않는다.

이놈들이 풀어줘? 왜?

천만에! 그런 일은 없다. 분명히 심심해서 다른 장난을 치려는 게다. 지금까지 했던 어떤 장난보다도 더 지독한 장난을 치고 싶은 것이다.

"크크크!"

그들은 최대한 머리를 굴렸다.

장난인지 어떤지 모르지만 이런 기회는 두 번 다시 찾아오지 않는다. 이것을 잘 이용하면 살아서 뇌옥을 빠져나갈 수도 있다. 그러면…… 그다음에는…… 크크크!

다리 하나를 잃은 자가 두 손으로 몸을 질질 끌어 뇌옥 문까지 왔다.

그리고 그도 문에 걸려 있던 서신을 봤다.

그는 다른 자들처럼 무시하지 않았다. 무슨 내용인지 밖에서 흘러드는 빛을 등잔 삼아 꼼꼼히 읽었다.

"세공단!"

그의 입에서 경악성이 터져 나왔다.

'세공단?'

'세공단……'

다른 뇌옥에 있던 자들도 '세공단'이라는 말에 눈이 번쩍 뜨였다.

"세공단! 세공단이다! 크하하하하하!"

서신을 꼼꼼히 읽어본 자가 앙천광소를 터뜨렸다.

이제는 더 망설일 이유가 없다.

마인들은 우르르 옥문 앞으로 달려와 서신을 잡아챘다.

마단, 세공단을 남기니 안심하고 복용하라는 이상한 서신이다.

"크크크! 크카카카캇!"

마인들은 회심의 미소를 지었다.

마인치고 세공단을 모르는 사람은 없다.

매월 보름 음기가 충만할 때 재복용을 해야 한다는 단점이 있지만 복용하는 동안만큼은 내공이 두 배 이상 급신장한다.

잃어버린 내공을 단숨에 회복시킬 수 있다.

물론 공짜가 아니라는 사실도 잘 안다.

자신들에게 세공단이 생겼다면 어떻게 할까?

말할 것도 없다. 무공이 강한 놈을 골라서 복용시킨다. 그리고 평생 노예로 부린다.

세공단을 남긴 놈은 자신들을 이용하려는 게다.

마인들은 더 이상 망설이지 않았다. 노예도 좋고, 뭣도 좋다. 어떤 상황이든 뇌옥에 갇혀 있는 것보다는 백번 낫다. 뿐만이 아니다. 힘을 되찾으면 속박에서 벗어날 방도도 찾을 수 있을 게다.

무엇보다도 피가 그립다. 계집이 그립고, 술이 그립고…… 아니다. 아니다! 역시 피가 제일 그립다.

그들은 세공단을 복용하고 좌정했다.

"흐흐흐!"

월영마군(月影魔君)이라고 불렸던 자가 뇌옥을 떠났다.

그는 벌써 온몸에 피를 흠씬 묻혔나.

다른 마인을 때려죽였고, 그가 복용하려던 세공단을 빼앗아 챙겼다.

죽은 옥주와 옥관들에 대한 분풀이도 잊지 않았다.

누구 뼈인지는 모르지만 등을 가르고 기다란 척추뼈를 들어냈다. 그리고 그것을 전리품처럼 목에 두르고 있다.

보기만 해도 섬뜩하다.

"크크크! 으하하하하!"

그는 밝은 세상의 공기를 마음껏 들이켰다.

"몇인가?"

"스물일곱입니다."

"스물일곱……."

일교사는 나지막하게 중얼거렸다.

한 명만 무림에 나가도 골치 아픈 종자들이 무려 스물일곱 명이나 풀려 나갔다.

저들은 악에 치받쳐 있다.

제일 먼저 자신을 잡아 가둔 자들을 찾아가 보복할 것이다. 아니, 그전에 들끓는 욕망부터 해결할지도 모른다.

어쨌든 피바다는 예약되어 있다.

"다른 곳은 어떤가?"

"가능성없는 자는 가차없이 죽이라고 했습니다. 하니 정확한 집계는 일이 끝나봐야 알 겁니다."

"여기서 스물일곱이라면 다른 곳에서도 비슷하겠지. 뇌옥이 모두 몇 군데지?"

"남만과 서역까지 포함하면 서른두 군데입니다."

"서른둘. 내충 시른 명씩 나간다고 하면…… 천여 명이군."

"너무 많이 풀어놨다는 느낌도 있습니다."

"아니, 이 정도는 되어야 충격이 되겠지. 이단계는?"

"곧 진행시킬 겁니다."

"서두르는 게 좋을 게야. 저들의 광기가 단차에게 집중되지 않는다면 풀어놓은 의미가 없어. 자칫하면 단차보다도 저들이 더 큰 문제가 될 수 있네."

"잘 알고 있습니다. 그래서…… 단차에게 가지 않는 놈들은 가차없이 벨 생각입니다."

"후후후! 너무 낙관하는군."

"네?"

"투살진기가 지금 어떻게 되어 있나?"

"그녀는……."

"한마디로 잘 먹고 잘살지 않나. 무림공적이라는 오명을 뒤집어썼는데도 누구 한 사람 징치하지 못해. 이게 무림이지. 힘을 가진 자는 그만한 대우를 받는 거야."

"투살진기도 언젠가는 꺾일 겁니다."

"후후후! 저들이 그렇네. 한때는 투살진기처럼 적수가 없다던 자들이었어. 한데 누군가가 나타났고 뇌옥에 투옥되었지. 후후! 이제는 세공단까지 복용했겠다…… 닷새 정도 지나면 막혔던 기혈이 모두 풀릴 것이고…… 재미있겠군."

"저는 어쩐지 가슴이 답답합니다."

"너무 막강한 자들을 풀어놨다는 겐가?"

"……."

"저들이 겁나나?"

"솔직히 저희 안선의 모든 힘을 집결시켜도 저들 전체를 막아내기에는 역부족입니다. 저들이 잡힌 것은 저희가 아니라 중원 전체가 뭉쳤기 때문입니다.”

“우리가 잡은 게 아니라 중원이 잡았다?”

“……”

“후후후! 누가 잡았든 확실하게 이용하는 사람이 임자겠지. 자네의 무공은 자네 것인가, 내 것인가? 하하하! 하하하하!”

일교사는 마인들의 대방출을 조금도 염려하지 않았다.

‘무림을 생각하는 사람은 아니고…… 평화를 지향하는 사람도 아니고…… 그렇다고 명예나 부를 추구하는 사람도 아니고…… 굉장히 까다롭군. 후후!’

사교사는 일교사의 뒷모습을 보면서 고개를 갸웃거렸다.

일교사는 무슨 목적으로 지난한 일을 추구하는 것일까? 왜 대공을 꺾으려는 것일까?

무림제패? 천하제일인?

그런 것에 목적이 있는 것 같지는 않은데…….

사교사는 월영마군이 떠난 자리를 힐끔 쳐다본 후, 몸을 돌렸다.

어쨌든…… 마계는 열렸다.

2

스스슷! 스스스슷!

종남파는 거침없이 밀고 들어섰다.

그들은 은자들의 위치를 모두 파악했다. 은자들의 무공도,

난맥(亂脈) 291

어디에 누가 숨어 있는지까지 파악하고 있다.

원래 종남산은 그들의 터전이다.

시각랑이나 금룡대가 아무리 은밀하게 움직여도 원래 땅주
인한테는 당할 수 없는 법이다.

쒜엑!

태을무형검(太乙無形劍)이 날아들었다.

지극히 음유하여서 힘이 전혀 실리지 않은 공격처럼 보인
다.

'이크!'

걸왕은 재빨리 물러섰다.

사각!

검이 나뭇가지를 베고 지나갔다.

검에 잘린 나뭇가지는 여전히 붙어 있다. 아직 베어지지 않
은 것처럼 바람에 흔들린다. 그러다가 잠시 후, 스르륵 미끄러
지듯 떨어져 나와 추락한다.

지극히 정교한 검초나.

태을무형검을 절정으로 수련하면 몸이 반으로 갈라져도 갈
라진 줄 모르고 움직인다고 한다.

한참 달리던 사람이 달리던 모습 그대로 반으로 갈라지는
것이다.

실제로 종남파의 조사(祖師)는 그런 검공을 구사했다고 한
다.

종남파가 구파일방의 한자리에 올라선 것은 결코 우연이 아

니다.

쒜에엑!

다시 검이 날아온다.

걸왕은 맞받지 못하고 다시 신형을 날려 물러섰다.

음유검은 소리를 내지 않는다는 특징이 있다.

상대와 병기를 맞대지 않는다. 가급적이면 병기와 병기의 충돌을 피한다.

그렇기에 음유검과 싸울 때는 거의 소리가 나지 않는다. 간간이 들리는 파공음과 거친 호흡 소리가 들을 수 있는 소리의 전부다.

그래서 검이 검을 자르고 지나가도 모르는 경우가 있다.

무인이 검을 잘리고도 모른다?

믿을 수 없는 일이지만 실제로 종남 검수들과 싸운 사람들 중에는 그런 경험을 한 사람이 많다.

반 토막 난 검인 줄도 모르고 마구 휘두르다 보면 어느새 몸까지 갈라져 있다.

지극히 빠르며, 지극히 강하다.

걸왕이 타구봉을 쓰지 못하는 이유도 거기에 있다.

타구봉이 살려도 질렀다는 느낌을 받지 못한다. 그러니 잘렸는지 잘리지 않았는지 타구봉을 쓰는 내내 의심해야 한다. 봉법을 전개할 때도 최선을 다하지 못하고 엉거주춤 봉을 쳐다보게 된다.

그래서는 최선의 싸움이 안 된다.

“미치겠군.”

걸왕이 물러서며 투덜거렸다.

걸왕 여덟 명이 모두 이런 공격을 받고 있다.

그들을 공격하는 사람들은 모두 머리가 희끗희끗한 예순 안
짝의 노인들이다.

종남십로(終南十老)!

중남에는 열 명의 장로가 있다. 그들은 종남파가 자랑하는
열 개의 기둥이기도 하다.

종남십로가 틀림없다.

걸왕들은 연신 물러서며 기회를 엿봤다.

개방의 무공 또한 종남파에 못지않다. 그들이 종남십로의
검공을 피할 수 있는 것도 개방에 절정신법이 여덟 가지나 있
기 때문이다. 그런 신법들을 적절히 섞어서 사용하면 털끝 한
자락도 건드리지 못할 것이라고 자부한다.

그들은 팽팽한 접전을 유지했다.

'종남칠호를…… 베었어!'

악소화는 단번에 사정을 파악했다.

종남파가 급습을 가해왔다. 한데도 종남칠호로부터 연락이
오지 않았다.

이미 변고를 당한 것이다.

자식을 아끼기로 세상에 소문까지 난 사람이 과감하게 목을
쳐냈다. 읍참마속(泣斬馬謖)이란 말이 있기는 하지만 종남파

장문인이 친아들의 목숨을 빼앗을 때는 그보다 더한 심정이었
으리라.

그래도 역시 베고 말았다.

종남파가 물러설 수 있는 한계가 여기까지라고 생각한 것이
다.

단차가 종남산에 들어와 둥지를 튼다면 종남파는 더 이상
무림 동도를 대할 낯이 없어진다.

여기서 끝장을 보기로 작심했다.

개방은 수치를 감수하며 타구진을 물렸지만 종남파는 종남
십로를 전원 투입시켰다.

그들뿐만이 아니다. 장문인까지 직접 나선 것 같다.

종남파는 역시 거룡(巨龍)이다.

그들을 간과하고 쉽게 생각한 것이 잘못이다.

"저 사람들과 싸울 수 있겠어요?"

그녀는 철포쌍검을 쳐다보며 말했다.

"계주를 공격한다면……."

그들은 말끝을 흐렸다.

'싸울 수 없어!'

악소화는 철포쌍검의 내심을 읽었다.

이들은 소림 절학으로 종남파 무인을 격살할 수 없다. 단 한
명이라도 상해를 입힐 수 없다. 그렇지 않으면 이 순간부로 소
림과 종남은 복잡한 싸움에 휘말리게 된다.

소림 방장과 종남 장문인이 만나서 서로 양해를 하자는 쪽

으로 타협하지 않는 이상 해결되지 않을 싸움으로 발전한다.

소림사의 제자로서 소림사를 그런 진흙 구덩이에 밀어 넣을 수는 없으리라.

악소화가 말했다.

"가세요."

"……"

"두 분은 이곳에 어울리지 않아요. 어쩌면 저 역시 어울리지 않는 사람일지 모르겠지만…… 그래도 여긴 사부님이 계시는 곳이니까…… 저는 있을래요. 두 분은 가세요."

"계주!"

"싸움이 치열해질 거예요. 제 곁에 있다 보면 어쩔 수 없이 손을 쓰게 된다는 것…… 모르시진 않죠?"

"같이 갑시다."

"가세요."

악소화는 싸움이 벌어지는 전장을 향해 걸어갔다.

철포쌍검은 뒤따를 수 없었다.

그녀 말대로 그녀 곁에 있다 보면 어쩔 수 없이 절학을 써야 한다. 단차의 편에 서서 종남파 무인들과 싸우는 형국이다.

입이 열 개라도 변명할 수 없는 상황이 된다.

"허!"

그들은 탄식만 토해냈다.

시간이 조금만 더 주어졌다면…… 계주를 설득해서 빼내오려고 했건만…… 허!

'기선을 제압당했어!'

악소화는 한눈에 상황을 파악했다.

종남파 무인들은 무작정 밀고 내려온 게 아니다. 철저히 파악했고, 분석했다. 그리고 그런 판단을 바탕으로 지지 않을 사람으로 싸울 상대를 선정했다.

걸왕과 싸우는 노인들은 무공이 상당하다.

걸왕도 만만치 않은데, 노인들과는 팽팽한 접전을 벌이는 데 만족하고 있다.

시각랑은 숨은 자리에서 꼼짝도 하지 못한다.

그들 주위에는 무형의 살기가 번지고 있다. 먼저 움직이는 쪽이 지는 거라며 공공연히 살기를 드러낸다.

종남은형대(終南隱形隊)가 시각랑을 에워싸고 있다.

금룡대는 상당히 허덕인다.

그들이 상대하는 사람은 단 네 명뿐이다. 종남십로 중 두 명과 쌍검을 사용하는 두 명의 검사가 열한 명을 몰아치고 있다.

엄밀히 말하면 종남십로 두 명은 금룡대주를 공격한다. 여유있게 천천히 몰아세운다. 결국은 죽을 수밖에 없다는 듯 차근차근히 숨통을 조인다.

금룡대 열 명이 쌍검을 든 두 명과 대치했다.

한테도 금룡대가 밀리는 것처럼 보인다.

그들이 사용하는 검공은 종남십로의 검공과는 사뭇 다르다.

우르릉! 꽈과광!

검을 사용할 때마다 천둥소리가 울린다. 마른 풀숲을 풀썩일 때처럼 매캐한 냄새까지 번진다.

마치 오뢰인의 묘리가 검공에 실린 것처럼 보인다.

낙성쾌검(落星快劍)!

종남파가 자랑하는 또 하나의 검공이다.

어찌 된 연유인지 낙성쾌검을 맞이하는 금룡대의 모습이 상당히 불편해 보인다. 전력을 다해서 싸우지 않고 겁에 질린 강아지처럼 쩔쩔맨다.

우르르릉! 꽈꽈꽝!

검식이 좌우에서 연달아 터졌다.

낙성연환검(落星連環劍)!

"크윽!"

금룡대원이 비틀거리며 물러섰다.

그의 가슴이 쩍 벌어졌다. 뭉클 솟구친 피가 발밑으로 뚝뚝 떨어져 내린다.

"후후후! 네놈들이 북무림을 어지럽힌 잡배냐?"

쌍검을 든 사람들도 서둘지 않았다. 이 싸움, 어차피 이긴 싸움이라는 듯이 여유있게 검을 썼다.

제일 약한 곳, 제일 먼저 무너질 곳…… 그곳은 금룡대다.

어찌 된 연유인지 종남파는 그녀를 공격하지 않았다. 철포쌍검도 공격 대상에서 제외되었다.

이미 사전에 그들의 신분을 알고 있었다는 뜻이다.

악소화는 아랫입술을 꽉 깨물었다.

‘사부님도 안 계신 마당에……’

그녀는 자신이 할 수 있는 일을 찾았다.

이런 상황에서 무엇을 할 수 있을까? 무공 한 톨 쓰지 못하는 처지에 어떤 도움을 줄 수 있나?

‘태계혈(太谿穴)! 침혈(鍼穴)!’

모든 환자가 태계혈에서 맥이 잡히면 산다. 태계혈이 뛰지 않으면 죽는다.

지금 이 상황에서 태계혈은 금룡대다.

그들이 죽으면 나머지도 모두 무너진다.

“정중침하(正中沈下)!”

그녀는 자신도 모르게 빽 소리쳤다.

걸왕은 정신없이 태을무형검을 피하다가 문득 어떤 소리를 들었다.

‘정중침하?’

그 말이 무엇을 의미하는지는 모른다. 한데 문득…… 정말로 문득, 정중침하에서 말하는 정중이 자신이 아닐까 하는 생각이 들었다. 정중앙!

그는 정중침하기 뜻하는 대로 태을무형검을 버려두고 밑으로 쭉 빠졌다.

그가 빠지면 다른 걸왕 일곱 명은 여덟 개의 검을 맞이해야 한다.

팽팽한 상황이 한순간에 무너진다. 급공은 살육으로 이어질 것이다. 모두 한순간에 당하고 만다.

그는 결코 빠질 수 없었다.

그래도 빠졌다. 정말 왠지 모르겠지만 밑으로 빠져야 한다는 생각에 사로잡혔다.

그곳에는 쌍검이 있었다.

타악!

그는 거침없이 타구봉을 휘둘러 낙성연환검에 마주쳐 갔다.

'태을무형검에 비하면 한결 수월하군.'

'대포혈(大包穴)!

대포혈은 비경(脾經)의 대락(大絡)이다.

'할 수 있을까?

금룡대는 쌍검을 상대하지 못하고 쩔쩔맸다. 그래서 걸왕을 불러 내렸다. 한데 그들을 걸왕도 상대하지 못한 자에게 붙여도 될까?

안 돼두 할 수 없디. 지금은 한 사람의 손이라도 귀한 판이다.

'싸움은 상대적이야.'

그녀는 소리쳤다.

"좌하돌출(左下突出)!"

금룡대는 걸왕의 도움으로 한숨 돌렸다.

그렇다고 쉴 수는 없다. 종남파에는 아직도 손을 쓰지 않은 고수들이 많다.

　그들은 걸왕을 도와 낙성연환검부터 칠 생각을 했다.

　그때, 그들의 귀에 좌하돌출이라는 말이 들렸다.

　'좌하돌출?'

　한 번도 들어보지 못한 말이다.

　악소화가 말한 것이라는 건 알겠는데 무슨 의미인지는 모르겠다. 하나…… 그 말이 자신들에게 모종의 밀어를 전한 건 아닐까 하는 생각을 해본다.

　밀어? 전언? 좌하돌출!

　다음 순간 금룡대는 위로 쭉 올라서며 검을 전개했다.

　태을무형검을 쓰던 종남십로를 향해 달려든 것이다.

　"물러서라."

　종남파 장문인이 나직이 말했다.

　"네?"

　"물러서게 해."

　"네."

　시동은 이해할 수 없다는 듯 고개를 갸웃거렸다. 하나 곧 장문인의 냉내로 뿔피리를 불었다

　삐이익! 삐이이익!

　뿔피리 소리가 울리자 사방에 흩어져 있던 종남파 무인들이 질서정연하게 물러서기 시작했다.

　추적 같은 것은 있을 수 없다.

애초부터 힘이 부친 쪽은 단차였다. 그들을 놓아주고 물러서는데 추적 같은 것을 생각할 리 있겠나.

그는 먼 곳을 쳐다봤다.

그곳에 한 사내가 서 있다.

'단차!'

그렇다. 그가 나타나는 순간부터 싸움이 이상하게 변했다.

일방적으로 몰아붙일 것 같았는데…… 종남파 무인들의 손발이 점점 어지러워진다.

악소화가 병법을 제시하고 있다.

그녀의 진두지휘에 맞춰서 살수들이 질서정연하게 공격 대형을 갖췄다.

어떻게 된 영문인지 모르겠는데…… 전혀 다른 무공으로 완전히 새로운 진법이 전개되고 있다.

한데 이런 모든 것이 모두 단차가 등장하면서부터 실행되고 있다.

종남십로…… 지금은 팽팽한 균형을 유지하고 있다. 하지만 곧 무너질 것이라는 예감이 든다.

'이것이 의살인가.'

그는 침음했다.

단차가 직접 나서면 종남파는 추풍낙엽처럼 쓰러지리라.

개방 타구진이 무너진 것처럼 종남파도 무너진다.

타구진이 무너졌다는 소리를 들었을 때, 허허! 하며 웃고 말았는데…… 이런 무공이었나, 의살은!

‘일단은…… 일단은 물러서고…….’
장문인은 청년에게서 눈길을 거두고 돌아섰다.

3

살림 살수들이 무사히 돌아왔다.
“태백산에 가봤는데 없더군.”
홍의여인은 단차를 노려보면서 말했다.
“내가 태백산에 있겠다고 했던가?”
“…….”
홍의여인이 눈을 부릅떴다.
확실히 단차가 그런 말을 하지는 않았다. 개방도가 물러나
면서 한 말이다. 그럼 그 말이 단차가 흘린 말이 아니란 말인
가. 그냥 개방도가 아무 말이나 주워 넘겼단 말인가.
“왔으니 됐다. 오늘은 쉬고, 내일 보자.”
“뭐 이런!”
단차는 여인에게서 눈길을 거뒀다.
“잊지 마! 우린 네놈을 죽이기 위해 네놈 곁에 있는 거야! 언
세든 기회만 생기면…….”
“푸념은 나중에 듣지.”
단차는 무심했다.

“맞아?”

"맞아! 저놈이야! 의뭉스러운 자식!"

홍의여인은 눈초리를 치켜떴다.

잔벽도수의 급습을 받을 때마다 묘한 일이 벌어졌다.

잔벽도수가 터무니없이 약해지는 일을 몇 번 경험했다. 꼼짝없이 죽었다 싶은 상황에서 용기가 치밀기도 했다. 다 이겨놓은 싸움을 마무리하지 않고 물러나는 경우도 두어 차례 있었다.

사람을 놀리는 것이 아니라면 있을 수 없는 일이다. 또한 장난을 치기 위해서 잔벽도수의 목숨을 내놓는 일도 생각할 수 없다.

세사에 우연이란 절대 없다.

하나의 우연히 생기기 위해서는 사전에 두어 개의 포석이 깔려 있어야 한다.

모든 우연은 계획된 필연이다.

살림 살수들은 옆에 누군가가 있다는 사실을 확신했다.

그가 누구일까? 왜 돕기만 하고 모습을 나타내지는 않는 것일까? 또 돕는다면 어떤 식으로 돕고 있을까? 모습을 보이지 않고 도울 수도 있는 것일까?

다행히도 살림에는 그를 찾아내는 방법이 있다.

홍의여인은 강시(殭屍)가 되었다.

온몸의 감각을 모두 놓아버렸다. 그리고 모든 진기를 후각에 끌어모았다.

냄새 맡는 기능을 극대화시켰다.

다른 곳은 무방비 상태다. 누군가가 그녀를 죽이려고 작심하면 나뭇가지 하나로도 죽일 수 있다.

그녀는 그런 상태에서 잔벽도수의 공격을 받았다.

당연히 그녀는 아무것도 못했다. 다른 삼 인은 강시가 된 그녀까지 보호해야만 했다.

그래도 죽을 염려는 하지 않았다.

옆에 누군가가 있다!

그런 확신은 어김없이 들어맞았다. 한 번, 두 번…… 잔벽도수의 공격이 거듭될 때마다 그녀는 공통적으로 풍겨오는 냄새 하나를 찾아냈다.

그는 어려울 때 슬며시 나타났다가 사라진다.

그의 냄새는 아주 독특하다. 맑은 듯한데 어떤 냄새인지 한마디로 정의 내릴 수가 없다. 좌우지간 너무 맑아서 심신이 상쾌해진다는 느낌만은 잊을 수 없다.

그녀는 그 냄새를 쫓았다. 그리고 그 종점에 단차가 있다. 단차의 몸에서 그런 냄새가 풍긴다.

놈이 자신들의 뒤를 봐주고 있었다.

"생색내도 모자랄 일을 왜 감추는 거지?"

"흘흘! 느끼라는 거지."

키 작은 노인이 코를 쑤시며 말했다.

"그동안 우리가 해온 일을 곰곰이 생각해 봤는데…… 그게 꼭 저놈이 도와줘서 그런 걸까? 우리 힘으로 빠져나올 수는 없었던 걸까? 이런 생각이 들더라고."

“후후후!”

뚱보 사내가 눈을 좁히며 웃었다.

말도 안 되는 억지다. 단차가 도와주지 않았다면 절대 빠져나오지 못했다.

“나도 내가 억지인 것은 아는데…… 어떤 때는 말이야, 정말 도와주고 있나 하는 의문까지 들었어. 심각하게 듣진 마. 단지 그랬다는 이야기야.”

키 작은 노인은 무언가 감지하는 게 있다.

그는 자신이 무엇을 느끼고 있는지 아직 모른다. 그걸 깨달으면 다시 말을 해오겠지만. 평소에는 느끼지 못했던 인간 이상의 능력을 감지했다는 느낌이 든다.

낯선 일은 아니다.

살림 살수들은 간혹 이런 기연을 만난다.

뭔가 자신 이상의 것이 툭 튀어나와서 자신을 돌보아준다는 느낌이 들 때가 있다.

주로 새로운 능력이 개발될 때 그런 현상을 겪지만…….

“빚 하나 졌어. 한 번은 살려줘야겠네.”

홍의여인이 돌담집을 노려보며 말했다.

*   *   *

사일도와 십일영자는 따로 떼어놓고 말할 수 없다.

십일영자를 말할 때는 사일도를 거론하게 되고, 반대로 사일도를 말할 때도 십일영자가 반드시 거론된다.

그들 열두 명 중 일곱 명이 목숨을 잃었다.

그중에서도 사일도가 목숨을 잃은 것은 십일영자에게는 천붕(天崩)에 비유할 수 있다.

그들은 사방이 환히 트인 개울가에 앉아 모닥불을 피웠다.

기습을 당하지 않으려고 개활지에 골라 앉았다. 하나 초겨울에 바람 한 점 막을 수 없는 개울가는 너무 추웠다.

"아이고! 이거, 몸이 꽁꽁 얼어붙네."

동나가 몸을 부르르 떨며 모닥불 앞으로 바싹 다가앉았다.

아직도 무혼들이 남은 사람을 노릴까?

그렇다. 무혼들은 십일영자가 모두 죽을 때까지 공격을 늦추지 않을 것이다.

"주공이 죽었으니 이제 황보세가와의 혼인은 없었던 것이 되는 거고…… 그것참, 생각지 못한 변수가 툭툭 튀어나오는 통에 머리가 복잡해진단 말씀이야. 이제 어쩐다? 이 세상에 몸담을 곳 하나 없으니…… 단차에게나 갈까? 요즘 한참 뜨고 있는 위인이잖아?"

동나가 말했다.

"훗! 시각랑히고 무슨 인연이 그렇게 많은지."

왕보가 피식 웃으며 말했다.

시각랑과 인연이 많은 사람이 또 있다. 류청지, 그는 특히 시각랑을 잊지 못한다.

그가 모닥불을 쑤석거려 불길을 키우며 말했다.

"단차에게 가는 건 정말 막다른 길로 들어서는 건데."

"지금은 막다른 골목이 아니고?"

"하기는……."

"그나마 단차라는 놈은 의살을 사용한다니까…… 그래도 조금은 버티겠지."

"정말 그것뿐인가?"

"사실은 말이야, 소문을 듣자 하니 총주님과 안선 대공의 모든 촉각이 단차에게 쏠려 있다더군."

그런 소문은 없다.

모든 건 동나의 머릿속에서 구상되어 나왔다.

단차의 행동, 안선과 무총의 반응을 보고 나름대로 유추해 낸 해석이다.

한데 너무나 정확하다.

그는 항시 이렇다. 몇 가지 단서만 내어주면 그것으로 전체를 그려낸다.

그런 능력이 딴빌싱이라넌 주복받지 못하겠지만 생각하는 족족 무엇인가를 알아맞힌다면 재능 중에서도 아주 뛰어난 재능일 게다. 동나 자신은 재능이 아니라 생각을 깊이 한 것뿐이라고 말하지만, 그게 어디 보통 생각으로 맞춰낼 수 있는 것들인가.

"두 사람이 몇십 년을 이어오던 싸움까지 멈추고 단차를 쳐다본다는 거야. 후후후! 재미있는 상황이지."

"……."

모두 묵묵히 듣기만 했다.

동나가 말하는 것은 일반적인 대화가 아니다. 그는 무림 정세를 정확하게 분석해서 이야기하고 있으며, 그것은 곧 자신들의 행동 요령이 될 게다.

"두 사람이, 아니, 두 신이 엉뚱한 곳을 쳐다보고 있을 때…… 지금이 기회는 기회인데. 후후후!"

동나가 웃으며 부지깽이로 땅에 글을 썼다.

무총사군(武總四軍).

짧은 글이다. 하나 무총사군이 뜻하는 바는 매우 컸다.

"꿀꺽!"

어지간해서는 긴장 같은 것을 모르는 그들이건만 이번에는 무섭게 긴장했다.

류청지는 검을 잡고 주위를 살폈다.

무혼이든 누구든 곁에 가까이 다가서는 자는 결단코 용서하지 않겠다는 뜻이 확연했다.

석지의 눈에 신광이 맴돌았다.

"확신하니?"

동나는 웃기만 했다. 그리고 다시 부지깽이로 글을 썼다.

성동격서(聲東擊西).

석지는 생각에 잠겼다.

한동안 눈을 감고 입도 벙긋거리지 않았다.

"여기서 결정해야지…… 더 끌 것도 없고."

동나가 무심히 말했다.

모르는 사람이 들으면 아무 뜻도 없는 말이다. 하나 아는 사람이 들으면 세상이 뒤집힌 것만큼이나 큰 사건이다.

잠시 후, 석지가 말했다.

"단차에게 가는 게 좋다면 나도 찬성이다."

『패군』 19권에 계속…

저작권 보호!!

장르문학의 성장에 힘이 되어주십시오.

저작물의 무단 전재와 복제, 불법 다운로드! 이것은 관심이 아니라 무관심입니다!

작가님들은 창의적 열정과 시간을 투자해 자신의 꿈과 생계를 유지합니다.
한 권의 책을 만들어 많은 사람들은 자신의 인생과 미래를 설계합니다.

저작물 속에는 여러 사람의 노력과 희망이 담겨 있습니다!

저작물의 무단 전재와 복제, 불법 다운로드는 여러 사람들의 꿈과 생계를
위협함으로써 장르문학을 심각한 상황에 빠뜨리고 있습니다.

이제는 무관심이 아니라 관심으로 장르문학의 성장에 힘이 되어주세요.

[도서출판 **청어람**은 항시적인 저작권 보호를 통해 장르문학과
여러분의 희망을 지키겠습니다.]

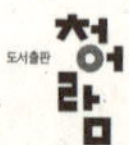

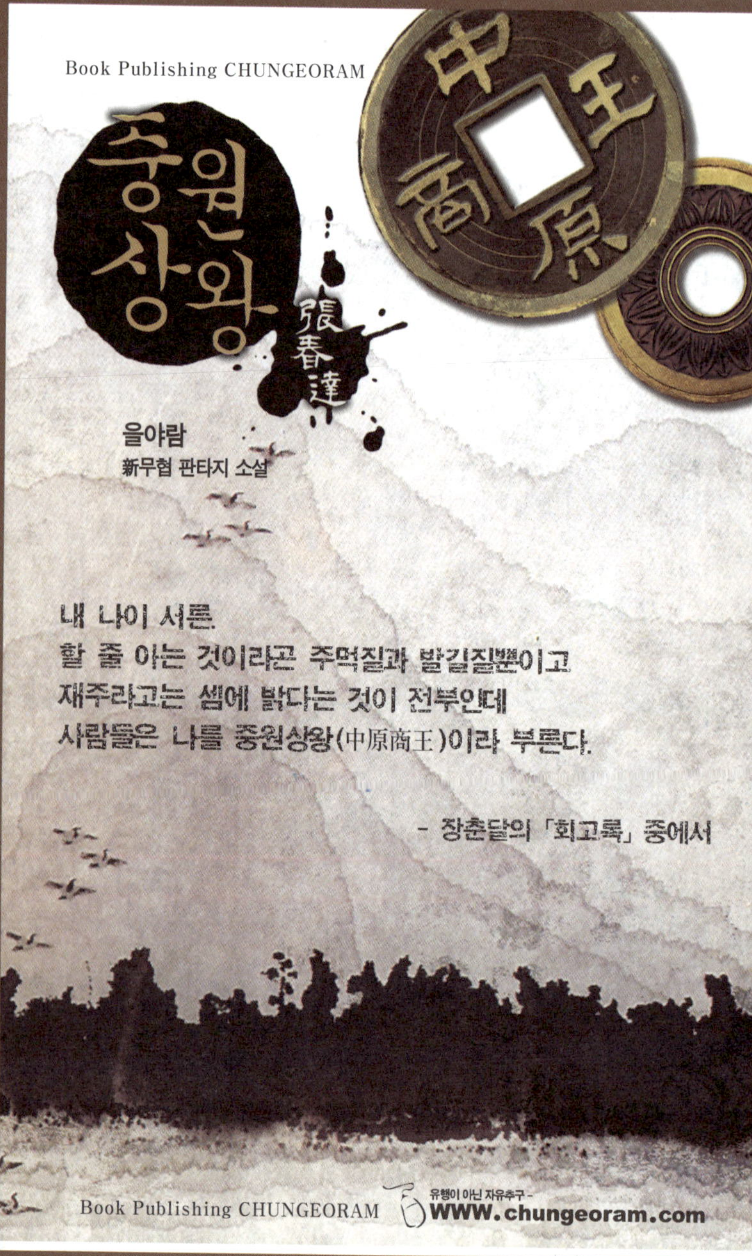
Book Publishing CHUNGEORAM

중원상왕

張春達

을야람
新무협 판타지 소설

내 나이 서른.
할 줄 아는 것이라곤 주먹질과 발길질뿐이고
재주라고는 셈에 밝다는 것이 전부인데
사람들은 나를 중원상왕(中原商王)이라 부른다.

- 장춘달의 「회고록」 중에서

Book Publishing CHUNGEORAM
유행이 아닌 자유추구 -
WWW. chungeoram .com

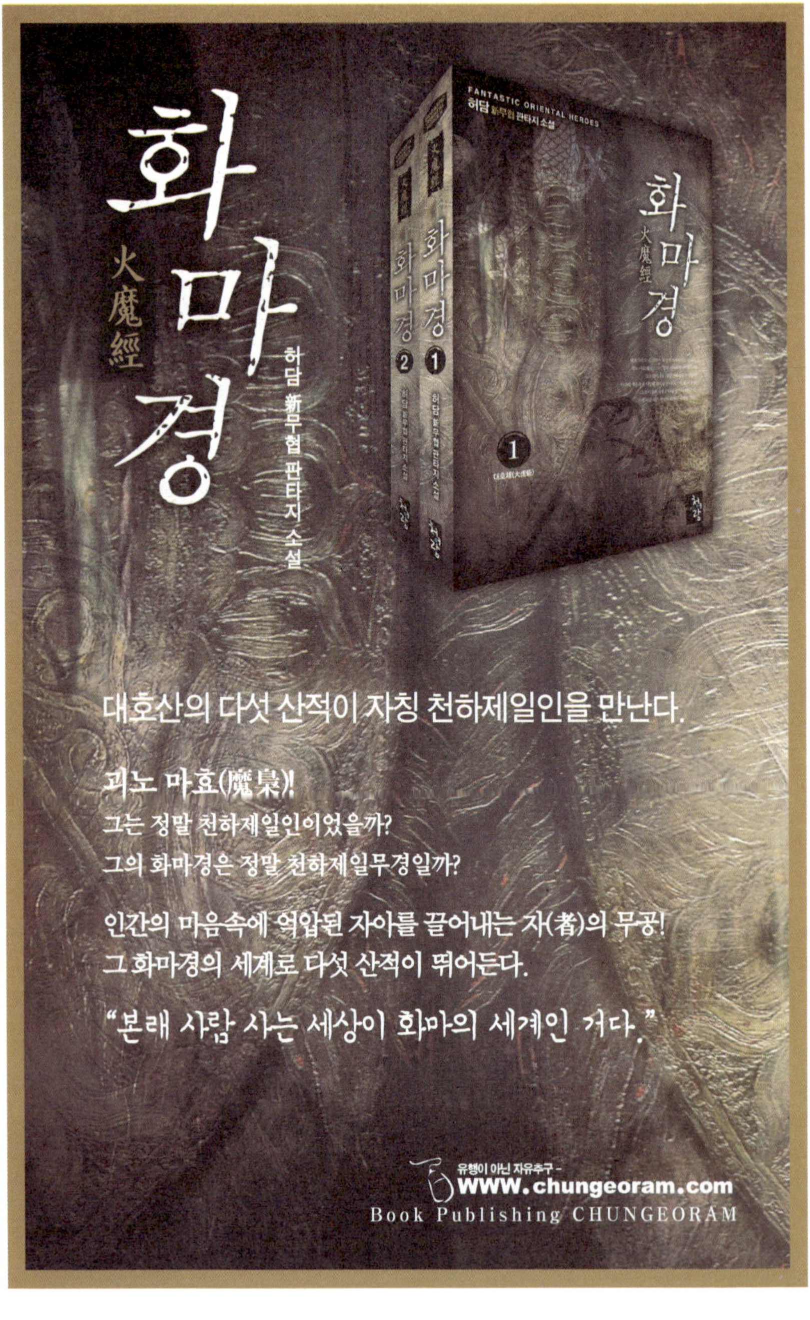